偷 拳

民国武侠小说典藏文库·白羽卷

白 羽◎著

中国文史出版社

我的生平

生而为纨绔子

民国纪元前十三年九月九日，即己亥年八月初五日，我生于"马厂誓师"的马厂。

祖父讳得平，大约是老秀才，在故乡东阿做县吏。祖母周氏，系出名门。祖母生前常夸说：她的祖先曾在朝中做过大官，不信，"俺坟上还有石人石马哩！"这是真的。什么大官呢？据说"不是吏部天官，就是当朝首相"，在什么时候呢？说是"明朝"！

大概我家是中落过的了，我的祖父好像只有不多的几十亩地。而祖母的娘家却很阔，据说嫁过来时，有一顷啊也不是五十亩的奁田。为什么嫁祖父呢？好像祖母是个独生女，很娇生，已逾及笄，择婿过苛，怕的是公公婆婆、大姑小姑、妯娌娌娌……人多受气，吃苦。后来东床选婿，相中了我的祖父，家虽中资，但是光棍儿，无公无婆，无兄无弟，进门就当家。而且还有一样好处。俗谚说："大女婿吃馒头，小女婿吃拳头。"我的祖父确大过她几岁。于是这"明朝的大官"家的姑娘，就成为我的祖母了。

然而不然，我的祖父脾气很大，比有婆婆还难伺候。听二伯父说，祖父患背疽时，曾经挞打祖母，又不许动，把夏布衫都打得渗血了。

我们也算是"先前阔"的，不幸，先祖父遗失了库银，又遇

上黄灾。老祖母与久在病中的祖父，拖着三个小孩（我的两位伯父与我的父亲，彼时父亲年只三岁），为了不愿看亲族们的炎凉之眼，赔偿库银后，逃难到了济宁或者是德州，受尽了人世间的艰辛。不久老祖父穷愁而死了。我的祖母以三十九岁的孀妇，苦斗，挣扎，把三子抚养成人。——这已是六十年前的事了。

我七岁时，祖母还健在；腰板挺得直直的，面上表情很严肃，但很爱孙儿，——我就跟着祖母睡，曾经一泡尿，把祖母浇了起来——却有点偏心眼，爱儿子不疼媳妇，爱孙儿不疼孙女。当我大妹诞生时，祖母曾经咳了一声说："又添了一个丫头子！"这"又"字只是表示不满，那时候大妹还是唯一的女孩哩！

我的父亲讳文彩，字协臣，是陆军中校袁项城的卫队。母亲李氏，比父亲小着十六岁。父亲行三，生平志望，在前清时希望戴红顶子，入民国后希望当团长，而结果都没有如愿；只做了二十年的营官，便殁于复辟之役的转年，地在北京西安门达子营。

大伯父讳文修，二伯父讳文兴。大伯父管我最严，常常罚我跪，可是他自己的儿子和孙子都管不了。二伯父又过于溺爱我。有一次，我拿斧头砍那掉下来的春联，被大伯父看见，先用掸子敲我的头一下，然后画一个圈，教我跪着。母亲很心疼地在内院叫，我哭声答应，不敢起来。大伯父大声说："斧子劈福字，你这罪孽！"忽然绝处逢生了，二伯父施施然自外来，一把先将我抱起，我哇的大哭了，然后二伯父把大伯父"卷"了一顿。大伯父干瞪眼，惹不起我的"二大爷"！

大伯父故事太多，好苛礼，好咬文，有一种嗜好：喜欢磕头、顶香、给人画符。

二伯父不同，好玩鸟，好养马，好购买成药，收集"偏方"；"偏方治大病！"我确切记得：有两回很出了笑话！人家找他要痢疾药，他把十几副都给了人家；人问他："做几次服？"二伯父掂了掂轻重，说："分三回。"幸而大伯父赶来，看了看方单，才阻住了。不特此也，人家还拿吃不得的东西冤他，说主治某症，他

2

真个就信。我父亲犯痔疮了，二伯父淘换一个妙方来，是"车辙土，加生石灰，浇高米醋，熏患处立愈"。我父亲皱眉说："我明天试吧！"对众人说："二爷不知又上谁的当了，怎么好！"又有一次，他买来一种红色药粉，给他的吃乳的侄儿，治好了某病。后来他自己新生的头一个小男孩病了，把这药吃下去了，死了！过了些日子，我母亲生了一个小弟弟，病了，他又逼着吃，又死了。最后大嫂嫂另一个孩子病了，他又催吃这个药。结果没吃，气得二伯父骂了好几次闲话。

母亲告诉我：父亲做了二十年营长，前十年没剩下钱，就是这老哥俩大伯和二伯和我的那位海轩大哥（大伯父之子）给消耗净了的；我们是始终同居，直到我父之死。

踏上穷途

父亲一死，全家走入否运。父亲当营长时，月入六百八十元，亲族戚故寄居者，共三十七口。父亲以脑溢血逝世，树倒猢狲散，终于只剩了七口人：我母、我夫妻、我弟、我妹和我的长女。直到现在，长女夭折，妹妹出嫁，弟妇来归，先母弃养，我已有了两儿一女，还是七口人；另外一只小猫、一个女用人。

父亲是有名的忠厚人，能忍辱负重。这许多人靠他一手支持二三十年。父亲也有嗜好，喜欢买彩票，喜欢相面。曾记得在北京时有一位名相士，相我父亲就该分发挂牌了。他老人家本来不带武人气，赤红脸，微须，矮胖，像一个县官。但也有一位相士，算我父亲该有二妻三子、两万金的家私。倒被他料着了。只是只有二子二女，人说女婿有半子之份，也就很说得过去。至于两万金的家财，便是我和我弟的学名排行都有一个"万"字。

然而虽未必有两万金，父亲殁后，也还说得上遗产万贯。——后来曾经劫难，只我个人的藏书，便卖了五六百元。不幸我那时正是一个书痴，一点世故不通，总觉金山已倒，来日可怕，胡乱想出路，要再找回这每月数百元来。结果是认清了社会

的诈欺！亲故不必提了，甚至于三河县的老妈郭妈——居然怂恿太太到她家购田务农，家里的裁缝老陈便给她破坏："不是庄稼人，千万别种地！可以做小买卖，譬如开成衣铺。"

我到底到三河县去了一趟，在路上骑驴，八十里路连摔了四次滚，然后回来。那个拉包车的老刘，便劝我们开洋车厂，打造洋车出赁，每辆每月七块钱；二十辆呢，岂不是月入一百多块？

种种的当全上了，万金家私，不过年余，倏然地耗费去一多半。

"太太，坐吃山空不是事呀！"

"少爷，这死钱一花就完！"

我也曾买房，也曾经商。我是个不到二十岁的少年……

这其间，还有我父亲的上司，某统领，据闻曾干没了先父的恤金，诸如段芝贵、倪嗣冲、张作霖……的赙赠，全被统领"人家说了没给，我还给你当账讨去么？"一句话了账。尤其是张作霖，这位统领曾命我随着他的马弁，亲到顺城街去谢过，看过了张氏那个清秀的面孔，而结果一文也没见。据说是一共四千多元。

我觉得情形不对，我们孤儿寡母商量，决计南迁。安徽有我的海轩大哥当督练官，可将余资交他，代买田产房舍。这一次离别，我母率我妻及弟妹南下，我与大妹独留北方；我们无依无靠，母子姑嫂抱头痛哭！于是我从邮局退职，投考师大，我妹由女中转学津女师，我们算计着："五年之后，再图完聚！"

否运是一齐来！甫到安徽十几天，而××的变兵由豫境窜到皖省，扬言要找倪家寻隙。整整一旅，枪火很足，加上胁从与当地土匪，足够两三万；阜阳弹丸小城一攻而入，连装都装不开了！大抢大掠，前后四五天，于是我们倾家荡产，又逃回北方来。在济南断了路费，卖了些东西，才转到天津，由我妹卖了金戒指，把她们送到北京。我的唯一的弟弟，还被变兵架去了七天；后来亏了别人说了好话："这是街上卖进豆的穷孩子。"才得

放宽一步，逃脱回来。当匪人绑架我弟时，我母拼命来夺，被土匪打了一枪，幸而是空弹，我母亲被踢到沟里去了。我弟弟说："你们别打她，我跟你们走。"那时他是十一二岁的小孩。

于是穷途开始，我再不能入大学了！

我已没有亲戚，我已没有朋友！我已没有资财，我已没有了一切凭借，我只有一支笔！我要借这支笔，来养活我的家和我自己。

笔尖下讨生活

在北京十年苦挣，我遇见了冷笑、白眼，我也遇见热情的援手。而热情的援手，卒无救于我的穷途之摆脱。民十七以前，我历次地当过了团部司书、家庭教师、小学教员、税吏，并曾再度从军作幕，当了旅书记官，仍不能解决人生的第一难题。军队里欠薪，我于是"谋事无成，成亦不久"；在很短的时期，自荐信稿订成了五本。

辗转流离，终于投入了报界；卖文，做校对，写钢板，当编辑，编文艺，发新闻。我的环境越来越困顿，人也越加糊涂了；多疑善忌，动辄得咎，对人抱着敌意，我颓唐，我愤激，我还得挣扎着混……我太不通世故了，而穷途的刺激，格外增加了我的乖僻。

终于，在民十七的初夏，再耐不住火坑里的冷酷了，我甘心抛弃了税局文书帮办的职位。因为在十一天中，喧传了八回换局长，受不了乍得乍失的恐惧频频袭击，我就不顾一切，支了六块大洋，辞别了寄寓十六年的燕市，只身来到天津，要想另打开一道生活之门。

我在天津。

我用自荐的方法，考入了一家大报。十五元的校对，半月后加了八元，一个月后，兼文艺版，兼市闻版，兼小报要闻主任，

兼总校阅；未及两个月，月入增到七十三元——而意外地由此招来了妒忌！

两个月以后，为阴谋所中，被挤出来，我又唱起来"失业的悲哀"来了！但，我很快地得着职业，给另一大报编琐闻。

大约敷衍了半年吧，又得罪了"表弟"。当我既隶属于编辑部，又兼属于事务部做所谓文书主任时，十几小时的工作，我只拿到一份月薪，而比其他人的标准薪额还少十元。当我要求准许我两小时的自由，出社兼一个月脩二十元的私馆时，而事务部长所谓表弟者，突然给我延长了四小时的到班钟点。于是我除了七八小时的睡眠外，都在上班。"一番抗议"，身被停职，而"再度失业"。

我开始恐怖了！在北平时屡听见人的讥评："一个人总得有人缘！"而现在，这个可怕的字眼又在我耳畔响了！我没有"人缘"！没有人缘，岂不就是没有"饭缘"！

我自己宣布了自己的死刑："糟了！没有人缘！"

我怎么会没有人缘呢？原因复杂，愤激、乖僻、笔尖酸刻、世故粗疏，这还不是致命伤；致命伤是"穷书痴"，而从前是阔少爷！

环境变幻真出人意外！我居然卖了一个半月的文，忽然做起外勤记者了。

我，没口才，没眼色，没有交际手腕，朋友们晓得我，我也晓得"语言无味，面目可憎"八个字的意味，我仅仅能够伏案握管。

"他怎么干起外勤来了？"

"我怎么干起外勤来了！"

转变人生

然而环境迫着你干，不干，吃什么？我就干起来。豁出讨人嫌，惹人厌，要小钱似的，哭丧着脸，访新闻。遇见机关上的人

员，摆着焦灼的神气，劈头一句就问："有没有消息？"人家很诧异地看着我，只回答两个字："没有。"

那是当然！

我只好抄"公布消息"了。抄来，编好，发出去，没人用，那也是当然。几十天的碰钉，渐渐碰出一点技巧来了；也慢慢地会用勾拒之法、诱发之法，而探索出一点点的"特讯"来了。

渐渐地，学会了"对话"，学会了"对人"，渐渐地由乖僻孤介，而圆滑，而狡狯，而阴沉，而喜怒不形于色，而老练，……而"今日之我"转变成另一个人。

我于是乎非复昔日之热情少年，而想到"世故老人"这四个字。

由于当外勤，结识了不少朋友，我跳入政界。

由政界转回了报界。

在报界也要兼着机关的差。

当官吏也还写一些稿。

当我在北京时，虽然不乏热情的援手，而我依然处处失脚。自从到津，当了外勤记者以后，虽然也有应付失当之时，而步步多踏稳——这是什么缘故呢？噫！青年未改造社会，社会改造了青年。

我再说一说我的最近的过去。

我在北京，如果说是"穷愁"，那么我自从到津，我就算"穷"之外，又加上了"忙"；大多时候，至少有两件以上的兼差。曾有一个时期，我给一家大报当编辑，同时兼着两个通讯社的采访工作。又一个时期，白天做官，晚上写小说，一个人干三个人的活，卖命而已。尤其是民二十一至二十三年，我曾经一睁开眼，就起来写小说，给某晚报；午后到某机关（注：天津市社会局）办稿，编刊物，做宣传；（注：晚上）七点以后，到画报社，开始剪刀浆糊工作；挤出一点空来，用十分钟再写一篇小说，再写两篇或一篇短评！假如需要，再挤出一段小品文；画报工作未完，而又一地方的工作已误时了。于是十点半匆匆地赶到

一家新创办的小报，给他发要闻；偶而还要作社论。像这么干，足有两三年。当外勤时，又是一种忙法。天天早十一点吃午餐，晚十一点吃晚餐，对头饿十二小时，而实在是跑得不饿了。挥汗写稿，忽然想起一件心事，恍然大悟地说："哦！我还短一顿饭哩！"

这样七八年，我得了怔忡盗汗的病。

二十四年冬，先母以肺炎弃养；喘哮不堪，夜不成眠。我弟兄夫妻四人接连七八日地昼夜扶侍。先母死了，个个人都失了形，我可就丧事未了，便病倒了；九个多月，心跳、肋痛、极度的神经衰弱。又以某种刺激，二十五年冬，我突然咯了一口血，健康从此没有了！

易地疗养，非钱不办；恰有一个老朋友接办乡村师范，二十六年春，我遂移居乡下，教中学国文——决计改变生活方式。我友劝告我："你得要命啊！"

事变起了，这养病的人拖着妻子，钻防空洞，跳墙，避难。二十六年十一月，于酷寒大水中，坐小火轮，闯过绑匪出没的猴儿山，逃回天津；手头还剩大洋七元。

我不得已，重整笔墨，再为冯妇，于是乎卖文。

对于笔墨生活，我从小就爱。十五六岁时，定报，买稿纸，赔邮票，投稿起来。不懂戏而要作戏评，登出来，虽是白登无酬，然而高兴。这高兴一直维持到经鲁迅先生的介绍，在北京晨报译著短篇小说时为止；一得稿费，渐渐地也就开始了厌倦。

我半生的生活经验，大致如此，句句都是真的么？也未必。你问我的生活态度么？创作态度么？

我对人生的态度是"厌恶"。

我对创作的态度是"厌倦"。

"四十而无闻焉，'死'亦不足畏也已！"我静等着我的最后的到来。

（二十七年十二月二十日）

8

目　　录

这一篇武侠的故事，不尽出于虚构；是作者从一位武术家口中听来的。事情出在有清季叶。那个以太极拳蜚声河北的杨露蝉、杨班侯父子，大概是北方人所熟知的吧。现在，我要叙说他怎样苦学，获得北方太极拳名家的荣誉。

　　杨露蝉，他以一个富豪子弟，下了三载的苦心，装乞丐，装哑巴，从豫南陈家沟窃来绝艺。故事颇有浪漫意味；自然，写的时候，作者不能不稍加文学上的渲染，然而大半不悖史实。

——白羽

第一章

弱龄习武　志访绝学

　　杨露蝉世居冀南广平府，务农为业；承先人的余荫，席丰履厚，家资富有。但杨露蝉却生而孱弱，从小多病。他父宠爱弱子，恐其不寿，教杨露蝉读书之暇，跟从护院的武师李德发，习练武技，借此强健身体；又买些拳图剑谱之类，任从露蝉随意观摩。他父子那时做梦也没想到，将来要以武术驰名于一代。

　　杨露蝉身体单细，天分却聪明；一年以后，已将李师傅最得意的一趟"长拳十段锦"学会了。李师傅不过是一个寻常的教头，有些力气，会几招花拳罢了，并没有精深独到的武技。自教会杨露蝉那套长拳，不料偶因试技，竟闹出笑话来。

　　时当初夏，李师傅在场子里看着露蝉练拳，一边解说，一边比画；哪一招不对，哪一招没有力量；应该这么发，应该这么收。杨露蝉颖悟过人，又读了些书，一知半解，已竟有点揣摩。随将手放下来，走近几步，对李师傅说："我练这手'摆肘逼门'和'进步撩阴掌'，总觉不得劲。劲从哪里使，才得势呢？"说时做了个架势。李教师拍着小肚子说："劲全在这里呢！劲，全凭丹田一口气。露蝉，你太自作聪明！我常说，练武的是内练一口气，外练筋骨皮。用力全凭气，你那个架势不对……"露蝉忙笑道："师傅，照你老那么练，我总觉别扭！刚才你老说我那两招发出的力量不对，我再来一趟，你老给我改正。"

　　露蝉走了两招，李教师摇头，遂自己亮了个"摆肘逼门"和"进步撩阴掌"的架子，道："露蝉，你把劲用左了，你看我这掌

1

怎么发？这掌力发出来够多大力量！"露蝉道："师傅这一招怎么破?"李教师道："这要用'劈拳展步'，这么一来，不就把这招闪开了么?"杨露蝉道："这么拆行不行?"身随话转，右脚往后一滑，右拳突从左腕下一穿，噗的一拳，捣在李师傅的鼻子上，鲜血流出来。杨露蝉道："哎呀！弟子走手了。"

这一招随机应变，李师傅一时按捺不住，勃然大怒道："好小子，教会了你打师傅!"顿时鼻血流离，发起哼来。杨露蝉忍笑赔罪，却不禁露出得意神色。那李教师越发恼怒，过来要抓打露蝉；却被露蝉双手一分，闪身蹿开。早有三两个长工上来劝解，一个长工向内宅跑。李教师低着头，拭去鼻血；见劝解的人多了，突然省悟过来，脸一红，对众人摆手道："没事，我们过招，碰了一下。……好徒弟，你请吧，我教不了你这位少爷!"当天露蝉之父极力赔罪；李教师自觉难堪，敷衍了几天，解馆而去。这件事传扬开了，乡里传为笑谈。露蝉也被老父斥责，不应该侮师。

过了几月，杨父的一位挚友，荐来一位武师，姓刘名立功，精长拳，尤以六合钩享名于世；年纪已经大了，而豪放不羁之气掩盖老态。他以前职业镖局十五六年，一帆风顺；旋于六旬大庆之年，毅然退出镖局；想以授徒，聊娱暮景。及被荐到杨宅，那精神谈吐果然与李武师不同。露蝉拜师之后，教师刘立功教露蝉将以前所学的技击试练以后，这老人背手微笑不言。露蝉疑问道："莫非弟子以前所学，已入歧途了么?"刘立功摇了摇头，问道："你练了几年了?"露蝉答道："四年。"刘立功咳了一声，又问："你从前的师傅是谁?"露蝉照实说了。刘立功点头不语，沉了沉，正色向露蝉说道："武门中率多以门户标榜，自矜所得，嫉视他派，诋毁不遗余力，所以往往演成门户之争。武技不为人重看，大抵由此辈无知的武夫造成的。所以我练了几十年功夫，绝不敢妄自褒贬他人，轻易炫弄自己；这就是我免祸之诀，弭争之术。武功这一门，练到老，学到老；一日为师，终身不许忘。所遇的师傅，功夫有深浅；若说跟这位师傅练了几年，没得着一

点真功夫，空把年华蹭蹬过去，那你应当自怨择师不慎。做师傅的不度德，不量力，固然也有不对；可是他绝没想到把你的年华耽误了；他还以为尽其所长，全教给你了。不过他所得不精，终归落个误人误己，所以收徒投师都是难事。"

杨露蝉点了点头，看着刘立功。刘立功又道："我也不是真有惊人的武术、出类拔萃的功夫。止于当初我师傅教我时，专取其精，不教我好高骛博。于拳义口传心授，只将一趟'长拳十段锦'的精义和六合钩的诀要，费了十来年的工夫，才得一一领悟。我刘立功在江湖中多年，就仗着一双肉拳、两把钢钩，图出一点虚名来。如今我们凑在一处，我当初怎么学来的。就怎样教给你。多咱把我这点薄技淘弄净了，你再另投名师。我今日只当着你一人，敢说句狂话，我还不致把你领到歧路上去。说句江湖粗话，一个将军一个令，一个师傅一个传授。你空练了整套的拳，可惜拳诀一窍不通；你就那么再练十年，也算没练。练拳不知拳诀，练剑不知剑点，那怎能练出精彩来！露蝉，咱就在入手开教之前，咱们先讲好了。你只当从前没有学过，我也当你是乍入武门的徒弟，我就从初步的功夫教起，你不许厌烦，不许间断。练武非一朝一夕，一蹴而及的事，须要有耐性，有魄力；许我不教，不许你不练。你能够答应这几件事，我收你这个徒弟，不然你另请他人。我不愿意到老来，落个误人子弟之名。"

杨露蝉乍听愕然。想了想，拜谢道："弟子愿遵师傅之命，不论多少年，只要师傅愿教，弟子一定耐着心，好好地学。弟子要是不好武功，从那位李老师一走……"刘教师摆手道："好，咱们一言为定，明天你就下场子练。"

杨露蝉一误未曾再误，这退休的镖客刘立功果然有真实功夫。看他那言谈气度，沉稳矍铄，也与寻常教师不同。开教的时候，每站一个架势，必定详为解释：属于上盘，属于下盘，属于中盘，在拳术中有何功用？于健身上有何效应？反复讲解，不厌求详，必使露蝉真个领悟了才罢。

露蝉天资聪颖，倾心向学，刘老师的教法又不俗；师徒相

投，进步很快。刘立功算计着教露蝉固下盘，筑根基，至少须有一年的工夫。哪知只六七个月，露蝉已将固下盘的窍要得到。刘教师欣然得意；当教师最难得的是徒弟既聪明，又听话，遂赶紧地传授"长拳十段锦"。杨露蝉一看这位刘教师所教，果然跟那李教师的截然两样。刘立功先将这一整套长拳，亲自从头练过；真个是守如处女，翩若惊鸿。练完，然后向露蝉讲解，分拆开一招一式地运用；又把自己精心所得，与古代留传不同之处，一一现身说法地指示给露蝉看，解说给露蝉听。露蝉心领神会，十分悦服。

于是两年过去，刘立功教师已将"长拳十段锦"中的拳诀，一一传与露蝉。长拳中原有三十五字的拳诀，后来化繁为简，演成十八字；相传为武当派开山祖张三丰化少林寺"十八罗汉手"的精华，演为长拳十八字的拳诀。可是这十八字诀的研求所得，后起各家多不相同；见仁见智，全在个人天赋和锻炼的功夫深浅。

教师刘立功又教了三年的工夫，把自己数十年所得于拳术上的学识，倾囊赠与了露蝉；露蝉也不辜负刘武师的期望。不过刘武师六合钩这套功夫，杨露蝉却练不好；这就因为杨露蝉限于天赋，没有那大的臂力。刘武师也深愧自己对于内功上，没有十分把握，不敢妄传内家拳，恐怕一旦授受失当，反倒前功尽弃。

杨露蝉这几年习练武功，练得身体已不像从前那样羸弱；瘦挺矮小的身材没法改变，容色肌骨却已渐渐坚实。刘武师谆嘱露蝉道："两膀没有五六百斤的臂力，不能运用六合钩。"露蝉也深知这六合钩并非刘武师靳而不授，实是自己力不能及，徒唤奈何。

一天，金风送爽，残露曳声，刘立功忽动乡思，慨然对露蝉说："我师徒五载相依，于今尚有半月之聚。中秋节过，是我归期。嗣后你是自己下功夫，或是另投名师，别访益友，我不便代筹。我以自己才技所限，已经尽我所能，倾囊相授。你体质不足，聪悟过人；如果遇有深通内家功夫的武师，尚能弃短用长，

4

别图补救。前程万里，诸望自爱。"

　　杨露蝉骤听刘武师要走的话，十分惊愕，赶忙站起身来，肃然请问道："教师，弟子尊师敬业，学而未成，从未敢疏忽；莫非弟子有失礼的地方？下人们有伺候不周的么？弟子于老师所授的武功未窥堂奥，哪敢说自己研求？还望老师多住二三年，弟子多得些教益。"刘老师欣然笑道："露蝉，我们师徒相处已久，难道你还不知道我的脾气么？我虽没多念过什么书，可是懂得言必信，行必果。你我师徒有言在先，我初来时说的话，你难道忘了？你父子待我情至义尽，当教师的能遇上你这么好学知礼的徒弟，于愿已足。你技艺已然粗成，我呢，年衰倦游，亟欲归老田园。彼此神交，你不必作那种无谓的挽留了。"

　　杨露蝉深知刘老师的秉性直率，言行果决，不敢再言；悄悄地把刘武师要走的话，禀明了老父。父子暗中给刘武师预备丰富的行装。到中秋节日，父子欢然置酒饯行。快饮数日，情意拳拳；教师刘立功捻须欣然，十分心感。到八月十七日那天，刘武师就要走了；晚间，父子把所预备的行装，及历年刘武师未曾动用的束脩，全数捧送出来。束脩之外，有两套崭新的衣服，红纸封裹着五十两银子，用托盘托过来，恭恭敬敬地放在刘老师面前，说道："这是老师历年所存束脩，四百七十五两。这五十两银子和这几件衣服，算是徒弟一点心意，老师赏收吧。"刘立功含笑道："你们也太认真了。说实在的，我家中尚不指着这种钱糊口。你们收起来，替我存着；哪时我用得着，再找你们要来。这身衣服我倒拜领了。"刘武师虽则这么说，露蝉父子哪肯听从？不待师傅吩咐，遂把银子包裹全给打点在一处，教人收拾好了；又泡上茶，坐在一旁，要敬听师傅临别的赠言。

　　刘立功教师见露蝉父子这等热诚，不禁有感于中，向露蝉道："可惜我的武学太浅，你的天分甚高；教我空舍不得你这好徒弟，却已没有什么绝技来教你。缘尽而已，尚有何言？"露蝉忙答道："师傅，您既看得出弟子来，弟子也实是跟老师情投意合；往后何在乎教我不教，就多在我舍下盘桓几年，指点着弟

子，也总比弟子瞎练强啊！"露蝉说了这话，再看刘武师，仰面不答，好像没听见，愣柯柯似在思索什么，露蝉遂不便絮聒。沉了一刻，刘武师方才慨然对露蝉说："你将来打算做什么呢？"露蝉道："弟子因病习武，多得其益；钻研既勤，爱好益深。我已经在这道上用了功大，索性就把它练出点眉目来，也可以从中成名立业。"刘武师道："我十分爱惜你这天资，你若得遇名师指点，不难成名；要是半途而废，我也实在替你可惜。我之所学既已倾囊相授，我实在不能再耽误你，现在我指给你一条明路吧。河南怀庆府陈家沟子，有一位隐居之士，姓陈字清平。他幼遇异人，传授给一身绝技；推演太极图说，本太极生两仪之理，演为拳术，名为太极拳。这种拳术浑一归元，实有巧夺造化之功；所有别派拳家多半莫名他的手法。这种拳术不止于所向无敌，并且有益寿延年、养生保命之效，以巧降力，转弱为强之妙。依你这种天资，迁就你这种体格，你若拜太极陈为师，那时舍短用长，以巧降力，何患不能成名？"

露蝉欣然答道："师傅既知道有这位名师，咱们何不早早把他请来。弟子明日就备重礼，打发人去请这太极陈陈老师去。"刘武师哑然失笑，向露蝉点点头道："你看得实在太容易了！这位太极陈陈老先生，不是你银钱所能请得来的，也不是人情面子所能感得动的。你想把陈先生请到你家来，岂不是笑话么？就是你备上千金重礼，他也未必肯来。"

杨露蝉脸一红，忙说："弟子是个小孩子，不明白的事太多，老师你看我该怎么办呢？"刘立功捻须微笑道："大凡奇才异能之士，性多乖僻；这位陈老先生更是古怪异常，做事极不近人情。他身怀绝技，他门下弟子倒没有多少。他以自己独得之秘，经过二十多年的精思苦练，始获得拳招诀要；他以为这太极拳得来既非容易，所以他也不肯轻易传授于人。他又恐怕传付非类，反倒将他的门户清名玷污了！所以择徒极苛，既不讲情面，也难动之以利。他这个人实是狂狷之流，孤高耿介；他又是素封之家，无求于人，闭门高卧，足乐生平。因此养成了一种一介不取，一介

不予，软也不吃，硬也不怕的性格，他这种人委实不好对付。我看你的天资，若半途而废，未免可惜；所以想劝你转到太极陈门下，定能发挥你的天才，成名于天下。但是要聘请他来，那是十九办不到的。你应当专诚赴豫，拜投到他的门下才行，这只看你的机缘了。"

　　杨露蝉不禁作难道："老师的意思，是教我登门投师？这位陈老师性情既这样孤高，我又跟他素昧平生，无一面之识；老师可以不可以给我写一封荐书？"刘立功摆手道："那倒没有用处；告诉你，志诚可以动人。你只要安心求技学艺，虔诚优礼地登门献赘，叩求收录，这比人情荐送，反而强得多；况且我跟太极陈也不过慕名，并不认识。露蝉，我因你志趣不俗，所以指示你一条明路。你愿去不愿去，你慢慢仔细思量，也不必忙在一时。"

　　一席话打去露蝉不少高兴。杨露蝉低头寻思良久，忽然一挺身子，向刘立功问道："老师，由广平府到怀庆府陈家沟子，共有几天的道？是起旱，是坐船？往返该多少路费？我一定去投拜名师。"

第二章

入豫投师　观场触忌

　　五年以后，杨露蝉父丧既除，负笈出门，由故乡策驴直指河南。

　　当教师刘立功散馆还乡时，杨露蝉陪师夜话，已将路程打听明白。刘立功心知这个爱徒年纪虽小，颇有毅力；只是少不更事，人虽聪明，若一涉足江湖，经验太嫌不够。刘武师一片热肠，将自己数十年来经验，和江湖上一切应知应守应注意的话，就一时想到的，约略对露蝉说了许多，杨露蝉谨记在心。刘武师去后，杨露蝉便要出门游学；偏生他完婚未久，老父弃养；直耽误了五个年头，方才得偿夙愿，踏上征途。

　　杨露蝉风尘仆仆，走了十余日，已入怀庆境。投宿客店，饭罢茶后，杨露蝉一时睡不着，信步出来，在店院中踏月闲步。寻思着已将到陈家沟子了，应当怎样虔诚拜师，怎样说明自己的心愿，怎样坚求陈清平收录。也可以先把自己以往所学说一说，好教陈老师瞧得起自己是个有志气的少年。他心中盘算着，在院中走来走去，时而仰面望月，时而低头顾影。这时候店中旅客俱都归舍，声息渐静；只有几处没睡的，尚在隐隐约约地谈话。忽然从别院中传来一种响亮的声音，乍沉乍浮；倾耳寻听去，却似是武器接触的磕碰之声。性之所好，精神一振，杨露蝉不觉挪步凑了过去。寻声一找，知道是在东偏院中。小小院门，门扇虚掩，杨露蝉傍门一站，分明听出讲武练技的话声来。

　　杨露蝉是少年，又是农家之子，不习惯江湖上的一切禁忌。

这声音好像一种绝大的诱力，杨露蝉人虽聪明，却做了傻事，一声没言语，推门径入。

吓！方形的院落，十余丈宽阔；月光中，东墙下，站立着四十多岁的一位教师，手握单刀，作着劈砍之势。面前分立着三五个少年，似正听教师讲解。场那边也有七八个短装男子，各持刀矛棍棒，正在舞弄。

小院门扇吱的一响，武场中的少年一多半住手不练，眼光一齐回注在杨露蝉身上。那个四十多岁的武师也很错愕的，收刀转脸道："你找谁？"

杨露蝉这才觉得自己鲁莽了，忙拱手道："打搅，打搅！我是店里的客人……"教师上眼下眼看了看杨露蝉，虽是二十多岁，却只像十七八的大孩子。教师道："哦，你是几号的客人？一更多天了，你有什么事？"又向门扇瞥了一眼，对一群少年说道："你们谁又把门开开了？没告诉你们么，练的时候，务必闩上？"一个少年说道："老师！是我刚才出去解小溲，忘了上闩了。"这武场中的师徒十余人，神色都很难看。杨露蝉不禁赧然，说道："对不住，我是九号客人；夜里睡不着，听见你们练武了。一时好奇，贸然进来，不过是瞧瞧热闹。老师傅别过意，诸位请练吧。"

那教师又看了看杨露蝉，见他瘦小单弱，不像个踢场子的，遂转对弟子说："他是店里的客人，年纪轻，外行，不懂规矩，你们练你们的吧。"那一班少年，有的照样练起来，仍有两个人还是悻悻地打量露蝉。

杨露蝉到此，退既不能，留又无味，脸上露出窘态。那个教师倒把露蝉叫到里面，向露蝉说道："听你的口音，好像黄河以北的，没领教你贵姓？"露蝉道："我是直隶广平府的，姓杨，请教老师傅贵姓？"教师道："在下姓穆，名叫穆鸿方；这个小店，就是我开的。在下自幼好练武，没有遇着名师，什么功夫也没有。不过乡邻亲友们全知道我好这两下子，硬撺掇我立这个场子。我这些徒弟也都没有外人，不是我们教门老表（即伊斯兰

教），就是靠近朋友的子侄；我教得对不对，都有个包涵。好在他们也就是为练个结实身子，也没打算借习武成名，若不然我也不敢耽误他们。我早跟他们说过，我这个场子只要是有人一踢，准散。"他说到这里，向露蝉微微笑道："我讨个大说，老弟你这么贸然一闯，我们真全疑心你是踢场子来的。这一说明，你又是我店里的客人，我穆鸿方更不能说别的了。我说句教老弟你不爱听的话吧，常出门在外，可要谨慎一点。把式场子是交朋友的地方，也是惹是非的所在，不打算下场子，趁早别往这里来。即或是你也会武，打算拿武学访道；试问既铺着场子，在这里教着一班徒弟，若是输给人家了，请想还能立脚不能？所以教场子的老师，一遇上有串场子的，那就是他拼生死的日子到了。但是不会武术的，难道就不能往把式场子来么？也不尽然，一样也能来。像老弟你是这店里的客人，晚上心里闷得慌，又爱看练武的，可以先找店里伙计问问他，谁铺的场子；教他领你来，那不就没包涵了！老弟你可别怪我饶舌，因为少年气盛，若我不在这里，这班徒弟们倘若嘴里有个一言半语不周到，老弟你是听不听呢？说了半天，老弟你既喜爱这个，多少是会两手。天下武术是一家，万朵桃花一树生，你会什么，练两下，这也不算你踢场子。"他说着，将手一拱道："请下来，练两手。"

杨露蝉满面羞惭，想不到一时冒昧，惹来人家这么一场教训。这总怪自己太没有经验，这一来倒得长长见识。此时穆鸿方反而撺掇露蝉下场子；露蝉灵机一动，暗想："这个穆鸿方定是个老奸巨猾，他分明指点我，这下场子便是明跟教师结仇。这时他又竭力引逗我，教我露两手；我只要一说会武术，他一准认定我是来踢他场子的了。"

露蝉心中盘算，忙向这位穆老师抱拳道："失敬，失敬！原来穆老师是教门的人。我久闻得教门弹腿，天下驰名。在下是没有一点经验的年轻人，从小看见练武的就爱。只是我们老人家不喜好这个，我空有这个心，也没有一点法子。老师傅教我练两手，我可练什么呢？请想，我除了挨打，还有什么能为？"穆老

师哈哈一笑，随说道："你真不会倒很好，练武的最怕只会点皮毛，没有精纯的功夫，反倒是惹祸之道。你既有这种心意，不妨将来有机会找一位名师教练。"露蝉道："我将来一定要访名师，学练几年。穆老师，你这练的是哪一门的功夫？我想大约是太极门吧？"穆老师道："你怎么猜我是太极门？"露蝉道："我因为听人说，您这怀庆府出了一位太极拳名家陈老先生，河南北，山左右，没有第二个人，能比得上这位陈老师功夫精深的。我想您守在近前，想必也是太极一派，不知可是么？"

穆老师听了，点点头道："老弟，你说得倒是不差。不过这太极门的拳术，谈何容易！我们离着陈家沟子很近，不过几里地；可是空守着拳术名家，也没有机缘来学这种绝艺。陈老先生这种功夫一向是不轻易传授，不肯妄收弟子。我这种庄稼把式的老师，还妄想依傍陈老师的门户么？我当初练武的时候，这位陈老师尚未成名，我那时简直不知道武林中有这么个人。赶到太极拳见重于世，陈老师名噪武林，我已经把年岁错过了；再想重投门户，就是人家肯收我，我也不能练了。历来我们练武的门户之见非常认真，半路改投门户，尤其为教武术的所不喜。我们教门中人，若连本门的十路弹腿全练不到家，再想练别的功夫，更教本门所看不起。老弟，这位陈老师的事情，你怎么知道得这么清楚？你听谁说的？你可是有心拜在陈老师门下习武么？"

杨露蝉经这一问，心里非常游移，迟疑着答道："我么？我是听我们家中护院的讲究过；因为今天到了怀庆府境内，所以一时想起这位陈老师来，跟您打听打听。像我这种笨人，还敢妄想学这种绝艺么！"穆鸿方含笑道："老弟，你不用过谦，像你体格虽然稍差，可是这份精神足可以练这种绝技。听说陈老师这种太极拳，不是尽靠下苦功夫，就能练得出来；这非得有天资，有聪明，才能领悟得到。只就他这种拳名，便可以看出含着极深的内功，实寓有阴阳消长，五行生克之妙。像老弟你若是入了陈老师的门户，用不上三年五载，何愁不能成名？"

杨露蝉听穆教师滔滔说来，知根知底，不由得心中高兴，不

觉地脱口说道:"穆老师傅,像我这种体格,要想练太极拳门,人家陈老师可肯收录么?"穆鸿方道:"那就在乎自己了!只要你虔诚叩求,怎见得人家不收?你只要真打算练这种绝艺,就得心无二念,别拿着当儿戏就行了。"杨露蝉道:"我天性好武,别说遇上名师,不敢轻视;就连我从前遇上的那种混饭吃的老师们,我也不敢慢待……"露蝉说到这里,忽觉得自己把话说漏了,想再掩饰,又不知说什么好,不由得面红耳赤起来。穆鸿方扑哧一笑道:"老弟,你还是练过功夫,你何必瞒着呢?你究竟练的是哪一门?令师是哪位?没有什么说的,既然会武,就是一家人,咱们考究手法。这也不算你踢场子,我也不拿你当江湖访道的朋友看待;来来来,咱们走两招。"说着回顾徒弟道:"你们看老师的眼力如何?"回头来又向露蝉道:"老弟,你不要客气;说句江湖土话,光棍眼,赛夹剪!我一看就知你不是诚心来找我的,可是我一看,早就看出老弟你会功夫来了。老弟尊师是哪位?提起来我或许认识。"

这位穆教师竟向露蝉问起师承来。露蝉一想:"刘老师的姓名实在说不得;我的功夫没有深造,没的给师傅露脸,别给老人家现眼才好。"遂正色说道:"我方才说的是实话,不过看着家里护院的师傅们练功夫,日子长了,磨着人家教个一招两式的,哪能算师徒呢?"

穆鸿方道:"老弟你太谦了,我们论起来全是武林一派;武术会得多会得少,满没有什么说的。老弟你既不肯提贵老师的大名,那么练的是哪一门呢?"杨露蝉道:"教穆老师笑话,我是好歹练过几天长拳,不过只会个大路子;究竟拳里的奥妙,我是一点不懂。所以在外人面前,从来不敢说会武二字。穆老师是武林前辈,既承你老一再动问,说出来也不怕你老见笑,其实我还得说是武门外行。"穆鸿方笑了笑,说道:"客气、客气,我们还有什么说的?你是我店里的客人,我决不能按平常的武林朋友待你。来,咱们过两招,解解闷。"

杨露蝉往后退了一步,摆着手道:"这可真是笑话了!您要

12

是教我下场子，还不如您打我一顿呢。"穆鸿方道："什么话！老弟你太拘执了，这有什么干系？咱们不过是比画着玩，咱们把话全说开了，难道还真个动手么？说句不客气的话吧，在下也练过几天长拳；可是教我的这位老师傅是个南边人，教的日子又浅，口音又不大明白，好容易才学会了。赶到后来，我在别位行家面前，一练这趟长拳；人家看着就摇头，说是招式各别，全不一样。我这才知道南拳和北拳又有不同，只要遇上北派拳家，我就一定要领教领教。今晚侥幸又遇上了老弟，我太高兴了！我们又可以对证对证了，到底我的长拳跟北派拳不同的地方何在。我也不是定要跟老弟你较量谁的功夫纯、谁的招数巧；你只要把你的拳路比画一下，我也把我的拳路练给你看一看；我也开开眼，你也开开眼，咱们两受其益。这总没有说的了吧？"

露蝉被穆鸿方一再逼拶着，简直有些不能再摆脱了。带着迟疑不决的神色，很羞涩地向穆鸿方说道："穆老师，我已一再说明，实在说不上会武。我只练过这趟长拳的大路子；至于怎么拆，怎么用，我实是一窍不通。穆老师非要叫我练不可，我只好遵命；只望穆老师多多包涵，多多指教我。"

穆鸿方含笑答道："吓，老弟，你太谦虚了！你不要疑疑惑惑的，我还能欺负老弟不成么？"说着将双拳一抱道："请！"

穆鸿方步步紧逼，杨露蝉无法再拒，遂说道："我谨遵台命，我自己老着脸练一趟；有不对的地方，你老多指点。要是跟我过招，我可不敢。"穆鸿方道："老弟，你请练吧。"

穆鸿方一侧身，将手一挥，向一班徒弟们说道："你们闪开点，看这位杨师傅练两手，你们学着点。"徒弟们哗然散开，交头接耳窃窃私议。露蝉心里暗自怵惕惕："一时的莽撞，自寻来烦恼！我若是往好处练，他定要逼我动手；我若不好好地练，恐怕他们又要当面嘲笑我。我该怎么办呢？"自己一边往场子里走着，一边心里盘算着；倏然把主意打定，且先不露自己在拳术上的心得："我倒要先看看这位穆师傅到底有真功夫没有？果然看准了他的本领，我真能降得住他，就给他个苦子吃，教他往后少

13

要倚老卖老，看不起我们年轻人！"寻思着，已走到场子南头。穆鸿方跟在露蝉身旁，那一班徒弟们散漫在四周，十几对眼睛全盯住了露蝉。

杨露蝉报报地先把心神摄住，只装作看不见这些人。溜了半圈，立刻向穆鸿方双手抱拳，一揖到地，又向四面一转道："老师傅，众位帅兄，别见笑，多指教，我可献丑了。"说了这句，立刻一立门户，按长拳摆了一个架势，向穆鸿方道："这么开式对么？"穆鸿方道："哪有什么不对？老弟你练吧，不要客气。"杨露蝉这才双拳一挥，眼神一领，立刻一招一式演练起来。

露蝉故意地把这趟拳练得散漫迟滞。穆鸿方微笑着，向他一班徒弟说道："你们看见了？人家这位杨师傅这趟拳，才是受过名人真传。你们看，练得多稳，练得多准！"露蝉把这趟长拳九十一式，从头练完，虽然拳慢，手法到家。一收式，复向穆鸿方抱拳道："献丑献丑，让穆老师见笑！哪招不对，穆老师费心指教指教。"穆鸿方凝神看完，眼珠一转，笑着凑过来，说道："老弟别客气，练得很好，这才真正是名师所传。不过，这里头还真应了我的话。老弟所练的不是不对，实在你我彼此不同，看起来南派北派果然有别。老弟你那手'仙人照掌'跟我练得截然两样。老弟，你再比画一下看。"

露蝉听了心想："也许南派北派真个不同，我何不趁这机会，引逗他也练练？究竟是怎么个不同，我也长长见识。"遂欣然来到场心，穆鸿方也跟了过来。露蝉照样亮个"仙人照掌"的架势。穆鸿方道："老弟，这一手最显然不同，你这手变招是什么？"露蝉道："这是个攻势；这招用不上，跟着变招一杀腰，用'连珠箭'，上步穿掌。"

穆鸿方道："我当初学这手时，我的老师说过：这手'仙人照掌'只要用不上，赶紧撤招取守，取走，不能攻。——这不是跟北派长拳大相反了么？来，老弟，你只管进招，我接一个试试；看看这两种打法在实用上，到底哪个得力，就知道哪一种练法对了。"露蝉此时见穆鸿方说的情形颇为蹊跷，不觉地引起好

奇之心，心想："我不过假装不会！我若是真打不出功夫力量来，连刘老师也暗含着跟我栽了。"心里这么想，口中还是谦谦让让地说道："我只能摆个架势，我哪配向老师傅发招呢？"穆鸿方道："老弟，你又固执了，武术上要不这么身临其境地换招，哪能分得出好歹来！再者，我说句放肆的话，我还会教老弟你打着么？"

杨露蝉脸一红，暗中着恼："你也太狂了！你就看透我打不着你么？"陡向穆鸿方说道："这么说，我就遵命……"杨露蝉仍施"双照掌"的招数，倏然往外一撤招。穆鸿方用"双推窗"一接道："这就把你的招数拆了。"露蝉骤然将精神一振，手足利落，与刚才判若两人。拳风一敛，往回撤招；突往下一杀腰，右脚往前抢半步，半斜身把右掌穿出，掌力挟风，嗖的往穆鸿方腰上击来。

不料这穆鸿方容心要判辱人！脚底下连动也没动，容得露蝉拳到，立刻地凹腹吸胸，腰上微往右一闪，右手嗖的把露蝉腕子刁住，"顺手牵羊"往外一带，右腿往露蝉的右腿迎面骨上一拨。借力打力，咕咚，把露蝉摔了个嘴啃地；一班徒弟哗然大笑起来。——这一招并不是长拳，乃是穆鸿方精擅的弹腿的一招。

第三章

路见不平　解纷挥拳

穆鸿方慌不迭地抢上一步，伸手相扶道："这这怎么说的！太对不住了，摔着哪儿没有？"

仗着武术场子上，是全铺细沙的土地，露蝉又用左手支撑着，算没把脸抢破。露蝉站起来，臊得脸都紫了，心上十分难堪，勉强地笑了笑，向穆鸿方道："穆老师，谢你手下留情！你这才信我没有功夫吧？你要想打我这个样的，绝不费事。我……我本来不会么。"穆鸿方冷笑一声道："老弟，你下过功夫、没下过功夫，你自己总知道；若不是我姓穆的还长着两个眼珠子，哼哼。准得教你蒙住了！"回头向徒弟们说道："怎么样，你老师没瞎吧？"呵呵的大笑了两声，又道："你们看人家，年纪轻轻的，总算练得不含糊；错过是你老师，换个人，就得扔在这里。"

杨露蝉方才明白，人家竟是借着自己，炫弄拳招，好增加门徒的信佩，越发地羞愧难堪。当时也不敢跟他翻脸，含着一肚子怒气，向穆鸿方抱拳拱手道："穆老师，我打搅了半天，耽误了师兄们练功夫。我跟你告假，咱们明天见吧。"穆鸿方立刻堆下笑脸来道："老弟，你怎么真恼我了？我不是说在头里了么？就是我们两人过招，也不算是你踢我的场子；谁胜谁败，全不得摆在心上。老弟你怎么认起真来？"露蝉道："这是穆老师多疑，我要早早歇息，明天还要赶路呢。"穆鸿方道："老弟，你可真想投到太极陈门下么？"露蝉至此更不隐瞒，立刻说道："不错，我天性好这个；学而不精，到处吃亏受欺。我立志投访名师，要把功

夫练成了，免得教人轻视。我这次出门，就是专为这个。"说罢转身。穆鸿方忙道："好。有志气！老弟，我是直性人，有话就要说出来，你可别多疑。我想武术的门户很多，哪一门的功夫练纯了，都能成名。你何必认定了非投太极门不可呢？只怕老弟你去了，白碰钉子。这位陈老先生脾气那份古怪，就别提了，谁跟他也说不进话去。他这太极拳享这么大的威名，可是并没有什么徒弟，这么些年只收了五六个。慕名来投奔他的可多呢！只是大老远地奔了来，个个落得败兴而返，简直他就是不愿收徒；并且就是勉强求他收录了，两三年的工夫，不准教个一招两式。只我们这本乡本土练武的人，跟这位陈老先生几乎是怨声载道，就因为他拒人太甚了。杨老弟，我不是打你的高兴，只怕你这次去了，还是白碰钉子。再说学旁的武功也是一样，何必定找这种不近人情的人呢？"

露蝉此时对于这位穆老师，已存敌视之心；就是他的话全是真的，自己也不肯听他，遂虚与委蛇着说道："好吧，我自己思索思索，我现在还拿不定主意。"强忍着满腔羞愤遮断了穆鸿方的话头，略一拱手道："明天再谈！"说罢，不容他答话，转身就走。穆鸿方很得意地装出十分的谦虚，笑着说道："别走啊，咱们再谈谈。……困了？咱们明天见，我可不远送了。"

杨露蝉半转身子说道："不敢当！"遂拉开门闩，悻悻地出了别院，回转自己房间内，把门掩了。躺在床上，越想越难过，想不到自己无端找上了这场羞辱！由此看来，要学惊人武术，非得遇上名师，下一番苦功夫不可；不然的话，就得绝口不提"武术"二字。江湖上险诈百出，自己就是拿诚意待人，人家依然以狡诈相对。这位穆武师把自己玩弄得如此歹毒，这就是很好的教训。这真应了那句俗语："逢人只说三分话，不可全剖一片心。"一时惑于他的长拳南派北派的一番鬼话，吃了这眼前大亏，从此可要记住了。辗转思忖，直到三更过后，方才入睡。天方亮赶紧起来，自己不愿再见那个穆店主，遂招呼店伙打脸水，算清店账。打听明白了赴陈家沟子的道路，距此还有六十多里的道路，

立刻匆匆离店，雇了匹脚程，赶奔陈家沟子而来。

露蝉出离店房，心中烦恼，跟那脚夫有一答没一答地闲谈，打听陈家拳在当地的声势。行行复行行，在申末酉初，已到了陈家沟子。远远望去，这陈家沟子是个很大的镇甸；听脚夫说："这里三六九的日子，都有很大的集，附近四十多个村庄都要赶到这里交易。"那赶脚的向杨露蝉问道："你老到这里来，是看望亲友，还是路过此地？你老若是没有落脚的地方，这一进陈家沟子镇甸口，就有一座大店。要是错过这里，可就没有好店了。"

露蝉想了想："天色倒是不晚。只是初到这里，也得稍息征尘，问问当地的情形，访访陈老师的为人，再登门求见，方不冒失。我不要再冒失了！"拿定主意，向脚夫说道："我是看望朋友来的。倒是有地方住；我怕乍来不大方便。店里要是干净的话，我就先落店吧。"脚夫把大指一挑道："喝！三义店干净极了，净住买卖客商，你老住着准合适。"露蝉道："那么就住三义店吧。"露蝉哪里知道，脚夫是给店里招揽客人，好赚那二十个大钱的酒钱。来到店中，哪是什么大店？分明是极平常的一座小店罢了。露蝉想着，不过住一两晚上，倒不管什么店大店小；见了陈老师，自然献赞拜师，就可住在老师家里了。

由店家招待着，找到了一间稍为干净的屋子，露蝉歇了。到晚间，就向店伙仔细打听这太极陈的情形；只是传说互异，跟那刘武师以及那穆鸿方所说的并不一样。露蝉东扯西拉地问了一阵，心里半信不信，遂早早安歇。第二日一早起来，梳洗完了，露蝉问明了太极陈的住处，遂把所备的四色礼物带着，径投陈宅而来。

顺着大街往南，走出不远，果然见这趟街非常繁盛。往来的行人见露蝉这种形色，多有回头注视的；因这陈家沟子虽是大镇甸，却非交通要道，轻易见不着外县人的。走到街南头，路东一道横街；进横街不远，坐北朝南有一座虎座子门楼；虽是乡下房子，可是盖得非常讲究。露蝉来到门首，只见过道内，有一两个长工，正在那里闲谈。露蝉觉得这房子跟店家所说陈宅坐落格局

一样，遂走上台阶，向过道里的长工们道了声辛苦，请问："这里可是陈宅？"一个年约五十多岁的长工，站起来答话道："不错，这是陈宅，你老找谁？"露蝉道："我姓杨，名叫杨露蝉，是直隶广平府人，特来拜望陈老师傅的。请问陈老师傅在家么？"一面说着，把所带的礼物放下，从怀中掏出一张名帖；拱了拱手，递给长工。那长工把名帖接过去，看了看，一字不识，向露蝉说道："老当家的在家呢。"一个年轻的长工在旁冷笑道："老黄，你又……你问明白了么？"露蝉忙抢着说道："大哥，费心回一声吧。"长工老黄捏着那张名帖，走了进去。等了半晌，老黄红头涨脸地从里面出来，手里仍然拿着那张红帖，来到露蝉面前，丧声丧气地说："我们老当家的出去了，还你帖子吧。"

露蝉一怔，忙拱手问道："老师傅什么时候出去了？"老黄道："谁知道，他走也不告诉我，我怎么知道啊！"杨露蝉说道："他老人家什么时候回来？"长工把帖子塞给露蝉道："不知道，不知道。你有什么事情，你留下话吧。"说着一屁股坐在长凳上，拿起旱烟袋来，装烟叶，打火镰，点火绒，噘着嘴吸起烟来。

露蝉揣情辨相，十分怅怅。只是人家既说没在家，只好再来。遂赔着笑脸道："倒没有要紧的事，我是慕陈老师傅的名，特来拜望。劳你驾，把名帖给拿进去。这里有我们家乡几样土产，是孝敬陈老师傅的，也劳驾给拿进去吧！我明天再来。"那长工老黄翻了翻眼说道："你这位大爷，怎么这么麻烦！不是告诉你了，没在家，谁敢替他做主？你趁早把礼物拿回去，我们主家又不认识你。"

这一番话把杨露蝉说得满面通红，不由面色一怔。说道："不收礼也不要紧呀！"那个年轻的长工忙过来解说道："你老别过意，我告诉你老，我们老当家的脾气很怪，我们做错了一点事，毫不容情。听你老的意思，大概跟我们主家不很熟识。这礼物你拿回去，等着见了我们当家的，你当面送给他。我们一个做活儿的，哪敢替主家收礼呢？"

露蝉一想，也是实情，这礼物只好明天再说了。举着名帖，

复对长工说道："在下这张名帖，还求你费心！"长工将手一摆道："这名帖也请你明天再递好了，你老别见怪。"

杨露蝉只好回转店房，心想："难道这么不凑巧？他一定是不愿见我吧！但是他就是拒收门徒，他还没见我，怎知我的来意呢？"无精打采，在店房中闷坐了一会儿，便想叫店伙来，再打听打听这陈清平的为人；偏偏店里很忙，店伙没工夫跟他闲谈。直到午饭后，杨露蝉才叫来一个店伙，说到这儿登门访师，陈清平人未在家，礼物没收的话。店伙道："这位陈老师傅可不大容易投拜。我们这一带的人差不多全好练两下子；只因当初匪风闹得很凶，各村镇全有乡防，哪个村镇都有几处把式场子。自从这位陈老师傅出了二十多年门，回来之后，一传出这种太极拳的武术来，谁也不敢再在这里铺场子了。全想着跟他老人家学一两手；只是谁一找他，谁就碰钉子。两个字的批语，就是'不教'。从前也有那看着不忿的人，就拿武术来登门拜访；只是一动手，没有一个讨了好去的。人家骄傲，真有骄傲的本领呢！后来渐渐没有人敢找他来的了。可是我们这陈家沟子从此以后，也就没有出过一回盗案；连邻近几十个村庄也匪氛全消，这足见人家的威望了。这一班闯江湖吃横梁子的朋友，固然全不敢招惹他；可是练武的同道也都不愿意交往他，他就是这么乖古！"露蝉道："这么说，难道他一个徒弟也不教么？"店伙道："那也不然，徒弟倒也有，据说全是师访徒。他看准了谁顺眼，他就收谁；你要想找他，那可准不行。"露蝉听了，不禁皱眉。店伙又道："你老多住一两天也很好，我们这里是三六九日的集场，明天就是初九。这里热闹极啦，你老可以看看。"店伙出去了，杨露蝉非常懊丧。

第二日天才亮。就听见街上人声嘈杂，车马喧腾；露蝉知道这定是赶集的乡人运货进镇了。自己也随着起来，店伙进来打水伺候。吃过早点，怅然出门，到店门外一站，果见这里非常热闹，沿着街道尽是设摊售货的；其中以农具、粮食为大宗，各种日用零物，果物食品，也应有尽有。露蝉略看了看，回身进店；想了想，换好衣服。仍然提着礼物，带着名帖，再奔陈宅。

这条街上，因为添了临时赶集的摊贩，来往的乡人又多，道上倍显着拥挤；不时还有路远来迟的粮车、货车，一路吆喝着进街。街道本窄，就得格外留神，一不小心，便要碰人或踩了地上的货摊。"借光，借光"之声，不绝于耳。露蝉将手中的四色礼物包，高高地提着往前走。走出没多远，街道更加狭窄了，两边尽是些卖山货的，卖粗瓷器和道口特产铁器的。正走处，突然从身后来了一头小驴，驴颈上的铜铃哗朗朗响得震耳。露蝉忙侧身回头，往后一看：是一个二十岁上下的青年，新剃的头，雀青的头皮，黑松松的大辫子盘在脖颈，白净净一张脸，眉目疏秀。穿着一身紫花布裤褂，白布袜子，蓝色搬尖鱼鳞大掖根洒鞋；左手拢着缰绳。右手提着一根牛皮短鞭子，人物显得很精神。这一头小黑驴也收拾得十分干净，蓝丝缰，大呢坐鞍，两双黄澄澄铜镫。在这么人多的地方，这驴走得很快，很险；但是青年的骑术也很高，在这铃声乱响中，闪东避西，控纵自如。那前面走路的人们也竭力地闪避着，眨眼间小驴到了杨露蝉的身旁。露蝉慌忙往旁边一闪，手提的东西悠地一荡，整碰着驴头，险些撞散了包。露蝉方说道："喂，留点神呀！"一语未了，青年的驴猛然一惊，青年把驴一带，躲开了杨露蝉这一边，没躲开那一边。小驴却将靠西的一个卖粗瓷的摊子踩了一蹄子，摆着的许多瓷盆瓷碗，希里花拉，碎了好几个。

卖瓷器的是个年约四五十岁的庄稼人，立刻惊呼起来。这一嚷，过往行人不由得止步回头；那骑驴的青年立把缰绳一带，驴竟窜了开去。卖瓷器的老头子站起来，一把扌住了驴嚼环，大嚷道："你瞎了眼了，往瓷盆子上走！我还没开张呢，踩碎了想走？不行，你赔吧！"青年勒缰下驴，凑到卖盆子的面前道："踩碎了多少，赔多少，瞎了眼是什么话？可惜你这么大年纪，也长了一张嘴；怎么净会吃饭，不会说人话呢！"卖瓷器的涨红着脸，瞪眼道："噫！眼要不瞎，为什么往我货上踩？饶踩坏东西，还瞪眼骂人？哼，少赔一个小钱也不成；我这是一百吊钱的货！"青年气哼哼说道："踩坏你几个盆，你就要一百吊钱？你不用倚老

21

卖老，这是官道，不是专为你摆货的。许你往地上搁，就许我踩。我不赔，有什么法你使吧！”那老头子恶声相报道："你不赔，把驴给我留下！小哥儿，你爹爹就是万岁皇爷，你也得赔我！"

青年见这卖瓷器的捋住了驴嚼环撒赖，不禁大怒道："想留我的驴，你也配！"把手中牛皮鞭子一扬道："撒手！"老头子把头一伸道："你打！王八蛋不打！"一言未了。啪的一下，牛皮鞭抽在老头子手腕子上，疼得他立刻把嚼环松开，大叫道："好小子，你敢打我？我这条老命卖给你了！"他两手箕张，往前一扑，向青年的脸上抓来。青年把左手缰绳一抛，一斜身，"金丝缠腕"，把卖瓷器的左胳膊抓住，右手鞭子一扬，呵斥道："你撒野，我就管教管教你！"啪的又一鞭子落下去，卖瓷器的怪叫起来；啪的又一鞭子！突然从身后转过一人，左手往青年的右臂上一架。右手一推那老头子，朗然发话道："老兄，跟一个做小买卖的……这是何必呢！"

骑驴青年没想到有人横来拦阻，往后退了一步，方才站稳。那卖瓷器的也被推得踉踉跄跄，退出两三步去；教一个看热闹的人，从背后搡了一把，才站住了。

青年一看这推自己的是一个年纪很轻、身形瘦弱的人；穿着长衫，说话的口音不是本地人，手底下竟很有几分力气，不禁蓦地一惊，脸上变了颜色。

这个路见不平，出头劝架的，正是入豫投拜名师，志学绝艺的杨露蝉。杨露蝉正为这青年策驴疾行于狭路人丛中，心中很不以为然。纷争既起，行人围观，不禁惹起了路见不平之气，触动了青年好事之心。立刻把手提的礼物，往一个卖土布的摊子上一放，说了声："劳驾！在你这儿寄放寄放。"也不管卖布的答应不答应，竟自抢步上前，猛把这青年的胳膊一拨，挺身过来相劝。

这青年双眉横挑，侧目横睨。向露蝉厉声道："你走你的路，少管闲事！"露蝉道："老兄不教我管，我本来也不敢管。不过我看你这么打一个做小生意的，人家偌大年纪，太觉得过分了！真

格的，拿皮鞭子好歹打出一点伤来，只怕也是一场啰唆吧！碰坏了东西，有钱赔钱，没钱赔话……"

青年未容露蝉把话说完，早气得瞪眼说道："不用你饶舌！我一时不慎，误碰碎了他几个粗盆碗，我碰坏什么赔什么，我没说不赔。他却出口伤人，倚老卖老，要跟我拼命，要留我的驴！我姓方的生来就是硬骨头，吃软不吃硬！打死人我偿命，打伤人我打官司。你走你的路，满不与你相干，趁早请开！"这骑驴青年声势咄咄，杨露蝉强纳了一口气道："乡下人就是这样，你碰碎了他的盆，他自然发急。老兄还是拿几个钱赔了他，这不算丢脸。我看老兄也是明白人，你难道连劝架的也拉上不成？我这劝架的也是一番好意呀！"

那青年把脸色一沉道："我不明白，我浑蛋，我赔不赔的与你何干？就凭你敢勒令我赔！我要是不赔，看这个意思，从你这里说，就不答应我吧？"

杨露蝉被激得也怒气冲上来，愤然答道："我凭什么不答应？我说的是理。"这时那卖瓷器的从背后接声道："对呀，踩碎了盆碗不赔，还要打人。你妈妈怎么养的你，这么横！"

卖瓷器的倔老头子骂的话很难听，骑驴青年恼怒已极，把手中皮鞭一挥道："好东西，你还骂人？我打死你这多嘴多舌的龟孙！"

这马鞭冲着卖瓷器的打去，这话却是冲着杨露蝉发来。那老头子一见鞭到，早吓得缩在人背后。杨露蝉却吃不住劲了，嘻嘻的一阵冷笑道："真英雄，真好汉！有鞭子，会打人！"

青年霍地一翻身。抢到杨露蝉面前，也嘻嘻的一阵冷笑道："我就是不赔！我打了人了，哪个小舅子儿看着不忿。有招只管施出来，大爷等着你哩，别装龟孙！"

杨露蝉到此更不能忍，也厉声斥道："呔！朋友，少要满嘴喷粪！饶砸了人的东西，还要蛮横打人。在下就瞧着不忿。你们本乡本土，说打就打；我是个外乡人，我就是看不惯，我就爱管闲事！朋友，你不是会打人么？哼！我身上生就两根贱骨头，还

23

真愿意替别人挨打！"他说着往头顶一指，大指一挑道："尊驾有皮鞭子，就请往这里打，不打就不显得你是好汉！"说罢，双臂一抱，挺然立在青年面前，从两眼里露出了轻蔑鄙视的神色。那青年的皮鞭尽管摆了摆，没法子打下去。

只见那青年眼珠一转，往四面一看，脸上忽然翻出笑容来，仰面哈哈的大笑一阵。却将马鞭往地下一掼，双拳一抱，向杨露蝉拱手道："哈哈，我早就知道老兄你手底下明白！你要够朋友，请你跟我走，咱们离开这里，那边宽展！"青年将驴缰一领，右手向杨露蝉一点，随又向南一指道："那边出了街，就是空地。"

第四章

误斗强手　失著一蹶

　　杨露蝉向四面看了看，路上行人围了许多。交头接耳，纷纷议论。那卖瓷器的远远地发急叫喊道："不行，走可不成，打也打了，骂也骂了。赔我的盆！"杨露蝉道："掌柜的你别急，该多少钱，回头我给你。布摊上还有我的东西哩；劳驾，你给我看着点。"于是骑驴青年吆喝了一声道："众位借光！"看热闹的人登时霍地闪开。青年又回头向杨露蝉瞥了一眼道："走吧！"

　　杨露蝉雄赳赳地大叉步跟来，冷笑道："走到天边，我也要跟着你！"就有一个看热闹帮着杨露蝉道："你老别找亏吃，不要跟他去。"杨露蝉笑了笑道："这人太横了，我倒要碰碰他。"拔步而前，昂然不惧。

　　两人出了街，来到一处广场。

　　街上人纷纷跟了来，三三两两，窃窃私议道："快瞧瞧去，太极陈的四徒弟又要跟人打架了！"

　　青年悻悻地走到广场，把驴缰往鞍子上一搭。用手掌轻轻将驴一拍，任听它到草地上啃青。然后一侧身，横目向杨露蝉上下一打量，冷笑开言道："朋友，你有什么本领多管闲事？来来来，我倒要领教领教！"

　　杨露蝉也侧身打量这青年，事已至此，不得不一试身手。杨露蝉说道："老兄，你无须这么张狂。我在下只是个过路人，实在没有抱打不平的本领。一个苦老头子，小买卖人，你砸了人家的瓷器，你还要打人，你还要打劝架的人！老兄，我是外乡人；

25

我初到你们贵宝地，我实在没看见过这个！"又回顾看热闹的说道："你们诸位乡亲，可看见过这个么？"

青年陡然浮起两朵红云，从两腮边直彻到耳根，厉声怒叫道："哪里来的野杂种，还敢掉舌头！今天大爷要教训教训你，教你往后少管闲事，省得你爹妈不放心！"一语罢了，突然往前一欺身，到了露蝉面前，喝一声："接招！"右手劈面往露蝉面上一点。露蝉见他真动手，急往旁侧脸，用左掌往外一磕。青年突然把右掌往回一撤，右肩往后一斜，左掌突然斜向露蝉的小腹劈来。掌风很重，似有一股寒风袭到。露蝉竟不知他用的是哪种拳，发的是什么招；原来这青年正用的是太极掌中的"斜挂单鞭"。

露蝉忙往外顺势一伸左臂，身势斜转，往左一个斜卧式，右掌往下一切，掌缘照青年的脉门便截。青年一撤左掌，用"玉女投梭"，向露蝉的胸膛打来。露蝉右腿往回一缩，斜转半身，翻左掌，想叼青年的腕子。青年招数快，手下滑，竟不容露蝉把手腕扣住。霍地右掌一撤，双臂一分，右足向露蝉的丹田踢来。这招"退步跨虎"，用得很厉害，露蝉急忙抽身撤步，才把这招闪开，心中十分吃惊。本想到这青年必是会家子，却不料青年竟有这般身手。杨露蝉才躲过这一招，青年欺身又到，身轻掌快，用了招"提手上式"。露蝉急使"铁门闩"，把这招拆开。不容青年进招，往前一上步，"顺水推舟"，向青年便打。只是露蝉对于敌人的手法不明，自己武功根基又浅，运全神，尽全力，不过仅能勉强招架。这一招使出去，指望准能打上青年，欺敌太紧，招数用老了，竟犯了拳家之忌，被青年把露蝉的双臂封开，倏地一变招，转为"弯弓射虎"，"蓬"的一掌，打在露蝉的右肋上。露蝉一疼，急忙收招，却不防青年唰的又一腿，扑嗵，把露蝉踢个正着，倒坐在地上。那看热闹的人不禁哄然喧哗起来。

骑驴青年把露蝉打倒，哈哈一笑道："就凭这点本事，也敢出来多嘴多舌？回去跟你师娘多练几年，再出来管别人的闲事吧，打不平的好汉！"说着，不待露蝉答言，眼向四面一看，昂

然举步，大声吆喝道："借光，借光！"竟抢到那头黑驴前，一按鞍子。蹿上驴背，抖缰绳，取路而去。

露蝉受了这场判辱，十分惭愧，站起来，掸了掸身上尘土，觉着右肋左胯隐隐疼痛；低着头，不敢看那围着看热闹的人，转身就走。内中有一个爱说话的短胡子老头，凑到露蝉的身旁，带着惜惋劝慰的口吻道："这是怎么说的，一番好意反倒招出是非来！我说句不知深浅的话吧，本来这陈家沟子个个人都会两手，可就是个个人都惹不起人家这个陈家拳！"

杨露蝉矍然张目道："陈家拳？"

又一个中年人道："你老不知道么？我们这里陈清平老先生的太极拳，天下扬名，看你老也像是个会家子，你难道不晓得这陈家拳么？"

杨露蝉这一惊非同小可。不禁失声说道："我哪知道是陈家拳，刚才这青年莫非是陈清平的什么人？"

那中年汉子道："这个青年就是陈清平的四徒弟，你难道不晓得么？"杨露蝉不待这人说完，登时惊得浑身一震道："哎呀！……"

那短胡子老头对中年汉子说道："你没见这位是外乡人么！人家怎会晓得？"转身来向露蝉说道："你老要知道他是陈老师傅的徒弟，也就不至于多管这闲事了。我们这里人若讲到武术，谁也惹不起陈家……"

杨露蝉急忙问道："这个人真格的就是陈老师傅的亲传弟子么？他叫什么？"老头子答道："他姓方叫子寿。你别瞧他打得过你，他还是陈老师的最没出息的徒弟哩！据说他天质很有限，跟陈老师学了好几年，一点进境都没有。陈老师常常责备他，嫌他不用功，没有悟性。"

杨露蝉忍着羞愧，打听这方子寿的武功能力。才晓得陈清平一生只有六个徒弟，在本乡的现有三个，就数这方子寿不行。这方子寿只有鬼聪明，没有真悟性，在师门很久；只是限于天资，后来者居上，第五个师弟，第六个师弟锻炼得功夫，个个都超过

了他。不过方子寿也是陈家沟子的人，既有同乡之雅，陈清平又喜欢他听话，献个小殷勤，伺候师傅，非常地尽心；所以陈清平虽嫌他天资不好，没有艰苦卓绝的刚劲，可是他人缘颇好，到底做师傅的并不厌弃他。杨露蝉远道投师，想不到一时多事，竟与这心目中未来良师的爱徒，为了闲事打起架来！

"唉，真糟！"

杨露蝉摔得身上有土，不便再往陈宅去了，老着面皮，钻出人圈，走回街来，找到那个土布摊，把自己寄存在那里的礼物拿来。一回头，看见那个卖瓷器的老人，他倒没事人似的，正在那里，挑拣那些踩坏了的破瓷器，把那不很碎的另放在一处，还打算锔上自用。一眼看见杨露蝉，忙站起来申谢道："客人，我谢谢你老，教你受累了。"杨露蝉满面通红地说道："唉，别提了！"从身上取出一串钱来，说道："踩破的盆碗，不管值多少钱，我赔你一串钱吧。"那老人连连推辞道："不用了，不用了，那个蛮种赔了我钱了，这不是两串钱么！我谢谢你老，若不是你老一出头，这小子打了人一走，一准不赔钱。"

这却又出乎露蝉意料之外。这真是自己多管闲事了，人家还是赔钱，并不是蛮不讲理。这一场抱不平打得太无味了，街头上人都侧目偷看自己，窃窃地指点议论。本想争一口气，偏偏自己的本领如此的泄气；不度德、不量力之讥必不能免。杨露蝉只得提了礼物，低着头，紧忙走回店房。

却才一进店，那店伙看见了礼物，劈头一句便问："怎么样了，又没见着么？"露蝉看了店伙一眼。进了房间，把礼物往桌上一放，说道："泡一壶茶来搁着；我头晕，得歇一会子！"一头躺在床上，不再搭理那店伙。店伙不再多嘴，赶紧泡了茶来，出去张罗别的客人去了。

露蝉这时候沮丧到极处，也后悔到了极处了。心想："怎么这巧！抱打不平，多管闲事，这就不应该。不意偏偏遇上太极陈的弟子！我大远地跑来，想投到人家的门下，竟先跟未来的师兄动起手来，这不是自己给自己堵塞门路么！我才到陈家沟子，就

有这场是非，知道当时实情的，原谅我是路抱不平，可是人家要往不好处批评，定说我不安分，恃勇逞强，是个好惹是非的年轻人。那一来，陈老师焉能再收留我？"

杨露蝉愧悔万状，茶饭懒用，自己竟拿不定主意，陈老师那里还去得去不得？直到晚间，反复筹思，方才决定，还是硬着头皮去一趟：倘若遇见那个姓方的青年，我就向他赔礼。我入门以后，总是师弟，难道他就因这点小节，就不能容人，阻碍我献贽投师么？

露蝉一会儿懊悔，一会儿自解，这一夜竟没好好睡觉。早晨起来，又踌躇了半晌，方才强打精神，穿戴齐整了，提了礼物，再次投奔太极陈的府上而来。

今天已过了集场，街上清静多了。沿街往南，顺脚走熟路，转瞬来到太极陈宅的门首。方一走上台阶，就见上次给自己递帖传话的那个长工老黄。正在擎着旱烟袋，吸着烟，跟伙伴说话。

露蝉含笑点头。向老黄打了招呼，把礼物放在过道里懒凳上。老黄道："杨爷，你来得很早，你想见我的主人么？他出去了，你最好明天来吧。"

露蝉一听，不禁十分难过，没容自己开口，迎头就挨了这么一杠子顶门闩；看来这分明是不见我了！强将不快按下去，和声悦色地向老黄说道："黄大哥，我的来意也跟你说过了。我是诚意来拜谒陈老师傅的，不论如何，我得见他老人家一面。就是他老人家不收留我，也没有什么要紧。可是我既大远地来了，我怎好就这么回去？就是今天不见我。我等上三月五月，也非见着陈老师不可。黄大哥，你老给费心再回一声吧！"

老黄把烟袋磕了磕，向露蝉道："杨爷，我告诉你老实话吧，你就是见了他，他未必能收留你做徒弟，我们老当家的脾气太以的不随俗了。在以前像你这么来的，很有几位，个个全碰了钉子回去。依我劝，你何必非见他不可呢？"露蝉道："我要不是立了决心，也不出这么远的门投奔了来。不怕他老人家不收徒弟，让我听他老人家亲口吩咐了。我也就死心塌地地另访名师、重投门

户，何至于连见也不见我一面呢？"老黄道："这倒不是，今早倒真是出去了。"

露蝉沉吟一回道："我跟你打听一件事，陈老师门下可有一位姓方的弟子么？"老黄翻了翻眼皮道："有一个姓方的，你问他做什么？"露蝉道："我么，有一点事，我打算先见见他。黄大哥，你受趟累，请他出来，行么？"老黄摇摇头道："杨爷，你跟他早先认识么？"露蝉道："不，我是来到这里，才见过他。"老黄道："他不常来，现在没在这里。有什么事留下话，他来时，我教他到店里找你去。"

露蝉低头寻思着，向老黄道："我就托付大哥你吧。只因我昨天往这里来时，无意中竟跟这位方师兄拌了几句嘴，我得罪了他。当时我实不知他就是陈老师的高徒，事后有别人告诉了我，我很懊悔，我既打算拜投在陈老师门下，反倒先得罪了他老人家的弟子，我这不是自己给自己堵上门路了？可是不知者不怪罪，我打算见见这位方师兄，赔赔不是，化除前嫌，免得被陈老师知道了，怪不合适的。"

老黄道："杨爷，你怎么会跟他争吵起来呢？"露蝉遂把昨天的事说了一番。

老黄听了，连连摆手道："杨爷，我劝你趁早不必找他。你要是一提这事，倒糟了，他绝不敢把外面惹是生非的话跟师傅说。他是最不长进的徒弟，练了六七年的功夫，据当家的说，他一点也没练出来。教师傅骂过多次了，弄不好，还大嘴巴子鞭他。前几年他不断地在外面惹是招非，老当家的只要知道了，就不肯饶他。这两年他也好多了。近来因为他母亲多病，不在这里住了，有时来有时不来。你要是一提这事，他一定教老当家的重打一顿。我看你简直别提这事，他也不敢提一字。"

露蝉听了，这才放了心。遂又谆谆地托付老黄："务必在老主人面前致意，但能见老师傅一面，我就感激不尽。"老黄满口答应着；露蝉怏怏地辞出来，精神颓丧地回转店房。

露蝉耐着性子，一趟一趟的，直去了六七次，在店中前后已

住了十几天。去得太勤了，把陈宅的长工们都招烦了，个个都不肯搭理他。尽管露蝉逊辞央告，这些长工冷笑着瞅着，互相说道："那个人又来了！"

杨露蝉实在无法了，才想起递门包的巧招，把老黄、老王几个长工都打点了。乡下人没见过大市面，只几吊钱，便买得这些长工们欢天喜地，有说有笑地招待了；而且热心肠地替杨露蝉出主意。杨露蝉且喜且悔，怎么这个巧招不早想出来。

这一天，杨露蝉老早地又来到陈宅门前。没容他说话。长工老黄从里面出来，一见面，竟向露蝉道："铁杵磨绣针，工夫到了自然成。我先给你道喜，昨天我给你说了好些好话，我们主人请你客屋里坐。"

露蝉一听喜出望外，看起来还是耐性苦求，倒还真有盼望。"这一定是陈老师见我这么有长性，有耐心，打动他了。他这一见我，定有收留我之意了。"恭恭敬敬随着长工老黄，走东面屏门，进了南倒座的客屋。

里面并没有人，屋中却是刚洒扫完，地上水渍犹湿，纤尘不染。屋中的陈设不怎么富丽，可是朴素雅洁，很显着不俗。露蝉不敢上踞客位，找下首座，靠茶几坐下了。老黄把新泡的茶给露蝉倒了一盏，放在茶几上，教露蝉稍候片刻，又教露蝉说话客气点，很是关照。

然后老黄踅身出去，露蝉在客屋里等候了很大的工夫，老黄拉开风门，探着身子，向露蝉说道："杨爷，我们老当家的来了。"露蝉赶忙站了起来。

第五章

献贽被拒　负气告绝

　　从外面走进来的是独创一派，名震武林的技击名家太极陈。露蝉一看这陈清平，年约六旬，身高五尺有余；须发微苍，面庞瘦长，肤色却红润润的；两道长眉，鼻如悬柱，二目梭威凛凛，神光十足。穿着蓝绸长衫，白布高腰袜子，挖云字头的粉底便履。虽届花甲之年，绝无老态；细腰扎背，腰板挺得直直的。走进客厅，当门止步，把眼光向杨露蝉一照。杨露蝉抢步向前，深深一揖到地；往旁一撒步，起敬地说道："老师傅起得很早！老师傅请上，弟子杨露蝉叩见！"

　　陈清平把眼光从头抹到脚下，将杨露蝉打量了一遍，立刻拱拱手，脸上微含着笑意道："杨兄不要客气，不要这么称呼，愚下不敢当！请坐请坐。"杨露蝉道："老师傅是武林前辈，弟子衷心钦慕，私淑已久。今蒙老师傅不弃在远，惠然赐见，弟子万分荣幸。老师傅请上，容弟子……"说着把自己的名帖拿出来，双手举着，恭恭敬敬地递过来；然后，便要下拜，施行大礼。太极陈接了名帖过去，眉峰一展，立刻一指客座道："杨兄请坐，坐下谈话。"露蝉谦了半晌，抢坐在茶几旁，陈清平再三向客座逊让，露蝉不肯。太极陈笑了笑，一侧身，自己也坐在茶几旁主位上相陪，依然按主客之礼相待。长工们重献上茶来；太极陈道："愚下这几日为了些私事，未能恭候，教杨兄屡次枉顾，有失款待，抱歉得很。杨兄此番迢迢数百里，来到这小地方，有何见教呢？"

32

露蝉道："弟子自幼爱好武功，只是未遇名师，空练了好几年，毫无成就。听得许多武师盛称老师傅独得秘传，创出太极拳一派，有巧夺天工之妙，养生保命之功，为各派拳家所不及；南北技击名家，多不明这太极拳的神妙手法。苦学惊人艺，必须访名师，弟子既承人指示了这条明路，所以特地从远道投奔了来。求老师傅念弟子一点愚诚，收录弟子；使弟子获列门墙，得有寸进，弟子感恩不尽。"又加了一句话道："弟子杨露蝉是直隶广平府农家子弟，家中薄有资产，尚不是那无家无业、来历不明的人。"

陈清平淡然一笑道："杨兄原来是直隶人，远道而来的，怪不得上当了。……你不要信他们那些无稽之谈，我何尝得到什么秘传？这都是江湖上闲谈信口编排，故炫神奇，把我说成一个怪物一般，我怎的会巧夺天工？不过太极拳是从阴阳消长、刚柔相济之理发挥出来的，好比跟那道家修炼，必须内外兼修，是一个道理。一讲究起来，那些目不识丁的武夫有些听不懂，于是乎就神乎其神了，究竟这里面并没一点玄奥。而且这种拳术也不切实用，我不过闲着来练一练，活动活动气血；就好像吃完饭，出门散散步似的。要指望着练会了这套太极拳，便可以防身制胜，称雄武林，甚至于从中争名求利，那岂不是妄谈么！莫说这拳很没有意思，不值一学；你就练会了，也是白练，一点好处没有。要跟人打架，是一准挨揍；要拿来混饭，杨兄又不是混饭吃的人。所以我一向绝不收徒弟、设场子，免得教人唾骂。杨兄远道慕名而来，足见看得起我；只可惜我是有名无实，空负杨兄一番盛情。杨兄你只骂那冤你的人好了，我拿什么教你呢？教好了，教你挨打去么？"说罢哈哈一笑，眼睛看到门外去了。

杨露蝉肃然听着。不想陈清平竟是这样说话，当不得一头冷水，满面飞红。

陈清平将茶杯一端道："杨兄请吃茶。"跟着说道："其实大河以北，技击名家很多。杨兄英年好武，尽可拜访一位名师，投到他门下，不愁不展眼成名。何况杨兄武功，已有根底；不是我

当面奉承杨兄，我们这小地方，真像杨兄这种本领的真还少见。听说杨兄也来了好几天了，请看我们这里可有铺把式场子、练武术的么？我们这里本来就很少练武的人。杨兄刚才说得好，要学惊人艺，必须访名师；名师尽有，可惜不是我。杨兄还是速回故乡，直隶是燕赵联邦，民风刚强好勇，那里真是有的是好手。再不然山东曹州府……"

陈清平竟不留余地地拒人于千里之外。杨露蝉年少性直，却也听出陈清平弦外之音；只是远道而来，到底要碰碰运气看。露蝉不等太极陈话毕，自己站了起来，从怀中取出一个红封套，双手放在太极陈面前道："老师傅，请不要推辞了。弟子怀着一片虔心，前来献贽投师。弟子倾慕盛名，已有五年之久，好容易才投奔了来。老师傅，求你念在弟子年轻不会说话，空有一片诚心，口中说不出来。弟子习武，只是一片爱好，并不想称雄武林，更不敢挟技欺人。弟子只望锻炼身体健强，于愿已足……这是弟子一点孝心，另外还有弟子家乡中几样土物，求老师破格收录下弟子；弟子逢年遇节，另有贽敬。弟子家尚素封，敬师之礼，自当力求优渥……"末了又加上一句道："这是二百串的票子。"

这一说到钱，却大拂陈清平之意。陈清平面色一沉道："杨兄这是什么话！我历来说话是有分寸的，我说我没本事收你做徒弟，这是实话，绝没一点客气！你就摆上一千两银子——不错，我爱钱，我愿意收你；可是收了你，我拿什么教你呢？这绝不敢当。像杨兄这分人才，这分功夫，说老实话，足可以设场，传授徒弟了；我要在壮年，我还要拜你为师呢。"

这几句话把杨露蝉臊得低下头来，不敢仰视。太极陈却又说道："我可有点不合世俗的脾气，好在杨兄也不会怪罪我。但凡江湖上武林同道，一时混穷了，找上门来，我一定待若上客。住在我家，我必好好款待；要是缺少盘费，我给筹划盘费。杨兄你却不然，你是很有钱的人，我倒不愿留你了。我还有点琐务，杨兄如果没有事，我们改日再谈。"太极陈公然下起逐客令来了。

杨露蝉嗫嚅道："老师真就叫弟子失望而去么？"

　　太极陈含笑说道："这有什么失望？我历来把这练武的事，没看得那么重；再说你另投别的门户去，将来一定也能成名，绝不会失望的。"杨露蝉十分懊丧，强赔笑脸道："老师傅既是不愿意收录弟子为徒，弟子以为能拜识老师傅这样技击名家，也引为一生光荣。这些许赞敬，算是弟子的一点见面礼，请老师傅赏脸收下。还有这几色土物，也是弟子特意给老师傅带来的，请老师傅一并笑纳吧。"

　　太极陈道："杨兄，你这份盛情，我已心领了，我是历来不收亲朋馈赠的。人各有志。杨兄，你谅不至强人所难吧？快快收起，要是再客气，那是以非人视我了。"说到这里，竟大声招呼道："老黄！"外面一个长工应声进来，问："有什么事？"太极陈用手一指道："把这几样东西，替杨爷提着。"长工答应着，立刻提了起来。杨露蝉一看这位太极陈，简直硬往外撵自己，只好把红封套掖起，脸上讪讪地站起来，向太极陈告辞。太极陈早已站在那里，侧身相送了。

　　露蝉往外走，陈清平送到客屋的门外，露蝉回身相让道："老师傅留步，弟子不敢当。"太极陈竟毫不客气地向露蝉举手道："那么，恕我不远送了！"只又向露蝉略微拱了拱手，转身进去了。杨露蝉被长工们领了出来。在过道里，露蝉站住了，长吁了一口气。蓦地想把太极陈说自己足可以铺场子，教徒弟，用不着再跟别人学习武术，这话来得太觉突兀。心想："我只说练过武功，可是我究其实练到怎么个地步，他何尝知道？这显然是听他那个弟子先入之言了。这倔老头子这么拒绝我，定是听信了那姓方的谗言了！"

　　长工老黄看见同伴把露蝉的礼物提了出来，就知道碰了钉子。老黄倒有些过意不去，走过来，向露蝉道："杨爷，怎么样？你不听我的话，非见他不可；果然教他驳了！"杨露蝉垂头丧气，默然不语。长工老黄安慰着道："何必跟他怄这个气，别处好武术多着呢；再投奔别人，绝没有这么不通人情的！杨爷，你别生

气，你歇一会儿，喝碗茶。"露蝉道："谢谢你，这就很给你们几位添麻烦了。黄大哥，我托你点事。实不相瞒，这次我到河南来，投师学艺，所有亲戚朋友全知道了；只大家给我送行，就热闹了好几天，全期望我把武术练成了回去。如今碰了钉子回家，黄大哥，你替我想想，我有什么脸见人！我想陈老师傅一定是听了别人的闲话，所以这么拒绝我。我打算过几天。再想法子疏通疏通。现在把这四色土物留在这里，回头烦你给他老人家拿去；就提我这次因为不回家，还往别处去，带着太麻烦了。就算不拜老师，这作为一点敬意，也不至于教你们受埋怨。"老黄很是犹疑。露蝉不待他再说驳回的话，立刻道了声："打搅，改日再谢！"丢下礼物，转身走了出来。

杨露蝉这时已感到十分绝望，回到店中，闷恹恹愁苦异常。等到午后，店伙从外面提进许多东西来，露蝉抬头一看，果然是自己送给太极陈的。没等自己问，店伙道："杨爷，这是南街陈家打发人送来的。来人说有忙事，不见你老了；并且说你老知道，撂下就走了，连回话全不等，我们只得给你老拿进来。"

这是些土物赆敬，任店伙堆放在案上，杨露蝉一言不发，对着发怔。那店伙还站在屋心，睁着诧异的眼，要等着杨露蝉说话。露蝉把手一挥道："知道了，放下，去你的吧。"杨露蝉把脚一跺，在屋中走来走去，发恨道："连礼物也不收，这个倔老头子，可恶！"

杨露蝉越想越气，自己卑词厚礼，登门献赆，他竟这么拒绝人到底。想到可恼处，恨不得当天绝裾而去，径回老家，另访名师，跟太极陈争一口气。可是转念一想，自己的老师老镖头刘立功早就说过，这太极陈太以难求；若真个负气而回，那不是显得自己少年气盛，太不能屈礼了么？杨露蝉左思右想：要学惊人艺，须下苦功夫。尽管太极陈拒人过甚，我还得存心忍耐；我索性过几天，再去登门哀恳。早晚把他磨腻了，不收我不成。我天天去，我日日磨！

不想杨露蝉再去登门，门上那些长工全都变了面孔，口发怨

言；说是那天因为收留露蝉的礼物，险些被主人辞退。那个老黄更是恼怒，曾因这件事，被太极陈打了两个耳光。人家都为了杨露蝉受了申斥，杨露蝉再来登门，他们焉能欢迎？杨露蝉连烦他们再为禀见的话，也不敢说出口了；甚至弄到后来，连台阶也不教上了。杨露蝉至此已知登门请见之路已绝，然而他已在陈家沟子流连了一月有余了！

露蝉忽然急出一个招来。露蝉想：门上人是不肯传话的了，我一天就来八趟，也是没用。但是露蝉曾听说，督抚衙门上，候差谋事的官僚见不着主人，实在无法，便会在辕门外等着。等候主人出门了，便抢上去举名帖，报名，请安，禀见；被巡捕赶开，还是抢着叫两句。人家都是求差事、谋碗饭；而我现在，求名师，学绝艺，也不可以照方抓药，来一下子么？想到这一点，精神又一振，暗道：太极陈无论如何，反正他不能不出门。我破出工夫来，不到他家门口，我只在横街等他。只要见着他，就好办了，我就上去请安，问好，请教。一天，两天，一月，两月，功夫到了自然成；他就是个铁石人，也教我磨软化了。

杨露蝉自以为这个主意很好，从第二天起，老早地吃了饭，竟到南横街一等。从辰牌以后出来，等到过晌午，便回店吃饭；吃完饭，喝点水，就再出来等，等得倦了，就来回走溜。有时就到陈宅门口瞥一眼，看见了长工们，就赶忙闪开。直挨到快天黑，再回店吃饭。这个死腻的办法，起初刚一想好，自己也觉得好笑；但是实行起来，却是真讨厌，在街上站得脚胀腿酸。

但是这头一天，太极陈并没有出门。第二天，第三天也没有碰见太极陈。到第四天傍午，太极陈忽然同着一个穿长袍的中年人一前一后出来了。太极陈才走到横街，杨露蝉抢上一步，一躬到地道："老师傅起得很早！弟子杨露蝉给你老请安！"

太极陈立刻止步，愣然地注视杨露蝉，半晌道："哦，你！怎么尊驾你还没有走么？"露蝉恳切地说道："弟子不远千里而来，实怀着万分诚心，老师不破格地收录弟子，弟子实在再无面目返回故乡了。"

太极陈突然把眉峰一皱，打咳强笑道："岂有此理！我已对尊驾说过，我决不收徒弟；你怎么强人所难，在大街上拦着人，这是什么样子？"说着，恶狠狠瞪视着杨露蝉，回头来对那同行的人说："真真岂有此理，我和这人素不相识，硬要找我拜老师，居然拦路邀劫起我来了！"杨露蝉又作了一揖，还想说话，那同行的人笑道："陈老师不收徒弟，尊驾请吧。"因见太极陈很生气，那人便劝露蝉回去，有事可以登门拜访，不可以在半道上挡着说话，这太不像样子；又说年轻人不懂事，劝太极陈不要计较，两个人一同走了。

杨露蝉眼看二人走远，心想：他同着人呢，自然有事。我应该看他一个人独行时，再面求他。

杨露蝉毫不懈气地依然天天到南横街等候。半月功夫，连遇见几次；不是同着朋友，就是带着女眷，露蝉未敢上前。

于是到了最末这一次了。时当下晚，太极陈悠然自得地出了家门，那意思是出来散步。露蝉认为机缘难再，从后边溜了过来，一躬到地道："老师傅！"太极陈悠然一侧身，立刻展开了身法；不想一回头看时，还是那个登门献贽，挥之不去的年轻讨厌鬼！

陈清平按捺不住了，苍髯戟张，双睛怒睁，呵斥道："杨兄，你这可是无理取闹了！你怎么还来麻烦？我已再一再二地告诉了你，我决不收徒弟；你尽日在我门前徘徊，你打算怎么样？你安着什么心？"

露蝉仍是耐着性子，把自己下决心，慕名投师，不得着绝艺，无颜再见亲友的话，恳切地说了一番；最后道："弟子是打点一片血诚来的，决不想再回家，再投别人。就是死在陈家沟，也要叩求……"

陈清平这一怒非同小可！心想：好个杨露蝉，竟敢拿出讹人的架势来强拜老师了！于是厉声道："告诉你了，告诉你了！我就是不收徒弟，我就是不爱收徒弟！你还能赖给我不成？"

杨露蝉卑词央告道："老师傅，你老人家行行好吧！老师傅

门下已然有好几位高徒；老师傅收别人是收，收我也是收，何在乎多收弟子一人呢？而且弟子又不是不肯向学……"

杨露蝉未假思索说出了这句话，哪知竟把太极陈触怒更甚！

太极陈霍地转身，直抢到杨露蝉面前，指着鼻子骂道："你这人太啰唆了！拜师收徒，是两相情愿的事情，哪有你这么不识趣的，硬来逼人！不错，我收徒弟了，我愿意收，我就不收你，你能把我怎样？我收徒弟要收好的，第一要知道尊师敬业，不死麻烦，要有眼色的人。那个死乞白赖的无赖汉，越赖我，我越偏不收！告诉你，江湖上什么匪类都有；知道我有两下子，恨不得磕头礼拜地向我讨换高招，我知道安着什么心？卑词厚礼地学了去，转脸就去为非作歹，我老头子岂能上当？你老兄的为人，我也扫听过一二；你说什么，我也不敢收你。你想麻烦腻了我，我就收你了，你那是错想。给我走开！你要是不服气，想跟我老头子较量较量，我倒愿意奉陪。把你那打人的本领，再拿出来施展施展；我老头子这两根穷骨头还许能挨你两下！"两眼注定杨露蝉，双臂一张，喝道："你说，你打算怎么样！你走开不走开？"

杨露蝉这才知太极陈耳边入谗已深，拜师之望绝无挽回余地了。也不禁勾动了少年无名之火，也厉声说道："陈老师，你也拒人太甚了！我姓杨的不过慕名已久，抱着一片热诚，前来投师习武，我安着什么坏心教你看破了？不错，我曾经因为抱不平，得罪了你一个徒弟；那个姓方的，在闹市上骑驴飞跑；踏碎了人家瓷器，饶不赔钱，反殴打小贩。姓杨的看着不平，一时多事，出头劝解；你那徒弟连劝架的全打了，我姓杨的为人有什么不好，教你打听出来了？不过是这件事呀！此处不留人，自有留人处，我拜师还拜出错来不成？我这是抬举你，拿你当武林前辈；你却跟我一个后生小孩子要较量较量。我自然打不过你，你是创太极拳派的名家，我姓杨的是无名之辈，年纪轻，没本事。你要打请你打，你徒弟还打我呢！你打我，我更卖得着！太极陈，陈老师，我现在诚然不是你的对手；太极陈，你休要小看人，我此去一定要另访名师，苦学绝艺，十年之后，我要不来找你，誓不

为人！"

说罢，愤然转身。却又回头道："十年后的今日，咱们再图相见！"

太极陈呵呵大笑道："有志气！十年后我若不死，我一定等着你。姓杨的，别忘了今日！"

第六章

忽来哑丐　悄扫晨街

日月兆丸，流光驶箭，于是五年过去了。陈家沟子匕鬯不惊，盗贼敛迹；居民安居乐业，格外显得富庶。

有一年新秋，野外茂林深草犹带浓绿；有一道小溪，斜穿陈家沟镇甸，绕了一个半圈。这小河微波荡漾，清可澈底；夹岸柳林高飘青条，虽说不上幽景名胜，却也深饶野趣。河边青草铺地，乡里小儿多在那里玩耍。

每到黎明的时候，常有一位精神矍铄，宽衣博带的老人，踯躅郊原，循溪散步。等到农夫牧童荷锄牵牛，趋赴田野时，这个老人迎晖散步，已赋归来。全镇老幼乡民都认识此老，此老就是那以太极拳名震中原的陈清平。

陈清平的武功造诣与年俱进。虽说年高德劭，锋芒日敛；却是他生性孤介，姜桂之性愈老愈辣。对外人很是谦和，毫不带武夫之气，但对待弟子，越发规戒精严了。弟子们但凡误犯门规，轻则斥责，重则逐出门墙。他唯恐弟子们挟技凌人，为传惊人艺，必先折去他们的少年傲气。

太极陈每日晨课，早早起来，净面漱口后，随即出门，围绕全镇闲游一周；迎取东方朝阳正气，调停呼吸。做内功吐旧纳新的导引功夫，数十年如一日。这时正值天高气爽，太极陈起床绝早；只有长工老黄，还可以跟老主人不差先后地起来，跟着来开街门。别的长工总在老主人出去一会子，才相率起来；有的在宅里收拾，有的到田里做活，有的拿扫帚，打扫内院前庭。

41

太极陈性极爱洁，有时自己一高兴，脱去长衫，拿着喷壶，督促着徒弟长工们，一同扫除内外，必定得把前后院，打扫得一尘不染才罢。可是长工们没有不偷懒的，教他们打扫，只要一离开陈清平的跟前，他们就收拾面前一点，屋隅墙角，街门巷外，再不肯多费些力去打扫。有时教太极陈亲持帚畚，当面逼着，他们才把阶前巷口，围着院墙的秽土，打扫净了。太极陈亲持喷壶，把扫完了的地方全洒了水，却将长工老黄叫到面前，申叱一顿，不准他引头脱懒。然后到练武场子里，督促弟子们，习练武功。练完了功夫这才进早点，料理家事；晚间再下一遍场子。——天天如此，已成常课。

起初这些长工们总是偷懒；主人爱洁，他们只会敷敷衍衍，清除门面；被陈清平大闹过多少次，给他们分派开操作。这些长工们口头答应，怎么说怎么办；可是隔上十天半月不挨说，又一反常态，懒惰起来。有一次，太极陈清早起床，步经中庭，一开街门，街门台阶下，就有头一天收柴火掉的碎柴枯叶和风吹来的乱纸，堵着门口，很是肮脏。太极陈立刻又把老黄大闹一顿，限他们立刻打扫。等到陈清平野游回来，见门庭清洁，方才不言语了。

自经这番大闹，长工们好像勤快了许多天。太极陈每一出门，见门口打扫得干干净净，一连十几天都是这样，太极陈心里很痛快。暗想：这一次把他们管过来了。这样经过一个多月之后，每逢陈清平破晓起床。叫起长工老黄来开街门；那老黄一脸睡容，披衣起来开门。下了闩，把门拉开。太极陈借着阳光微熹，一看门外。台阶上纤尘不染，走道上也打扫出多远，都很干净的。太极陈有些觉察了，心想："我起得这么早，只有老黄还起得来？我明明看见他刚从门房出来，我看着他落的门闩，可是这街门以外，他什么时候打扫的呢？"

这一天太极陈不经意地问了老黄："这街门前是谁扫的这么干净？"

老黄睡眼迷离地说："我！"

陈清平想："这一定是晚上临关街门时打扫的了。……老黄这个懒货，居然也这么勤快起来了？"

太极陈照样地出了街门，一直往东，迎晖缓步而行，照样做他的常课，呼吸吐纳，涵养内功。于是又过了几个月，无论太极陈起多么早，街门以外总是干干净净；有时街门外干净，而街门内反倒碎纸草片余尘堆积未扫。太极陈不悦道："老黄，你怎么尽管门口，不管门里呢？"

老黄答辩道："扫院子是老张。"太极陈把老张叫来闹了一顿。

忽有一天，太极陈起得过早了；院里还有些朦胧，夜幕的残影淡淡的笼罩天空，东方空际，在一抹浮云中，微微泛出一点鱼肚白色来。鸦雀无声，鸡鸣三唱。太极陈洗漱毕，穿上长衫，走到门首，长工老黄还没有起身。太极陈就亲自来开街门，刚下了大门，老黄已在门房听见动静，遂故意咳嗽了一声。太极陈叫道："老黄，起来关街门来！"随手把街门轰隆的一声拉开了。

突然见正在街旁，有一个衣衫褴褛的乞儿，伛偻着身子，手里拿着一把短扫帚，一下一下地正在扫地。台阶砖道干干净净，阶西边业已扫完，只剩下阶东边，还没有打扫利落；这乞儿正用短扫帚往墙角扫土。陈宅的街门一开，那乞儿回头望了望，看见陈宅有人出来，他把腰一直，夹起扫帚，一径走了。

太极陈愣然，忙招呼道："喂，你别走，我问你话。"这个乞丐竟像没有听见似的，夹着扫帚，徜徉地踱向东去，走过一条小巷不见了。太极陈没有很看清这人的面貌。略一寻思，转回头来，向街门内大声叫道："老黄！"连叫了两三声。长工老黄来了，一面走，一面扣衣纽，到太极陈面前一站，说道："老当家的，今天起得更早了。"太极陈手指当地，问道："老黄，这是谁扫的？"老黄冲口说道："是我们，天天都扫。"太极陈哼了一声道："是你们扫的？你们什么时候扫的？"

老黄不知道怎么回事，依然强口说道："我们一清早扫，你老走后，我们就起来打扫院子。"

43

陈清平怫然说道："你胡说！"一指门前，由东边指到西边，恰当陈宅门前一段路，打扫得干干净净的，却还有几堆脏土没有除去。太极陈怒视老黄道："这是你扫的？你起在我后头，你什么时候扫的？"

老黄眼望着地，信口说道："你老问街门外头呀？那是我晚上临关街门，信手打扫的，省得白天忙碌……"太极陈不觉动怒，厉声斥道："还要犟嘴！我眼睁睁看见一个穷人，扫咱们的门口台阶，怎么又是你扫的了，喳？"老黄瞠目不能答。陈清平寻思了一刻，又到门洞过道。察看了一遍，心中有点明白。吩咐老黄："若是看见那个乞丐，可以问问他是怎么一回事，是个干什么的？"老黄连忙答应了。太极陈冷笑数声道："我说你们怎么会无故勤快了呢？没学会做活，先学会扯谎偷懒！快拿簸箕来吧，把这几堆秽土收了去。"说完，依旧悠然地出了家巷，绕着村镇，溜了一圈，做了一会儿吐纳的功夫；晨曦既吐，缓步回来。

到次日，陈清平照常早起，到街门一看，仍然扫得干干净净。老黄候着关门，陈清平问他："看见那个扫台阶的穷人没有？"老黄径直说道："没有看见，也没有人给咱们扫台阶。"陈清平斥道："你还捣鬼！"闹了一阵。也就罢了，一晃又过了半月。陈清平一早起床，照旧野游。这天起得较早，又碰见那个乞丐。却是已将半条小巷扫完，把秽土堆成数堆。因为没有土簸箕收除，这乞儿就用一块破瓦盆端土。把秽土收在破盆内，端起来倒在巷外。这一回，陈清平早已看清这个穷苦男子的长相。这个男子发长面垢，浑身肮脏褴褛，但是细辨容色，仿佛五官端正，眉目也似乎清秀，不像个寻常乡下讨饭的花子。

陈清平不明白他为什么天天来扫地，遂走过去问道："喂，我说你这是做什么？是谁教你来扫地啊？"

那个乞儿仿佛没听见陈清平的话，回头望了望，把扫帚一夹，直起腰来又走了，到了这时，引起陈清平的注意，一定要根究一下，这一个乞丐，究竟为什么天天给自家扫地呢？

陈清平心想："必定是自己家中做饭的，把剩饭天天周济他，

44

他感激不尽，所以天天给扫地。"但是问到厨师傅，力说并没有拿主人的饭随便给人。陈清平又一转想，看了看自己门口的形势，便有点恍然。他想：大概这个乞儿是因为没有宿处，夜间借我这门洞过道，躲避风露，临起来便把门口打扫了；就是宅内人碰见他，也不至于再讨厌他，驱逐他。凡是穷人，难免对人先起畏惧之心，所以一见了我，就赶紧躲开。

陈清平暂时不再野游去了，回转宅中，把长工叫来，严词诘问："这过道中是不是你们容留穷人住宿了？那个扫地的穷人，是不是就是避宿的人？"老黄再隐瞒不住了，这才说出："的确有个年轻的讨饭的，借咱们过道避宿，很可怜，又很仁义，所以没驱逐他。这街外台阶，都是他一早起来给扫的，已经有好几个月了。"

太极陈瞑目看着老黄，半晌不语。老黄惴惴地说："老当家的，别着急，我明天赶走他好了。"

太极陈仍然看老黄，道："这乞丐可在我们这里讨过吃食么？"老黄道："没有。"太极陈道："这人多大年纪，可是本村人么？"老黄道："年纪不大，好像不是常要饭的，见了人很害羞，总低着头……"

太极陈皱眉道："我问你，他是哪里人？"

老黄慌忙答道："这可不知道……"

太极陈又复怫然，申斥道："你听口音还听不出来么？"

老黄道："他是个哑巴！"

太极陈道："哦！他是哑巴？"

老黄觉得主人面色已然平善，这才放心大胆地回答道："我也问过他，他连答也不答，我也怕他是来历不明的人。后来我把他拦住了，仔细问他时，才知道他是个哑巴。打着手式告诉我，他不是此地人，离这儿很远。好像是父母全没有了，只剩他一人，流落到这儿来。因为没地方睡觉，借咱们门洞里避避风露；他十分知情，所以要打扫净了门口才走。一个年轻残废人，这么知道好歹……"

太极陈沉吟道："一个哑巴！无家无业，又有残疾，还这么守本分。……你往后要在他身上留意。每天给他两个馒馍，别教他饿着。对这种可人怜的乞丐，周济周济他才对呢。"

老黄道："前些日子，我把头天剩下的吃食给他，他还不要呢。现在倒是熟悉了；天天给他剩饭，他也老实地吃了。"

太极陈把眼一张，哼了一声道："你不是说没在咱们这里讨过吃食么？肉头肉脑的一嘴谎话，蒙得住谁？可恶极了！"

老黄被主人彻头彻尾地斥责了一顿，心里老大的不自在；当面不敢顶嘴，退下来之后，嘴里嘟嘟哝哝，走进门房。过了几天，也就把这件事搁过去了。太极陈起得尽早，却也轻易碰不见这个可怜的哑丐。有时赶上哑丐醒睡略迟，为太极陈启闩声惊起，也必定惶惶然敛起所铺的草荐，匆匆走去。太极陈料想这哑丐胆小怕人，也就不再追问他了。既知道他是哑子，就叫到面前，也问不出他的家世。凡是哑子又十九耳聋，告诉他话，他也听不出来。——这时太极陈正为那个刚出艺的弟子方子寿，料理一件人命罣误官司；太极陈又着急，又很忙，更把这哑丐的事忘下了。

46

第七章

劣徒遭诬　恩师援手

陈清平这个四弟子方子寿，是离着陈家沟子四五里地，方家屯的财主，家里很有几顷田。方子寿是庶出的独生子，父母十分钟爱；但有家产没有人，时常受乡人的欺侮讹诈。方子寿的父母一心教子习武，练出本领来，好顶立门户。费了很大的事，托付了那跟太极陈相识知己的朋友，拜求收录，几次三番的请托，才得把方子寿拜在陈老师的门下。不过方子寿只有鬼聪明，没有真悟性，所以在太极陈门下数年，对于这名重武林、为南北派技击名家所惊服的拳术，竟没有多大成就。陈清平尽管不时地督责，只是方子寿限于天赋，无可如何。幸仗着他善事师傅，必恭唯谨，故在功夫上尽管没有多大的进步，尚不致过为太极陈所憎。后来太极陈看透方子寿不能再有深造，遂教他自己慢慢地锻炼，择日命他出师，知道深邃的内功不是他所能学的。

这方子寿入师门七年，算是出艺了。在太极陈门下，顶数他没本领，可是就他所学得的功夫，拿来与别派的技击家相较，已经高人一等了。方子寿虽然出师，不再随着老师下场子，可是感念陈老师傅的教诲之恩，终不敢忘；逢年过节，孝敬不减当年。每隔十天八天，必要来看看老师，或者带点新鲜的礼物。老师不吃，就拿来散给太极陈的子孙眷属，对于同门也很亲热，以此他倒很有人缘。不料在方家屯，有一家私娼，很是声名狼藉，聚赌贾淫，实为方家屯全屯之玷。方子寿早想把这私娼赶走，只是父母不教多事。恰巧有个表弟张文秀，受歹人引诱，在这私娼家中，一场腥赌，被人诈骗去数千金，还教人饱打了一顿，赶逐出

来。这表弟气愤难出，找了方子寿来，哭诉着教方子寿给他出气找场。方子寿年轻性躁，并且早想驱除这班杂乱人，遂立刻带着表弟张文秀找到私娼家中，立刻把这私娼家中打了个落花流水。当众扬言：限他们三天以内，赶紧搬出方家屯。并且说："只要不走，教你们尝尝方四爷的手段！"

这不过是一句虚声恐吓，说过就完。当时方子寿欣然回来，不料竟于打架的第五天上，这私娼家中突然出了血案。那私娼的本夫，跟九岁的养女，及一个帮闲的侄子，竟被人剁死。那女的也被剁了两刀，却不是致命伤；事后缓醒过来，报了地面。这私娼到案告发，一口咬定，是本屯方子寿率人作的案。县里把方子寿捕去，认为方子寿有杀人重嫌。方子寿身陷图圄，数遭刑讯。方子寿家里的人惶惶无计，一家子痛哭号啕，来向太极陈求救。陈清平起初也很惊骇猜疑，后来仔细打听，才晓得方子寿实在冤枉。太极陈念在师徒之情，况又关切着本派的清白之名，遂竭力奔走营救。

陈清平晓得：要将方子寿这场命案罪嫌，洗刷净尽，第一固然要托人情，但最要紧的还是搜出反证，找出真凶来。经过数日的奔走，太极陈已经找出强有力的证据来，证明了血案发生那天，方子寿从午后就在邻村一个亲友家，给人做中证，书立租地的文契。等到立据立好，中保画押之后，那租地的户主又为酬谢中证，把几个人都邀到城里，一同吃酒玩乐，闹了一个下晚。没到二更，方子寿的嫡母又旧病复犯，派人把方子寿找寻回来。方子寿遂在城内，请了本地名医庄庆来，一同到家。医药杂陈，直忙了一通宵，才套车把庄医生送走。血案发生这晚，方子寿所作所为，存身所在，都有人证目睹，他焉能分身出去杀人？

不过这些证人，都各有正业，谁也不肯出头做证，跟着过堂听审。方子寿的嫡母惊吓得老病加重了，他的生母也只知道啼哭。他的父亲又是个乡下富农，一生怕官怕事；遭上人命官事，竟束手无计，只知道托人行贿；竟花了许多冤钱，于案情毫无益处。陈清平慨然出头，把这些证人用情面托了，衙门内上下也全打点了。就是苦主方面，也辗转托人破解，不要因为衔恨方子寿，反倒宽纵了真正凶手。那个被砍受伤的妓女，却还一口咬定

了方子寿，虽许下钱财，她仍然疑疑思思的。陈清平勃然动怒，转向官府极力疏通。直忙了两个来月的工夫，才将方子寿这一场人命罣误官司摘脱开了，由绅士保释出来。

方子寿出狱之后，切骨地感激陈清平老师；登门跪谢，涕泪纵横。陈清平见他一场冤狱，打得人已瘦削了一半；又是痛惜，又是痛恨。把方子寿彻头彻尾痛骂了一顿，并且说："从此以后，不许你再说是我的徒弟了！我的徒弟没有跟娼寮龟奴打架的！"就这样切齿拍案地数落。方子寿跪在地上，连头也不敢抬。自己骂誓赌咒："从此力改前非！师傅管教我，搭救我。我若再招惹是非，我就连畜类也不如了！"太极陈之妻又从旁讲情，陈清平叹息了一阵，方才宽恕了他。并且警告说："再闻子寿有打架斗殴的事情，不论有理无理，立即逐出门墙。"方子寿也惴惴地答应了。

但是陈清平虽把徒弟搭救出来，而悠悠之口势可铄金，全镇里说什么的全有。有的人明白真相，晓得这是件妒奸情杀，便说方子寿实在冤枉；可也有人说方子寿咎由自取，谁教他横行霸道，恃勇惹事来呢！更有人说得格外离奇，以为方家到底有钱有势；血淋淋的一场命案，大事化小，小事化无，居然靠着铜臭熏天，把一场血案洗刷净了。"哼哼，银子钱，非等闲！"

而实际上方子寿家本富有，这一场人命官司，方子寿的父亲又当真填送了不少的冤枉钱。

这些闲话，方子寿当然不会入耳，却被太极陈听见了，心上异常着恼。这似是而非的道路闲言，最足淆乱听闻。照这说法，方子寿一条命是花钱买出来的，太极陈就不啻做了过赃行贿的人。陈清平孤介之性，哪堪忍受？而谣诼可畏，欲辩无从；人们信口拿来当作谈资，就想声辩，也没人来听。陈清平以此悒悒不乐；到底这暗娼的本夫，是教谁给杀害的呢？若不访个水落石出，方子寿的名声是总有玷，而太极门也无形中被污辱。

太极陈在地方上是一个有身份的绅士，他一心想把这娼寮凶杀案根究一下，要访出那个真凶手来，给自己徒弟洗去不白之冤。但他虽精武功，却与下流社会隔阂。当真的化装私访，夜探娼寮，他又觉得太猥亵了。每天清早起来，到野外漫游，吐纳导

引；日课已罢，他就仰天微喟道："这件事该当怎样下手呢？"

太极陈曾经把方子寿找来，将谣言告诉了他。方子寿立刻暴怒起来，似要找人拼命；可是又不知应该找谁。自经这番变故，方子寿的父母又禁制他，不教他无故出门。方子寿的娇妻也曾哭劝他："刚打完人命官司，在家里避避晦气吧，没的又惹爷娘着急！"又将他的嫡母怎样忧急卧病，他的生母怎样天天对佛像焚香，将呻吟哭祷的凄惨，学说给他听，并且说道："你别出门啦！"那么，就教方子寿自访凶手，也是出不来，办不到的。

但是方子寿外面尽管镇静不动，心绪却非常躁恶。他也曾思前想后盘算过：身受师恩，七年教诲，涓滴没报，如今反惹出一场是非来，教臭娼妇横咬一口，带累得师门也蒙受不洁之名。若不洗刷清白了，我还有何面目见同门的师兄弟？挨过了些日子，自己到底又下决心，要设法钩稽出血案的实情；但也不过是望风扑影。这方家屯和陈家沟子。又是他生长的家乡，老邻旧居，谁都认识谁。方子寿假作无意，要向人前打听一点情形，问起那个私娼家里的事情。这些乡邻们全知道方子寿是被害过的，对别人尽可乱嚼一阵；对着当事人，尚有一言半语答对不善，方子寿吃这大亏，岂肯甘休？问者有意，答者越发不敢说了。他们就是真个晓得些什么，也只推说不知。方子寿连访了数日，茫无头绪；心灰意懒，索性只在家里睡觉。而且他每逢出门，遇见了熟人，便给他道喜；说是一场官司打出来了，总是可喜可贺的事情。说得方子寿恼又恼不得，听又听不下去。他的父母看着他出狱之后，神情一变，与旧日的活泼判若两人，唯恐他憋闷出病来，反又催着方子寿出去溜溜，再不然，到老师家里走走。

于是方子寿强打精神，不时到太极陈家中。太极陈也是连日发烦，曾经密告别的徒弟，教他们暗中访察此事："好歹要给你方师弟的污名洗刷了去。"一晃半个多月，官府缉凶不得；太极陈师徒访察真凶，也访不出所以然来。只晓得是"奸情出人命"罢了；行凶的究竟是谁，一时竟成了悬案。

这一天午后阴云四合，天气骤变，时候已是深秋了。秋风瑟瑟，冷雨潇潇。雨势并不大，可是竟日没晴；未到申刻，屋中已然黑沉沉的了。太极陈不能出门，吩咐长工点了灯，从书架上翻

出一本英雄谱，随意浏览，也不感兴趣。人的精神仿佛受了天时的感应，太极陈很觉无聊。这时只有太极陈一个次孙和一个三徒弟，在书斋里陪着闲谈。天到二鼓时分，太极陈一向早睡早起，这一晚上越寂寞，竟越睡不着。听窗外雨声淅淅，遂教长工烫了一壶陈绍，备了几碟夜肴；太极陈展开了书本，倚灯小酌，闲听秋雨。直到三更，忽然听街门上一阵乱敲，有人很迫切地叫门。太极陈停杯说道："天这早晚了，这是谁？"隐隐听见长工老黄，和叫门的人对付。向例大门一关上，就不再开了；但是门外的人被雨淋着，好像很着急，大声嚷了起来，不住地叫："老黄，开开；老黄，是我。"

太极陈站了起来道："这是方子寿，难道案子又反复了？"遂命次孙快去开门。不一会儿，方子寿像水鸡似的跑了进来；一见太极陈，忙上前施礼，满面喜色地说道："师傅，好了。我知道凶手是谁了，就是东旺庄的布贩子小蔡三！"

太极陈诧异道："你怎么知道的？怎见得是他？他不是头些日子，就上开封去了么？"这小蔡三便是那暗娼澄沙包的第四个姘夫。曾因妒奸，和第三个姘夫打过架；和澄沙包的本夫也吵闹过，后来被暗娼的第五个姘夫赶逐出去了。太极陈访问凶手，曾听长工老黄和小张都说过的。

太极陈眼望着方子寿，诘问他如何访出来的。方子寿把头发上的雨水擦了擦，拭干了手，便向衣兜内掏摸；摸出一张纸，一个信封来。一时欢喜，仓促跑来，忘记了御湿，这张信纸也教雨水弄湿了。

太极陈很骇然，将这张湿纸，湿信封，接取在手，就灯光细看。粗劣的信封，上写"呈方四师兄子寿玉展"下款是"内详"二字。再将湿信纸慢慢展开，把酒杯肴碟推了推，将纸铺在桌上，几个人都凑过来观看。

第八章

有客投柬　揭破阴谋

禿笔劣纸，写着一笔颜字，虽不甚好，笔力却健，只是看着眼生得很。太极陈低声诵念道：

> 子寿师兄阁下台鉴：此次我兄突遭意外，险被奸人诬陷，仰赖恩师鼎力回天，多方援救，幸脱囹圄之灾。然杀人凶犯竟逃法网，众口纷纭，语多影响揣测，究与吾兄清名有玷，亦即师门莫大之辱也。弟也不才，未忍袖手，故连日设法踩探，已得个中诡谋。杀人者乃通奸之人，住东旺庄，名小蔡三，此人现时隐匿于魏家围子。设谋嫁祸，意图诈害吾兄者，则另有其人；即毛伙李崇德是也。请师兄速报同门，禀知恩师。设法将该私娼家中之龟奴谢歪脖子引出，加以威胁利诱，定能吐实。缘弟已访闻此人意有不忿，稍予贿买，必肯揭穿奸谋，使案情大白，水落石出，一洗吾兄疑嫌，更于师门清规盛名，有裨匪浅也。事须急图，否则杀人凶手俟隙远扬矣。匆此奉陈，余不多及，敬问福安。弟知名不具。

太极陈念罢，抬头道："这是谁给你的信，靠得住么？哦，这个人管你叫师兄，是哪一个呢？"方子寿道："我也不晓得。"

52

太极陈道："你也不晓得？这封信怎么到你手的呢？"方子寿道："就是刚才，弟子还没睡着呢，有人拍窗户。弟子追出来一看，人已越房走了；却留下这封信，从窗眼塞进来的。"

书斋中的人，由太极陈起，不由全都愕然。太极陈取信再看道："这不是闹着玩的，万一这封信又是你的仇人的奸计呢？子寿你坐下，我来问问你，刚才你怎么个情形，接到这封信？送信的人说话了没有？……老四，可惜你还练了七年，怎么就容人越房进来，又越房走了，你自己连个影子也摸不着？"

方子寿低头不能答，原来送信人叩窗时，方子寿其实已脱衣服与他妻子何氏上床睡了；容得他披衣起床，人早走得没影了。方子寿也和他老师太极陈一样，秋夜苦雨，心绪不佳；坐在椅子上，仰头发怔。他妻何氏问他："心里觉着怎么样？可是不舒服么？"方子寿恶声答道："不怎么样。"何氏凑过来，挨肩坐下，款款地慰藉他，满脸露出怜惜之情。知他好喝一杯白干酒，便给他烫酒备肴，对他说："坐着无聊，你可喝一杯酒解闷么？"方子寿意不忍却，夫妻俩对灯小饮了数杯。何氏见他已经微醺，便劝他早些睡觉，收拾了杯盘，夫妻俩双双入睡。不一会儿，何氏已然沉沉地睡熟了，方子寿却还是辗转不能成寐。直到三更将近，方才有些朦胧，似睡不睡的；突然听得窗棂子有人轻弹了两下。方子寿蓦地惊醒，霍地翻身坐起来，喝问："是谁？"窗外轻轻答道，"师兄，是我。师兄不要惊疑，师兄身蒙不白之冤，师傅的盛名有累，是小弟略表寸心，把私娼的奸谋和杀人凶手，访察明白。师兄请照小弟留的这封信行事，自然得着真相。"方子寿吃了一惊，听不出说话的口音是谁，忙道："你是哪位？"急忙抓起夹衫，跳下床来，听外面那人说道："师兄你不用起了，你一看信，自然明白。"外面语声一顿，跟着窗纸嗤的一响，从窗洞塞进一封来。方子寿越发惊疑，道："你到底是谁？你可请进来呀！"外面答道："不用了，咱们再见吧。"

这件事来得太突兀，方子寿慌忙蹿下地来，扑奔门口；伸手拔门插管，轰隆的一声响，将门扇拉开，往外就闯。那床上睡着

53

的他妻何氏打了一个呵欠，问道："你干什么，还没睡么？"方子寿早已蹿出屋门，扑到阶前。外面冷森森的细雨下着，觉着透体生寒。方子寿披着夹衫，趿着鞋，将眼揉了揉，拢了拢光；瞥见东夹道有一条黑影，只一晃，扑奔东面一段矮墙。身形矮小，身法却也敏捷。方子寿喊了一声："喂，等会儿走！你是哪一位呀？"抬腿将鞋登上，追赶过来。只见那人奔到墙根下，竟一纵身，蹿上墙头，辗转间，已一骗身翻出墙外。及至方子寿赶到墙下，那人早逃出视线以外。方子寿也忙一长身，双手攀墙，往外寻看，那人已顺着一片泥泞的小道，如飞而去，没入夜影中了。

方子寿跨在墙头上，有心要追，却又犹疑。这时候，他妻何氏已然惊醒，坐了起来，一迭声叫道："寿哥，寿哥，你不睡觉，你可要做什么？"

方子寿想到自己正在晦气头上，怔了一回，飘身蹿下墙头，悄然回到屋中。何氏已将床前的小灯拨亮了，正要穿鞋下地，出来找他。何氏睡眼惺忪地问道："下着雨，又出去干什么？也不穿衣裳，不怕冻着？刚才你是跟谁说话？"方子寿摇头不答，眼望窗台，急忙寻找。果然在窗纸破处，摆着一封信。方子寿一把抓过来，拆开了信；看了又看，又惊又喜，又是纳闷。皱着眉揣度了半晌。料道这封信分明是份好意，可是送信人管自己叫师兄，自己哪有这么一个师弟呢？若说是五师弟干的把戏，他又素来不会写颜字，想来真真把人糊涂死了。但是信上指明凶手是小蔡三，这话太对景了。谁都知道小蔡三是个色鬼，好嫖；不错，行凶的一定是他。那娼妇却控告我，无非是存心讹诈。信上教我别耽误，我真得赶紧找老师去；就便问问五师弟，可是他写的不是？

方子寿打好主意，草草告诉了妻子何氏。吓得何氏拦住他，不叫他去。方子寿发急道："我又不是拼命去，我不过拿着信请教老师去，这怕什么？"闹了一顿，一定要当夜到陈家沟去。把长工叫醒，备上驴，冒雨而来。

这便是方子寿得信的情形，当下一一对老师说了。太极陈眼

看着这信，摇了摇头，问三弟子道："你看这信是老五写的么？"三弟子道："不像。"太极陈道："而且他得着信，一定告诉我，他何必黑夜雨天，玩这把戏呢？"

太极陈沉吟一阵，觉得这送信的人或者是一个武林后进，路见不平，访出真相；又不便出名，才露这一手。再不然，便是什么人又耍手腕，要诱方子寿再上第二回当。太极陈老经练达。不肯鲁莽。对方子寿说道："今夜太晚了，你就住在我这里。你临来时，可告诉你父母了么？"

方子寿不敢说私自出来，忙扯谎道："是我告诉家父了，是家父叫我来请示师傅的。"太极陈点点头道："好了，这封信你就不用管了。明早你回家去，不要告诉人，随便什么人也不要告诉。你照旧在家里待着，不许出门，也不许跟人打听小蔡三。你只当没有这回事好了，师傅我自有办法。"

太极陈催着方子寿到客厅搭铺睡觉。这一夜，太极陈通宵没睡，把三徒弟耿永丰留在书斋，秘密地嘱咐一些话，又拿出几张银票子来，交给耿永丰。

到次早，太极陈把照例的野游晨课停了。吩咐方子寿回家候信："不叫你，不必来。沉住气，别出门！"到第四天，忽然方家屯哄传起来：杀人凶手小蔡三被捕了！被捕的地点，是在魏家围子范连升家……

方子寿把接得的匿名信，呈给师傅陈清平之后，就谨遵师命，在家静候消息。陈清平只谆谆嘱咐他不要出门，不要告诉外人，此外什么话也没说。方子寿躲在家中，非常地纳闷着急，如热锅上爬蚂蚁一样。

挨到第四天上，村中忽然哄传，私娼家中凶杀案的真正凶手，已然在魏家围子被捕，就是那个荒唐鬼小蔡三。小蔡三好嫖贪色，人也不见得多么强横，但是他竟刀伤三命！方家的长工们很关切这件事，打听得实实确确，立刻跑回来，向主人报告。

方子寿的父母妻子听见了，一齐喜出望外："这可一块石头落地了！"有钱的人最怕打官司牵连。方子寿却有点明白，加倍

急躁起来，恨不得立刻出去，打听师父，到底是怎么办的。穿上长衫，叫长工备驴，就要出去打听，但是没容他动身，陈家沟子已经打发人来请他了，来人正是长工小张。

方子寿欢跃着出来，盘问长工。长工小张只说是三师兄耿永丰打发来的，不晓得有什么事。方子寿拿出几百钱来，给长工做辛苦钱，说是自己随后就到。长工走了，自己赶紧到里面，禀明了父母，立刻起身，策驴飞奔陈家沟子。

来到陈宅，一径进了客厅。只见师傅没在，三师兄耿永丰却在那里等着，一会面，耿永丰就拱手道："师弟，我这可得给你道喜！"方子寿向师兄行过礼，坐在一旁道："师兄，我近来只有倒霉，哪有喜事？师兄莫非说那小蔡三被捕的事么？"耿永丰笑道："好师弟，你真会猜！你的冤枉官司，到今日才算真相大白。正凶已经捉住了，把你洗刷出来，这岂不是大喜事？我说老弟，你得好好地请请师兄才对。"

方子寿道："小弟负屈含冤，被人构陷，带累得师傅也跟着蒙受不洁之名。如今真能够把正凶获案，我岂止请客？我感念师傅一辈子。师傅倒是怎样把凶手捉获的？师兄告诉告诉我，也教我明白明白。"耿永丰遂把访拿凶手的经过，向方子寿说了一遍。方子寿这才知道，耿师兄对自己暗中出了许多力。

原来太极陈自从那天方子寿雨夜来谒，以离奇的匿名信，指出了私娼家中凶杀案是因奸妒杀，凶手为小贩蔡三。陈清平不动声色，先将方子寿打发走了，立刻把三弟子耿永丰叫到面前，正色说道："你子寿师弟，这次惹下一场祸事，带累得我太极门清名受玷；所以我这些日来，寝食难安，总想把这件事访察个水落石出，方才甘心。只是多日一再访寻，仍觉茫天头绪。如今幸有这意外之助，我想我们若是单刀直入地去找谢歪脖子，不论威胁利诱，总难免贿买之嫌。这次我想教你去找周龙九，他在本城人杰地灵，也戳得住，官私两面也叫得响。你把这件事的原委向他说明，烦他讯取谢老四歪脖子的亲供，只要谢四说出真情，再也不敢反复。"

耿永丰听了不大明白，迟疑地说道："那么谁去找谢四歪脖子呢?"

太极陈道："你只把周龙九稳住了驾，别的事不用管。到时候。自有人把谢四歪脖子送到了。"

耿永丰深知师傅的脾气的，他老人家的事，怎么说了，怎么答应。遂立刻带着钱票起身，径奔南关外三里屯周龙九家中。

这周龙九是个很有钱的秀才，素日为人极喜拉拢，官私两面都叫得响。在地方上排难解纷，是个出头露脸的绅士，所有商民很颂扬他是个人物。一班泥腿说起周龙九周七爷来，总有点头疼，不敢惹他，弄不好，他的禀帖就上去了。他虽然是个文墨人，手无缚鸡之力，但是利口善辩，有胆有识，做事极有担当。周龙九与陈清平两个人，一文一武，文弱的偏任侠，武勇的反恬退；性格相反，好尚不同，但是两人却互相仰慕，太极陈也曾帮过周龙九的忙。

耿永丰提着一点礼物，拿着师傅的名帖，面见周龙九，周龙九把耿永丰让到内厅，只见满屋子坐着好些客人。周龙九挽着小辫，只穿着件小夹衫，抽着小烟袋，猴似的蹲在太师椅上，跳下来招待耿永丰。耿永丰将师傅所托的事，从头到尾说了一遍。周龙九听完这话，就将水烟袋一墩道："好东西，竟讹到咱们自己人的头上来了。陈老哥怎么不早说? 依着我看，哪有工夫费那么大事? 把这窝子暗娼龟奴打一顿，一赶就完了。谣言算个什么，值几文钱一斤? 听那个还有完?"

周龙九这个老秀才，简直比武夫还豪爽。耿永丰说："家师的意思是为洗刷污名，并不为出气。七爷还请费心，将谢歪脖子的口供挤出来就行了。"周龙九想了想道："陈老哥既然不愿听谣言，这样吩咐我，也好，我就照办。"吩咐下人："来呀! 弄点吃的，我陪耿老弟喝两盅。"耿永丰推辞不掉，于是摆上来很丰富的酒宴，把别的客人也邀来相陪。饭罢，容那一班客人陆续散去，泡上一壶香茶来；周龙九陪着耿永丰闲谈，静等着谢歪脖子到来。

太极陈这次打定了主意，要亲临娼窟。到二更时分，候家人睡了，略事结束，不走大门，不惊动家中的长工们，悄悄地从西花墙翻出宅外。外面黑沉沉，寂静异常；只有野犬阵阵吠声，跟那巡更的梆锣之声，点缀这深秋夜景。太极陈到了镇甸外，略展行功身手，只用一盏茶的时候，已经到了方家屯。

故乡的里巷，虽在夜间，也寻找不难。一径来到这私娼家门口，陈清平收住脚步，看了看左近无人；抬头一打量，这全是土草房。太极陈微纵身躯，蹿到房顶上，往院里张望，是前后两层院落。前院只南北房，四间屋子，有一道屏门；后面是三间东上房，南北一边一间厢房。前院的屋舍，昏暗暗的没有亮光；后面却灯光照满纸窗。娼窟究竟是娼窟，乡间虽然习惯早睡，他们这里还是明灯辉煌。

太极陈伏身轻蹿，径奔后面。来到上房窗下，还没有贴近窗棂，已听见屋内笑语之声。想是几个男女，在里面赌博，掷牌骂点，喝雉呼卢地吵，夹杂着狎言亵语。太极陈是磊落光明的技击名家，像这种龌龊地方，绝不肯涉足的，如今为惧自家清名的失坠，不得不来，一究真相。但是太极陈虽望见满窗的灯光，究竟还不肯暗中窥视。于是转身扑到北厢房，北厢房灯光仍明，人声却不甚杂乱。他略倾耳一听，微闻一个女人的声音，妖声娆气地发出呻吟之声，道："我说你怎么还这么损啊？我的伤还没有收口呢，哪里搪得住你这么闹！"跟着听见一个男子猥昵声音，嘻嘻地笑道："还没有收口，谁信啊？我来摸摸。"那女人骂道："该死的短命鬼，人家越哀告，你越来劲。你闹吧，回头这个主儿又来了，没的吓得你个屁蛋又叫亲娘祖奶奶了。"

太极陈听到此处，眉峰一皱，拔步要走，忽然听那男的赖声赖气地说："你别拿小蔡三吓唬我，我才不怕呢。他小子早滚得远远的了，他还来找死不成？"只听那女的急口地说道："臭鱼，你娘的烂嘴嚼舌头，又胡喷粪了。他们赌局还没散呢，你再嚼蛆，给我滚你娘的蛋吧。"……忽然那女的哎哟哎哟地连声低叫道："你缺德，你该死！滚开！滚开！"那男子笑了起来。

隔了一会儿，那男子忽然大声叫道："谢老四，谢老四！"那女子忙道："你叫什么？歪脖子那小子早睡了，你要干什么？"男子道："我肚子有点发空，有点心什么的。叫他给我拿点来。"

那女的从鼻孔里哼了一声道："点心啊，你倒想得到哇，歪脖子这小子近来支使不动啦！我从昨天教他进城买东西，他宁可坐着，也不肯去。稍微说他两句，立刻瞪着眼跟你发横，整天说闲话。自从闹了那场事，就算在他手里有了短处啦。你看歪脖这小子，把他那间狗窝似的南屋收拾得干干净净，整天躺在那屋里，仰面朝天地装大爷。都是李崇德狗养的出的好主意，讹不了人，反倒留下了把柄。方子寿是出来了，我还提着个心。方子寿肯轻饶么？说不定哪一天，就教谢歪脖子咬一口。前怕狼，后怕虎！想起来，我恨不得宰了他，可惜我不是个爷们。"

太极陈听到这里，已得要领。他再想不到此行不虚，只一趟便已摸得眉目。谢歪脖子果然意有不忿，而且又听出谢歪脖子是住在南屋。这当然是前院的南房了。

这说话的女人，推想来定是这个被砍受伤的娼妇。男子名叫臭鱼，却不知是谁？因点破窗纸，向内张了一眼，认明了此人的相貌，然后趸身要走。

这时候上房门扇一开，从中出来两个人。太极陈耳目甚灵，早已听见；倏然一纵身，捷如飞鸟，掠到外院；又一挪身，蹿上了房，将身形隐起。

只听这两个赌徒骂骂咧咧，到茅房解手；口中闹着："不好了，不好了！"可是依然转回上房赌下去。跟着上房有人喊叫老谢；连喊数声，谢歪脖子只是不搭腔，反倒打起了鼾声。这人骂了几句，不再喊了。

太极陈容得一点动静没有了，重复蹿下房来，到外院南屋窗前。外院各屋悄然无声，南屋里谢歪脖子鼾声大起。太极陈听了片刻，轻轻地弹窗格，连弹数下；屋中人鼾声略住，跟着听一个哑嗓的声音，丧声丧气地说："谁呀？睡觉了，半夜三更地诚心搅我么！"太极陈变着嗓音，低低说道："老谢，好朋友来了，你

怎么不出来?"谢四歪脖迷迷糊糊的,一面披衣服,一面说道:"你是哪位?"屋门一开,太极陈轻舒猿臂,稍一用力,已将谢歪脖子拖出门外。用左手抓定,右手骈食中二指,向谢四歪脖子哑门穴,轻手点了。谢歪脖子吭了声,想嚷却嚷不出来了。

太极陈立刻把谢歪脖了拦腰提起,好像鹰抓燕雀似的,略展身手,已蹿到了那临街的矮墙上,然后翻到街心。可怜这谢歪脖子被人这么摆弄,连捉弄他的是什么人全没辨出来。太极陈藏在暗处,掏出绳来,把谢四捆好,鸭子似的提起来;如飞地赶到南关外三里屯,不过刚交三更三点。到了周龙九的门外,陈清平先把谢歪脖子放在地上;随即解缚推拿,用"推血过宫"的手法,把闭住的穴道给推开。可是不容谢歪脖子十分清醒,赶紧又把他往肋下一挟,绕到了周龙九住宅的东墙下,立刻又一翻,翻进墙去。

周宅外客厅黑沉沉没有灯光,忙转奔内客厅。内客厅灯光亮如白昼。正有两人高谈阔论,讲着闲话。陈清平挟定毛伙谢歪脖子,到了客厅门首,仗着院中黑暗,突然把门拉开,将这谢歪脖子往屋里轻轻一摔,立刻说了声:"有力的证人送到,龙九兄,你多偏劳吧。"说罢,转身仍趋东墙下,纵身蹿上墙头,轻飘飘落到墙外。

陈清平径回陈家沟子,静候佳音。

第九章

娼奴嫁祸　绅豪讯奸

周龙九性情最急，这时候早等得不耐烦了。直问耿永丰："到底怎么定规的？可是由令师亲去找那毛伙么？"……正在猜疑，忽听房门一开，从外面摔进一个人来；耿永丰忙赶到门外探望，太极陈早走得没影了。晓得太极陈暂时不欲露面，忙翻身进来，把谢歪脖子扶起。谢歪脖子被摔得晕头转向，哎哟了一声；睁开眼一看，眼前是座很讲究的客厅，客厅里灯光辉煌耀目。谢四歪脖糊涂得如入梦境，用手抚着歪脖子；翻着骇疑的眼光，看了看周龙九，又看了看耿永丰。这一个是五十多岁的人，身量高大，赤红脸，剑眉长髯，两眼很有威严；那一个是年轻的，约有二十七八岁，精神壮旺，似曾相识。谢歪脖子不晓得自己被什么人弄到这里来，但揣情度势，这一定凶多吉少，吓得他颤抖起来，半晌，哼道："二位老爷，这是哪里呀？"

周龙九和颜悦色地说道："老谢，你不用骇怕，你可知是谁把你带到这里来的么？"谢歪脖子道："我睡得迷迷糊糊的，教人诓出屋来，抓了我一把，我就晕过去了，我不知是教什么人架到这里来的。我没得罪过人，我也没有为非犯歹，你老放我回去吧！"周龙九笑了笑，令耿永丰把他扶坐在凳子上；将桌上一盏茶给他喝了。遂问道："老谢，你认识我么？"谢歪脖子又看了看周龙九，愣了片刻，说道："我看你老很面熟，我脑袋直发晕，一时想不起来。"周龙九道："我姓周，城乡一带全管我叫周七，你大概有个耳闻吧？"谢歪脖子一听，浑身哆嗦，在凳子上更坐

不住了；往地上一溜，就势跪下来，说道："原来你老是七爷，小人没见过七爷；七爷的大名，小的早知道。……七爷，小人干着下三滥的事，就够现眼的了，小人再不敢在七爷眼皮底下惹事。七爷，小人可真不知道怎么得罪了你老。你老就要办我，也得教我明白明白。"

耿永丰一旁听着不禁微笑，谢歪脖子这么骇怕，想见周龙九名不虚传了。这时周龙九向谢歪脖子道："老谢，你起来，不用骇怕，我把你请来，绝无恶意。起来，请坐。我也没有别的话，我不过是向你打听一点闲事，怕你不肯来，又怕你当着外人，说着不方便，所以才把你请到这边来。你只要好好地说，把实底都告诉我，咱们就是好朋友，我还要酬谢你哩。"

谢歪脖子眼珠一闪，一块石头落地了，可是还有一点惴惴，忙说道："七爷，你老可别这么说，小人不敢当。你老有什么话，只管问我，我什么都说。我瞒别人，还瞒七爷你老么？你老大概是要打听……"

周龙九把身子一探，眼睛一张道："你猜我要打听什么？"谢歪脖子倒抽了一口凉气，道："小人可猜不着，你老明白吩咐出来吧！"

周龙九两眼看定了老谢，忽然满面泛起一层怒气，一字一顿地说："老谢，我要问你。不是别事，你可晓得本城那个小蔡三么？"谢歪脖子浑身一震，不禁一缩脖颈，果然是这件事发作了。站在客厅里，必恭必敬地听着。

只见周龙九向耿永丰瞥了一眼，随即说道："这小蔡三胆敢欺负到我头上来了。我也没有别的，只不过打算管教管教他；教他认识认识我周老七，还不是容易受人讹诈的人。我访闻上月你们那里，出了一点小事，这件事我就听说跟小蔡三有关。可是这小子真有种，他居然逍遥法外，差点没把姓方的填了馅。哈哈。他倒想嫁祸于人，我听说他的军师就是李崇德，哼！算他会出主意，可是瞒不了我周老七！如今这小子得意洋洋的，要在怀庆府挺腰板充好汉。莫说我还跟他有仇，就没有仇，我也容他不得。

谢大哥！……"谢歪脖子毛骨悚然地说："嗯，小人不敢当。"周龙九哈哈笑道："谢大哥，这件事我就拜托给你了。没有别的，我只烦你把上月那档子事，原原本本告诉我，此外没有你的事。可是你若不说呢，或者是说来不符呢，谢大哥，我可要对不起你了。好朋友，你就请讲吧。"

周龙九的棱威，把龟奴谢歪脖子慑住。

谢歪脖子心想："这真是想不到的事，这玩意儿竟惹得这位爷出头！这位爷出头，竟会找到我头上来！……可是这么着也好，有周七爷顶在头里，我还怕什么？他们争风行凶，阴谋嫁祸，我早晚想跟那臭娘们闹一场事；这一来更好！……说，说，我就全给他们抖搂出来！"

谢歪脖子心神略定，把利害祸福反复筹划明白，他决计要说了。把腰一弯，叫了声："七爷！"

周龙九吸着水烟袋，瞑目等着，用纸煤子一指道："不用麻烦。你就有什么，说什么。"在周龙九对面坐着太极陈的三弟子耿永丰，伸纸拈笔，做出录口供的架势。

谢歪脖子又从头想了一过，惴惴地说道："七爷，要提这档命案，情实是我亲自眼见的。不过七爷您圣明不过；俗语说，宁打贼情盗案，不打人命牵连。这里头关连着好几条人命，要不是七爷您问，我真不敢提一字。可是我把这事告诉七爷您，往后我的事，七爷您行好，可得给我托着点。不是小人我怕事，这事一挑明了，他们知道是我泄的底，准有拿刀子找我的。"周龙九把胸口一拍道："老谢，有天大的事，七爷一个人接着，决不能把你埋在里头。你放心，趁早说吧。"

谢歪脖道："说！小人一定一字不漏，说给您听。若说方家屯这回命案，可真应了那句俗语了：'赌博出窃盗，奸情出人命'，一点也不假。澄沙包这个娘们，她也不是本地人，是跟着她男人逃难来的。他们本是成帮的难民流落到这里，没法子过活，就偷着卖。她男人外号臭倭瓜，也就睁一个眼，闭一个眼，后来就靠着她吃了。这些事情，想必您也有点耳闻。澄沙包这娘

们可坏透了，她又爱钱，她又爱俏，有时候翻脸不认人。她姘靠了好几个野男人，都是说踹就踹。这一回是她把小蔡三挤对急了，才惹得他刀伤三命。偏偏澄沙包挨了好几刀也没死；她的男人臭倭瓜夺刀喊救，可就叫小蔡三一刀致命，给豁开了膛。她的养女冒冒失失一喊，也教小蔡三给剁了！她的侄儿要想跑，也被他赶上砍死……"

谢歪脖滔滔地说，那边耿永丰持笔录写。写到此处，不由问道："小蔡三究竟为什么行凶杀人呢？"

谢歪脖子道："总不过是一半吃醋，一半穷急罢了。事情是这样，小蔡三和澄沙包姘靠了差不多一年多；她这女人是抓住了一个就死啃，啃得没油水了，一脚就踢开，一向是不肯零卖的。这一年多，她把小蔡三迷得头晕眼花，弄得倾家败产；临了几场腥赌，把个小蔡三活剥了皮。末后小蔡三输得急了，跟他本家大伯吵了一场架，偷了家里的地契文书，又赌，又输了。小蔡三再没有捞本的力量了，就找澄沙包要那两副首饰；又要找澄沙包的男人借二百串钱，许下重利。澄沙包的男人臭倭瓜倒答应了，澄沙包却翻白眼。首饰固然不肯借；就是他男人放账给小蔡三，她也给打破水。说是小蔡三输断筋了，借出去，一准不回来。这就够激火的了，澄沙包又来个紧三点。她本来常背着姘头，偷偷摸摸，找点零食；这一回看透小蔡三下了架了，她就明目张胆地把小窦留宿了。小窦这小子本来年轻，长得又俊；可是他家里大人管得很严。没有多余钱报效她，她也没有给他动真格的。偏偏出事的两月头里，这小窦也不知哪里发了一笔邪财，一副金镯子，五十两银子，还有几件女人皮袄，都一包提了来，把澄沙包包下了。并且说：再不许她招小蔡三进门才行。澄沙包、臭倭瓜两口子正因为小蔡三输得一身债，常来起腻发烦，骂闲话，两口子本就够够的了。这时候，可就抓了个邪碴；澄沙包翻脸大闹，把小蔡三臭骂了一顿，一刀两断，从此不许穷种进门。小蔡三人虽然乏，可也搁不住硬挤，被骂得脸都黄了。他一恼，奔到澄沙包屋里，大摔特摔，说是：'姓蔡的为你这臭娘们弄得倾家败产，老

婆住了娘家，亲娘一气病死，把个有钱的大伯也闹得不许我进门了，我没有活路了。澄沙包咱俩一块上吊吧；你那工夫，不是跟我说了好些割不断，扯不开的交情么？大爷刚刚输了点钱，臭娘们你就变了脸。咱们就阴世三间打伙计去吧！'他这一摔砸，按说是真急了，就该来软的便对了。谁想臭倭瓜这个活王八头，打他，骂他，都不要紧，可就别动他的钱。一摔他这些东西，他可就火了，抄起门闩就给了小蔡三一杠子。两个人招呼起来，臭倭瓜挨了揍喊人。澄沙包也嚷，李崇德他们都出来帮拳。三个人打一个，把小蔡三打了一顿好的。打完了，就赶出去，再不许进门了。"

周龙九笑道："打小蔡三的时候，一定也有你吧？"

谢歪脖子把脖子一歪道："七爷，真没有，我可不敢。"

周龙九道："你还瞒着七爷，七爷不用看就能猜着。往下说吧。"

谢歪脖子道："这可就真应了那句话了：'狗急了跳墙。'小蔡三本来螳螂似的，四根骨头架子；可是他一份家业，全消耗到澄沙包手里，临了落个赶出来，还挨了一顿打，把鼻子嘴唇全给打破了，还打掉了两只牙，本来也太窝心了。大家都想这小子窝囊，不意这小子挨完了打，爬起来拍拍土，一声也没哼，只冲着大伙翻翻眼珠子，怔了一会儿就走了，大家伙寻思着，这小子吃个哑巴亏，也就算了。没想他竟要拼命！"

周龙九道："哦，这小子还有种。以后呢？"

谢歪脖子道："这可就到了出事那一天了。那天晚上，也就是二更多天，一场雨浇得赌局散了。李崇德和我收拾完屋子，也就是刚刚睡下，就听见北屋一阵惨号。这小蔡三竟翻墙跳进来了，凶神附体似的闯进院来，澄沙包的侄儿刚喊了声谁？就教小蔡三一刀剁在门外了。小窦刚跟澄沙包睡下了，小蔡三一闯进屋，小窦这小子抄起一床棉被，把小蔡三的刀搪住，夺门跑出来，喊了一声：'杀人啦，有贼啦！'这小子就跑了。小蔡三赶出来，本要追着剁小窦，不想澄沙包吓糊涂了，她反在屋里大喊：

65

'救命啦，杀人啦！'这一来倒把小蔡三叫回去了；澄沙包的养女刚往外跑，碰了个对头，一刀抹在脖子上，咯的死了。这一闹腾，我们全起来了；可是谁也不敢上前来。偏偏臭倭瓜喝了酒，睡得迷迷糊糊的。一听见喊，他糊里糊涂地就跑了出来。他冒冒失失地光着膀子，往屋里一钻；刚迈进一条腿，就教小蔡三戳了一刀，正扎在胸口上，直豁下来，差点大开膛，栽在门上了。澄沙包起初还喊，后来他男人被剁，这女人可就害了怕，冲着小蔡三跪着叫饶命，叫祖宗叫爷。小蔡三这家伙真狠，一声也不哼，顺手就把她扎了一刀。这女人光着身子，竟会把小蔡三抱住了，鬼号着挣命夺刀，一只手竟把刀夺住。教小蔡三踹了一脚，一抽刀把她的手心也豁了，就脸抢地，栽躺下了。小蔡三连剁她好几刀，都剁在女人脊梁上。这时候我们都害怕，不敢出来。"

周龙九道："那么小蔡三是怎么走的呢？"

谢歪脖子咽了咽唾沫，说道："后来那女人剁得已死过去了，小蔡三拿着刀又找臭鱼。我和李崇德都吓得把屋门顶上，眼看着小蔡三开开门走了，我们才敢出来。澄沙包的养女一刀致命，当场就死了。臭倭瓜只哼了哼，我们往床上一搭他，他就断了气了，血流了一地。只有澄沙包这女人，顶她挨的刀多；光着个屁股，赤身露体的，后脊梁上七八刀，两手上全是夺刀的豁伤；肩膀上，屁股上，剁成烂桃子了。她是斜肩带背先挨了一刀，就势栽在里屋了。大概小蔡三连杀三命，手头劲软了，澄沙包竟没有死。只是失血太多了，经我们把她救了过来。小蔡三是跑了，还有厨子老罗也吓跑，院子里只剩下我跟李崇德。我们知道这场人命案太大了，我们都怕牵连；可是我们也不敢溜走，那倒无私有弊了。我和李崇德说：'趁早报官。'谁知李崇德在澄沙包屋里嘀咕了半夜，回头来告诉我：'这凶手是方子寿方少爷。'我说：'我明明看见是小蔡三么。'这个女人躺在床上，哼哼着说：'不是小蔡，是小方。他砍的我，我还不知道么？'这一来倒把我闹糊涂了。我本来没看清凶手的头脸，只是我明明听见澄沙包挨刀时，没口地央告：'蔡大爷，蔡祖宗！'又说：'你饶了我，我再

不跟你变心；王八头死了，我一准嫁你！'那凶手就说：'臭婊子！你害苦我了。今天不宰了你，我不姓蔡！'那说话的腔调虽然岔了声。可是我也听得出来，明明是小蔡三，怎的会是方子寿呢？凶手临走，把凶刀和血衣全脱下来，还在脸盆里洗了手……"

周龙九立刻拦问道："现在凶刀和血衣呢？"

谢歪脖子道："血衣早教李崇德给烧了，刀也搁在灶火膛烧了，只剩下铁片了。"

周龙九道："这么说来，他们是定计嫁祸给方子寿了。他们究竟为什么要害姓方的呢？"

谢歪脖子道："这个，小人可就不知道了！"

周龙九把水烟袋往桌上一墩，厉声道："你怎么会不知道？"

谢歪脖子吓得一哆嗦，忙道："小人实不知他们安的什么心。可是七爷您最圣明，你老想，他们这无非是因为小蔡三是个穷光蛋，拼命的人；他哥哥蔡二又是个要胳臂的，不大好惹；方子寿可是家里很有钱。小人虽然不知他们到底是怎么回事，可是听他们话里话外的意思。大概是一来为报仇，方子寿曾经带人来，大打大砸过；李崇德就吃过亏，挨过方子寿的嘴巴。二来呢，方家是个富户，李崇德跟地保勾着，想借这场命案讹诈一下子。哪知道方子寿不吃，只得弄假成真；李崇德这才怂恿澄沙包告状。自从推上这档事，李崇德就跟澄沙包凑对上了；李崇德简直成了她的军师。这场官司，方子寿的老太爷许了五百串钱；李崇德调唆澄沙包别答应，一口咬定要一千串。没想到方子寿竟把一场罢误官司打出来。小人知道方少爷冤枉，曾跟这个臭女人闹过好几回。"

周龙九把握已得，便问道："现在你可知道小蔡三住在哪里么？还有小窑，出事后还常来么？"

谢歪脖子道："小蔡三的住处，小人倒不晓得，我想他还跑得远么？至于小窑，出了凶杀案以后，早吓得不敢来了。现在倒是于连川，外号叫臭鱼的那小子，跟澄沙包勾搭上了，因此李崇

德还很不愿意呢。"

周龙九听谢歪脖说完，把大拇指一挑道："罢了！老谢，你算看得起七爷。不过我还想再托你一点露脸的事，不知你有胆子没有？"

谢歪脖子道："七爷，你老先说是什么事吧？我的胆子太小，全看是冲什么人、为什么事。只要是为七爷，我准卖一下子。为别人我可犯不上。"

周龙九道："我想教你出头告发。老谢，你可听明白了，我却不是借刀杀人，不过我想拿这件案子拾掇他们。我就是不能出头，因为我是局外人，你是在场的。你可以说先前受他们威胁，不敢声张，连门全不教你出；近来你把他们稳住了，你才出头告发。衙门口的事全由我办，你我是前后脸。老谢，你替七爷把这口气出了，咱们什么事心照不宣。往后你不必再干这种下三滥的事了，反正七爷准教你有碗饱饭吃。你要不愿意呢？我也不能勉强，我自然另想别法。"

谢老四心里一打转，想到无论如何，这位周七爷万万得罪不得的。慨然说道："七爷您望安，我一定能给七爷充回光棍。咱们这次不把他们按到底，那算我老谢没有人味了。七爷您只要接着我，官司打到哪去，我准不能含糊了。可是您老得把衙门里安置好了，只要我一告发，就得立刻把小蔡三捞来才行。他是正凶，若把他放走了，官司就不好打了。"

周龙九道："他住在什么地方？"谢歪脖子道："就是他窝藏的地方，我说不清。"周龙九皱眉说道："这还得细访。"

这时坐在一旁的耿永丰接声道："七爷，这个我知道，小蔡三现时隐匿在魏家围子，要想掏弄他倒不难。他是藏在他亲戚范连升家里。"

周龙九道："那么老弟你就辛苦一趟，这就动身到魏家围子，千万把小蔡三绊住了。他要是一离开那里。你不拘用什么法子，总要把他扣住了才好。等到我们在县衙告了下来，就派人抓他去，把他抓着了，老弟你再回来。"

耿永丰应声而起，周龙九又道："老弟你听我说，他要是没有逃走的神气，老弟你就不要跟他照面。只暗中缀着他，省得教他见了面，胡乱攀扯人。"

于是耿永丰立刻动身，到魏家围子去了。

周龙九把谢歪脖子留下，教给他一套控词。挨到天明，周龙九暗遣谢歪脖子到县衙告发命案。先把谢歪脖子搁在班房，周龙九一径到稿案师爷那里，把案情说了一回，随即禀告县官。县官正因方家屯这场血案缉凶未得，悬案未结，心中着急。既有人指控正凶，立刻看了谢歪脖子的状子；标发签票，拨派干捕，立拘蔡广庆（即小蔡三）到案；又拘传毛伙李崇德和凶案在场的嫖客窦文升（即小窦），火速到案。不得徇情卖放。

这件案子，刀伤三命，关系县官的考成，办起来真是雷厉风行。没到晌午，全案人犯人证，一齐提到。

人犯已到，县官立刻亲自过堂开审。

谢歪脖子把当日小蔡三砍死娼妇的本夫和养女、侄儿，又砍伤娼妇的情形，说得历历如绘。又供出凶案发生时李崇德和小窦均皆在场。那小蔡三就想狡辩，但是搪不住谢歪脖子处处指证。又经县官把李崇德、小窦隔开，个别套问，县官察言观色，又综核过去的供录文卷，晓得谢歪脖子并非挟嫌诬告。

县官遂和颜悦色单讯小蔡三，对他说道："你年轻无知，一时迷于女色，致落得倾家败产，又被赶逐殴辱。你负气行凶，倒也情殊可悯。你老老实实地供出来，本县念你受害情急，还可以从宽发落。不要落得受刑吃苦，再行招供，那可就晚了。"

小蔡三起初还倔强不认，但是禁不得县官刑吓软诱，先把小窦的口供逼讯出来。再命堂吏念给小蔡三听，又将搜出来的已经火销的凶刀，拿来做证。小蔡三本非穷凶极恶之人，只经了几堂，便支吾不过，把实供吐露出来，痛哭流涕地直喊冤枉。

县官把小蔡三的实供取到，更来严讯娼妇澄沙包和李崇德，因何嫁祸反诬方子寿？是谁出的主意？李崇德尚在矢口不认，无奈澄沙包只受两拶子，便将记念前仇，诬告方子寿，意在诈财泄

愤的阴谋，全招认出来；供的是李崇德出的主意。

——于是全案到此，已然完全讯明了。各科以应得之罪。杀人的偿命，诬告的反坐；方子寿的冤诬这才彻底昭雪。

方子寿经耿永丰把这件事的真相，详细告诉明白。他自然深切地感激老师太极陈，并感激推情仗义的周龙九，这都登门谢过了。但是，那个夜半扣窗、匿名投书的恩人，首先访得正凶，揭发冤狱的人，方子寿师徒都很感谢他，却是到底没有访出他的姓名来历。

第十章

雪漫寒阶　矜收冻丐

这时候已入冬令了。人事无常，天象也变幻无常。忽一日气候骤变。陈家沟那条小河，竟封冻成冰了，比寻常时候，好像早了半个多月；而且天色阴霾，浓云密布，到夜间竟下起雪来。

太极陈早晨起来，推门一看，这一整夜的大雪，已将陈家沟装成一个银镶世界。风已停，雪稍住，却是天上灰云犹浓。太极陈精神壮旺，不因雪阻，停止野游，照样地用冷水洗脸漱口，只穿着一件羊裘。光着头，也不戴帽子，走出内宅。长工老黄畏寒未起，太极陈咳了一声。落了门闩，把大门一开；只见门道檐下隅角一个草荐上，躺着一个乞丐。曲肱代枕，抱头蜷卧，并不能看清他的面孔；身上鹑衣百结，一件棉袍缺了底襟，露出败絮，哪能御寒？下身倒穿着一件较为囫囵的裤子，却又是夹的。被那旋风飐来的雪打入门道内，乞丐身上也盖了一层浮雪。太极陈心想：这大概就是那个天天给扫阶的乞儿吧？想起昨夜寒风料峭，这乞丐露宿无衣，真够他经受的；此时蜷伏不动，莫非冻死了？太极陈忙走过去。

在往日，这寄宿门道的乞儿起得很早，就有时太极陈出来过早。这乞儿每听门扇一响，必然慌慌张张地起来，赶紧收拾了就走，怕人讨厌他。今日却不然，太极陈已然出来，这乞丐只浑身微微战抖，勉强地抬头，往起一挣，微哼了一声，又闭上眼了。

太极陈站在乞儿身前，低头注视，心说道："还好。"太极陈用脚略略一拨乞丐的腿，就说道："这么冷的天！我说，喂，别

睡了，你快起来！"

太极陈的意思，恐怕这乞儿冻死在自己的家门。那乞丐以为是太极陈驱逐他，强睁着迷离的倦眼，抬头看了一看，将身子一动，胳膊拄地，往上一起；但是肢体已经半僵，竟挣扎不动，又委顿在那里了。

太极陈道："不好！"忙回头向门内叫道："老黄，老黄！"长工老黄口头答应着，挨了一会儿，方才出来道："老当家的，这大雪您还出去呀？……咦！我说你这要饭的。什么时候了，怎么还不走？起来，起来！"老黄一眼看见了乞丐，就走到跟前，用脚踢这哑丐，一迭声逐他。当着主人的面，做出加倍的小心来，厉声说："你这东西怎么越来越讨厌！在这里借光，还不说早早起来，闪开这门口，你这是找打呀！"

太极陈叱道："不用多费话！来，快把老张叫出来，把这人架进去，到门房教他暖和暖和，你不看他都快冻死了！"

长工老黄把乞丐看了一眼，——心想："他倒走运了！"快快地走过去，道："我一个人就行。"架起乞丐的胳膊，往上就拖。那乞丐挣扎着，借劲坐起来，可是两腿直挺挺的，好像冻僵了，已经不能站立，脸上气色很是难看。老黄不禁吓了一跳，把恼怒忘了，忙一松手，把乞丐放下，对太极陈说道："当家的，你老可斟酌着，这不是闹着玩的事！人命关天，惹出麻烦来……"

太极陈不悦道："少说话，多行好；这也是一条性命。你教我见死不救么？"俯身过来，把乞丐的胸口脉门略一扪试，对老黄道："赶快叫老张去，我救得过来。这个人死不了！"

老黄不敢多言了，忙把长工老张叫了出来。两个人协力，把乞丐搭到门房。这老黄心存顾忌，把这乞儿竟放在厨子的铺上。太极陈跟着进来，吩咐老黄，把乞丐迁到暖炕上，给盖上了被。催着长工，泡来一碗淡姜汤，慢慢地给这乞丐喝下去，乞丐渐渐地苏醒过来。

太极陈问道："这个乞丐可就是天天给咱们扫阶的那个哑巴吧？"老黄道："就是他。"太极陈细察乞丐的面容，见他正在少

年，面容憔悴，衣服敝污；此时在暖屋盖着厚被，寒冷已祛，神志渐清，睁开了眼看了看，不禁有两行热泪从脸上流落下来。太极陈点头叹息道："他是又饿又冷。多亏年轻力壮，要不然，这一夜就冻死了。你们看他这不是缓过来了么？救人一命，胜造七级浮图，怕什么？老张，你到厨房看看，有剩粥给他热一碗来。""什么，没有？""没有剩粥。就给他赶快煮，听见了没有？你们不要偷懒，这是救命行好事！不要教他多吃，也不要给他吃硬东西。等他缓过来的时候，把他带上来，我还要问他话。"

老黄插言道："他是个哑巴！"

太极陈恍然道："但是哑巴也可以问问。"又叫着老黄道："你可耐着点烦，你们也照样能行好呀！行好不在贫富，听见了没有？"

说罢，出了门房；太极陈还想到野外做功课去。可是，才走出门口，一想，这些长工最会做眼前活；教他们伺候乞丐，他们说不出肚里怎不高兴呢。于是竟转回来，要亲眼看着长工们救治这个乞丐。

太极陈坐在门房一个铺上。这少年乞丐服下姜汤以后，精神渐已缓转；眼向太极陈等看了一转，脸上现出来一种不安的神色，向太极陈额手点头，做出感激的神气，挣扎着要下地叩谢。太极陈大声说道："你躺着吧，你不要心里不安。给你煮粥呢！喝了粥，慢慢地就缓过来了，不要害怕。"

不一刻，长工老张从里面端出粥来，叫那乞丐道："喂，喝粥！"那乞丐似不肯教长工们喂他，两手颤颤地伸出来，接着粥碗，一口一口地往下咽。老黄在旁插言道："慢着点，别烫了嘴，别吃呛了！"那乞丐吃了一头热汗，脸色也转变过来了；口中呵呵的，意思又要挣着下地。

太极陈说道："你不用忙着下地。"对长工们皱眉说道："年轻轻的落到这步田地；又是个残废人，少衣无食，这一冬就够他受的！"转过脸来对乞丐说："你只管躺下，在这里睡一觉，不要紧的，少时我还有话对你说呢。你放心，我救了你，我必有一番

安排。……老黄，你们不要嫌他脏，等他十分缓过来的时候，把他带到内宅来见我。"

太极陈直看着乞丐吃完了粥，又躺下了，方才站起来，回到内宅。

此时狂风大作，雪花乱飞，气候格外显得冷冽。太极陈用完晨餐，读书消遣。因为这雪太大了，徒弟们除了三弟子耿永丰外，谁也没来。太极陈闲着没事，想起那个乞丐，把老黄叫来询问。老黄说："这个乞丐没有别的病，只是连饿带冻，才差点死了。这时候好多了。已经能在门房里走动了。"太极陈道："怎么样，我说他死不了不是。"

这个乞丐真是不讨厌，刚刚缓过来，就不肯躺在床上装动弹不得。自己挣扎下地，向老黄、老张拜谢；又比着手势，求老张领他进来，叩谢主人。

太极陈遂命老黄把哑巴领了进来。这个哑巴进了门，向太极陈看了一眼，立即叩拜下去。用手一指户外，又用手指了指嘴，又指了指心，复又叩头。太极陈叹息了一声道："起来，不要叩头。"

那乞丐畏畏缩缩的，立在一旁，把头低下来。

太极陈端详这个哑巴，满面带着惭惶，低头不敢仰视；又见他上下身衣服非常单薄，虽在暖室，犹有寒意；太极陈和蔼问道："我听说你不是本省人，你家住在哪里呢？你是从小时就要饭，还是新近才流落到这里的？"那乞丐口不能言，用手一指北方，做了许多手势，表示他家离此很远。家里没有人了，漂流在异乡。又比画着因为身上无衣，肚里无食，昨夜大雪，才冻倒不能起来，好像说:若不是太极陈救他，他就冻死了。

太极陈把三弟子耿永丰招呼过来，一同反复盘问这个乞丐，猜谜似的揣摩乞丐的手势。问了一晌，太极陈对耿永丰说道："就像今早，若不是我把他救来，只怕他也就冻死了。现在严冬未过，来日方长，幸而遇上我这个好管闲事的人。不幸遇见怕事的人，谁也不愿冒着命案牵连，来救一个残废乞丐的。我打算给

他一条饭路，可惜他又是个来历不明的残废人。恐怕没人肯用他。我想，还是我把他容留下，先叫他给咱们扫扫地，挑挑水，这却是哑巴干得了的。"

耿永丰答道："师傅肯收留他，这真是好事。这个人倒不是来历不明的人，弟子在街上见过他，确实是讨饭的哑巴。师傅不是说咱们把式场子里，收拾打扫，擦磨兵刃，这些不吃力的活，打算雇一个小孩么？这不如就教这个哑巴干，倒是两全其美。"

太极陈说道："是的，我也这么想。看他年轻可怜，打算留他过这一冬，给咱们做些琐事，免得他在外面忍饥受冻。等到来年天暖了，他愿意走时，我就给他点盘费；他也好回他的家乡，投奔他的亲友。"

师徒正说着，那哑丐恭恭敬敬立在门口，忽然抢上一步，扑的跪下来，口中呵呵的，连连叩头不已。

太极陈道："你可愿意在这里么？我们的话你都听明白了么？"哑丐张了嘴，忽又低下头来，复向太极陈下拜；那个意思分明是求之不得的。

太极陈知道哑丐愿意，因为他不能说话，就不再多说；遂命人取了一套棉衣，又取了两三串钱，教老黄领他到城里洗澡，给他换上新棉衣，买了鞋袜。等到老黄领着这哑丐回来的时候，"人是衣服马是鞍"，这个哑丐几乎另换了一个人一样。先见了太极陈，谢过了；太极陈把哑丐每日应做的活计交派下来，是打扫院子、挑水、收拾把式场子。另嘱咐老黄："他现在饥寒劳碌，体气大亏，你们先不要教他做累活。挑水的事眼下不要交给他，赶明天先教他收拾把式场子好了。打扫院子、扫地扫雪，这也看着来；别把他累坏了，救人反倒害了人了。"

老黄应命。先把哑丐领到把式场中，教他看了看把式场中的情形，告诉他怎么收拾。这哑丐从此幸免饥寒，在陈宅做了哑仆了。

哑丐在陈宅将息了几天，得到饱食暖衣，精神气力大见恢复。在门房中寄住，非常的老实勤恳，一点也不讨厌。老黄们应

该做的活，他都抢着做；虽然一样的都是雇工，可是哑丐自视歉然。仿佛是奴中奴一样，给老黄们打下手，很听话，很卑逊。老黄们也都欢喜他，大声地对他说话："哑巴，扫地来！""哑巴，拿水壶来！"虽然不能声叫声应，可是每呼必至。陈宅上下都可怜他，说他安分守己。老黄是直性人，投了他的脾气，他格外会体恤人；便又对主人说："老当家的，哑巴还没有盖的呢。是我把一床褥子借给他盖，他只是不肯，瞧着怪疼人的。"太极陈道："他这个人倒很知好歹。"吩咐家人，把旧被给了哑巴一床；另给他几吊钱，叫老黄给哑巴买一床褥子。

连日大雪，把式场中漫成了银田，太极陈和他的门徒多日未得下场子。一日雪住天晴，老黄们奉命打扫把式场。全家的长工短工一齐动手，老黄领着哑巴，一同扫雪抬雪，太极陈的门徒们也来帮忙。

太极陈对弟子讲说这个哑丐的来由，并且说："把式场本该有一个人经管，不过长工们太粗心；他们也忙着别的事，我也不愿意教他们进场来。这个哑巴倒可以放心支使他，你们该着分派他收拾的，就只管支使他。像刨沙土、擦兵刃，不拘什么活，只要是场子里的事，估量他做得出来的，都可以交给他。他是个残废人，哑巴，你们在他身上要存点恻隐心。这个哑巴倒不像个要饭的，一点懒惰习气也没有。"遂将风雪中救收哑丐的话对众说了一遍。太极陈捻着胡须，一半也是心里高兴，以为做了一件好事。

众弟子听着老师的话，都注目打量这个哑巴。见他虽然流落到乞丐队里，可是骨格体貌并不见得猥琐，只不过身材瘦小，面色枯黄些。方子寿（自从遭事以后，感激师恩，这些日子总在老师家里盘桓）看了这哑巴一眼，这哑巴只顾低头扫雪，扫满一抬筐，赶紧地就往外抬。于是收拾了好久的工夫，把场子的雪扫除净尽。太极陈便下场子，与徒弟们的练起拳来。哑巴往不碍事的地方一站，收拾收拾这个，归着归着那个，人虽有残疾，眼力是很有的。

太极陈师徒数人练了一场，一回头看见哑巴，太极陈过来说道："没你的事了，出去吧。"

哑巴努了努嘴，挤了挤眼，似乎没有听明白。太极陈大声说道："你出去吧，没你的事了。"哑巴点点头，这才转身慢慢退去。

太极陈下场练武的时候，一向不许任何人旁观偷窥的；哑巴虽然是哑巴，可是收拾完场子之后，太极陈还是照例把他打发出去。

哑巴并不偷懒，不收拾把式场子了，就忙着扫场院，清除庭阶。太极陈看他年轻体弱，不教他挑水，他却抢着帮别个长工的忙。小矮个儿，挑着一对大水桶，颇为吃力。

过了些日子，哑巴在陈宅越发熟悉了。起初哑巴只敢做外面的活，后来就穿宅入户，太极陈住的静室，他也进去收拾。太极陈性好雅洁，常嫌长工们粗鲁肮脏，只知打扫明面。这哑巴虽是出身卑贱，却也似有洁癖；太极陈的静室经他扫除，就是墙隅桌后，书架底下，以及棚顶窗棂，角角落落的浮尘积土，他都很细心的，扫的扫，擦的擦。凡是他收拾的屋子，真是纤尘不存。有时收拾桌面，归着笔砚，也井井有条。太极陈见了，很是喜欢，对三弟子耿永丰说："这个哑巴出身恐怕不低，你看他很爱干净呢。"耿永丰道："他收拾桌面上的摆设，也搁得很是地方。"

哑巴这时正在打扫客堂，太极陈便道："从来十哑九聋，他的耳音还不算太坏；你们呼唤他，声音稍大点，他还能听得见。这大概不是先天的残废，恐怕是小时候因病落得残疾。"耿永丰看着哑巴的背影，对老师说："老师说的不错。……哑巴！"哑巴照旧俯着腰做活，耿永丰提高了声调叫道："喂，哑巴！"哑巴直起腰来，回头看着陈、耿二人，双手垂下来，静听吩咐。

太极陈道："是不是？他并不聋吧。我说，喂，你是从小就哑的么？"哑巴摇摇头，做了个手势，表示他不是胎里哑。太极陈道："看你的样子很聪明的，你自己的姓名，你可会写么？"

哑巴怔了一怔，好像不解其意。太极陈一指笔砚道："你会

77

写字么?"哑巴摇摇头。耿永丰道:"哑巴哪会知书识字?"太极陈道:"不然。凡是哑巴,十九就会写他自己的姓名岁数,有的还能写他的家乡住处呢。"

太极陈把纸笔放在桌上,叫过哑巴来道:"喂,哑巴。你会写字么?你会写的话,把你的名字写出来,往后好叫你。"

这哑巴望着纸笔,迟疑了一会儿,看了看太极陈,又看了看耿永丰。耿永丰当是他没有明白老师的意思,遂又大声说了一遍。这哑巴嘴动了动,走过来,拈起了笔,像拿小杠子似的,满把握着,抖抖地写了个"路"字。耿永丰见所未见,看着很稀罕地说道:"你是姓路?"哑巴点了点头。耿永丰对老师说道:"师傅,弟子倒真没见过哑巴写字。"太极陈笑道:"这有的是;你们年轻,没看见过罢了。"耿永丰遂又大声说道:"哑巴,你叫什么名字?你再写出来。"哑巴看了看耿永丰,遂又写了一个"四"字。耿永丰道:"你叫路四?"哑巴点点头,放下笔,又要拾扫帚。耿永丰道:"你别忙,你多大岁数了。"哑巴写道:"二十五。"又问:"你是哪里人?"这回哑巴却写不出来了,拈着笔,复又一指北方。

自此,哑丐就在太极陈门下做了个"短工"。虽然问出他的名字来,叫作路四,可是大家还是管他叫哑巴。哑巴做事很勤苦,似乎深感陈老救命之恩。派给他做的活,头一样就是收拾把式场;这就只嘱咐了一次,他便按时做起来,做得很得法。场中用的兵器,不用人说,隔三两天,就擦拭一回;擦得溜光锃亮,一点也不生锈。其次是打扫庭院,哑巴似有洁癖,收拾得极其干净。再其次是挑水,这个哑巴矮矮的小个儿,挑着两大桶水,走起来乱晃;好像这种负苦的事,他从没做过似的,他的肩膀也似乎怕扁担磨,他用双手托着扁担挑水。老黄们都笑他;说哑巴干什么都行,就是不会挑水。但是老黄老张们很懒,私下里叫哑巴挑水,哑巴就挑。一日被太极陈看见了,见他被两个大桶摇晃得几乎迈不开步,便叫道:"哑巴,你不会挑,不要挑了。"又告诉老黄:"哑巴受尽饥寒劳碌,身上没劲,你不要把累活交给他。

78

我上回不是告诉你们了，专教他打扫院子屋子么？"

教哑巴打扫屋子，乃是救了他半个月以后的事了。以前，总因为他是个流浪的人，当家人不敢过于大意；哑巴也很小心，不叫他，他是不敢进屋的。但是半个月以后。已看出哑巴的为人来，确乎是当得起"老实可靠"四字；于是穿宅入院，以至于打扫太极陈的静室和前院客厅，都交给哑巴了。可是他应办的要紧的活，还是收拾把式场子。

太极陈的练武场子，乃是宅内一个跨院，不练武就锁上门；钥匙本由老黄管着，如今就交给哑巴了。哑巴这个人实在值得可怜；不止于太极陈，连那一班弟子，以及下人们，都很怜悯他。做活的时候，他做活；闲着的时候，他就在门房屋角一待。见了人，口不能言，就满脸赔笑地站起来；仿佛自入陈宅，已登天堂，非常地知足称愿。这情形看在太极陈眼里，心上很觉快慰；自以为做了一件善举，救了一条人命。

太极陈每晨到野外迎晖散步，做吐纳日课，回来便率门下弟子下场子习武。

当太极陈指授拳技之时，照例不许外人旁观；就是家中人也不许进入。哑巴刚来时，自然不晓得这些规矩，有时候还在武场逗留。但是每逢师徒齐集武场时，太极陈就把闲人遣出，哑巴自然不在例外。哑巴也很知趣，每到太极陈下场子教招时，不再等着太极陈师徒发话，便悄悄退出把式场。将跨院门一带，到前边忙着做别的事去了。至于太极陈这些门徒们随便演习拳技时，也许一个人下场子独练，也许两个人对招，那时候或早或晚，就不一定了，所以也就不禁人出入。

一晃度过了残冬。到了春暖的时候，太极陈把哑巴叫来，问道："现在天暖了，你在这里整整四个月。你虽然没要工钱，可是我也一样地给你。你现在想回老家么？你要回家，我可以把工钱算给你，另外我还给你十两银子做盘川。这是使不了的，你到家还可以剩下几两；拿着这钱，投奔亲友，你也可以做个小生意，比如摆个小摊，卖个糖儿豆儿……"

那哑巴一听这话，脸上很着急。比手画脚地做了许多手势，立刻又跪在太极陈的面前，那意思是说："我不回家，家里没有人了，情愿白吃饭，给恩人做活。"

太极陈看了，面对三弟子耿永丰道："你看他，还不愿意走呢。"

耿永丰赔笑道："本来师傅救了他一命，他是感激你老，愿意在宅里效劳。"

太极陈笑道："他倒有良心。喂，路四，我问问你，你是不愿意回家么？"哑巴点点头，又问："你愿意长久在我这里负苦么？"哑巴又点点头。太极陈又道："不给你工钱，你也愿意么？"哑巴指指嘴，做了个手势，表示："管他饭，他就很知足了。"耿永丰在旁说道："哑巴很有良心！"

太极陈道："那么我就留下你，我这里倒是用得着你。不过，你虽然不要工钱；可是穿个鞋啦，袜子啦，剃个头，洗洗澡，总得用几个零钱，我不能白支使人。这么办吧，我一年就给你十串钱，给你做零花。穿衣服你倒不用发愁，我自然按时按节，给你整套的单棉衣裳……"

说到这里，哑丐脸上现露喜色，口中呵呵不已。耿永丰道："哑巴，老当家的话你都听明白了么？你要晓得，这是我们老师恩典你；你一个残废人，上哪里挣十串钱去。你知道老黄么？他一年才挣十五串钱，还是宅里的旧人。快谢谢老当家的吧！"——哑巴赶忙跪下来，叩了个头。

自此，哑巴就在太极陈门下，做了"长工"。

哑巴路四在陈宅，一晃数年。太极陈待承哑巴，和别的长工不同，很有怜悯他、扶救他的意思。哑巴年纪轻，身量小，太极陈仿佛把他当作一个残废小孩看待，许多累活仍然不教哑巴做。

太极陈独居静室，一切服侍，都是老黄们这些个长工；宅中女仆，他是不教近前的。而老黄老张之流，正是活活的一个村仆，眼色上差多了。哑巴却很聪明，又很老实。自在陈宅做了内活之后，不久便已摸透太极陈的脾性和他日常起居的习惯；虽然

80

不能说话，却渐渐服侍得烫贴如意。哑巴在太极陈面前，成了贴身服侍的人了。老黄老张之流都生着嘴，免不了饶舌多话；而哑巴却只知低头服侍，一言不发。哑巴虽不会说话，却会哄小孩，太极陈的孙儿们又常教哑巴照顾。小孩子们专爱跟哑巴一块玩，听他那呵呵的傻笑，跑跑，闹闹，玩起来像小孩一样，做起活来又很勤奋。在陈宅当然颇受上下人喜爱了。

这一年夏末秋初，怀庆府一带疫病流行，农村死亡枕藉。这本是当然的，乡下人最怕传染病；求医既难，又舍不得钱；大抵一有病，便不求医而求巫，烧香许愿，喝香灰，吃偏方，结果，葬送许多性命。更不懂得隔离预防，常常一个村庄，东邻病，西邻就逃不开；每每一闹时疫，一个村庄竟会抬出许多口棺材。这时，陈家沟子这地方竟也被瘟神所袭。太极陈家人口很多，竟一下子病倒了三个人：是一个徒弟，两个长工。

太极陈素不信医巫，到这时也不敢忽视，极力地给救治；侥幸没出大错，病人都慢慢好了。太极陈是精于武术，兼擅内功的人，自然调摄身心，较比旁人胜强得多。虽当大疫之年，依然康强非常，很觉自慰。却不料就在忙着给徒弟、长工治疗瘟病时，他已经潜被传染上，只不过仗着他内功好，抗力强，当时没有显出病形来。直到八月节后，天时失序，本该凉爽了。可是依然燥热；只在晚间戌亥之交，才稍有凉意。太极陈静室里的纱窗依然未换，虽到夜晚。照旧开着。

太极陈这天做完功夫，调息过了，便在静室看书消遣；却是天气闷热，太极陈有些不耐。直到晚上，月亮出来，余热犹存。太极陈在庭院中设竹床藤几，饮茶赏月；直过二更，方才归寝。斜月照窗，清辉入目，这才觉得精神清爽，沉沉地睡去了。

到四更以后，天气骤变，清风朗月，一转而为骤雨狂风。太极陈蓦地惊醒，把火具摸到手中，很费了一回事，将火打着；点上灯一看，这暴雨随风直打入纱窗之内，把窗前案上许多书卷都淋湿了。太极陈忙起来收拾，被凉风一吹，不觉打了个寒噤。太极陈想找件夹袄穿，偏偏的一件小夹袄挂在窗前板壁上，也被雨

淋了。太极陈遂拖着鞋，披着件大衫，开了屋门，把支着的窗扇放下来。这时候雨势正猛，满身上淋了好些雨水。

有许多日子没有下雨了，太极陈屋中没有雨伞雨具。回转屋来，用手巾把头上的雨水拭净，湿衣也脱了。到了这时，渐觉得身上有些发冷；太极陈便想上床，盖上棉被暖一暖。忽又一想，前几天新收的粮食，还在后院堆着，只怕他们忘了盖席子，必被雨淋坏了。太极陈是当家人，立刻地又把湿长衫穿上，拿一块布巾蒙上头，开门重复出来。到后院一看，果然新收的棉花，粮食，全被雨打了，他们并没有用芦席盖严。太极陈忙唤家中人起来，把长工们也叫起来。督促家人，把这怕雨之物该搬的搬、该盖的盖，一阵乱抢；正赶上雨下得很大，势如倾盆地倒起来。众人只顾忙乱，可就忘了太极陈穿的衣服最少，教雨浇的工夫最久了。

后来还是太极陈的儿妇看见了，忙说："爷爷，你老没打伞，也没穿雨衣呀！"赶紧地将一把雨伞递给太极陈。太极陈打着伞，提着灯，到前院后院，都寻着看一遍；眼看家人把院中各物都遮盖好了，方才回屋。这时候已到五更天了，却是阴沉得很，雨还是一个劲儿地下。

太极陈家中人说："老当家的教雨激着了。"张罗着给老当家的砸绿豆汁，又要找发汗药。太极陈自恃体健，说道："不要紧。"只换了干衣服，吩咐家人道："我这时只觉有点冷，你们给我弄碗姜汤好了。"遂拉过被盖上，打算睡一觉，回头再用一会儿工夫。把丹田之气提起来，也就可以好了。

太极陈教家人不要惊动他，上了床，盖好被，就睡着了。却是直睡到将近午时，还是迷迷糊糊的，觉得发倦。家人们都担了心，以为老当家上了年纪了，打算请医生去；太极陈还是不以为意。他精于拳技，复谙内功，多少年来不知病痛为何物。就是被雨激着，受点寒，自己调息运气一回，便可将风邪驱去。因对家人说："你们不要乱，这不要紧。"

但是，大凡体质健强的人，是轻易不害病的；等到一旦真有

了病，就一定很沉重。当日太极陈一觉醒来，已到傍晚。自己下了床，打算照平时的日课，练一练气功。却不想稍一运动，顿觉气浮心摇，连呼吸全调停不好。而且口干舌燥，鼻息闷塞，浑身觉得隐隐地酸疼起来。勉强地练了几个式子，只觉不耐烦；回转来，竟自倒在躺椅上吩咐仆人泡茶，连喝了两壶茶，还觉口渴；这是太极陈从来没有的现象。家人们忙给买来一些鲜果，太极陈连吃了几个梨子，方觉得好些，又躺在床上了。

　　太极陈的病势眼见来得不轻，到第二天，数十年如一日的晨课，竟不得已而停止。

第十一章

病叟却诊　义奴侍药

那哑巴路四，每天到微明时候，便早早起来。要先到把式场收拾打扫。打扫完，再到太极陈静室里，洒扫屋地。那时候，太极陈早就出门，到野外做吐纳功夫去了，今天却不然。哑巴见武场泥泞，不好打扫，就把兵刃擦拭了一回。放好了，取过扫帚簸箕，来到静室。出乎意外的，老当家今天依然拥被偃卧，并没有起床。这是哑巴自入陈宅，两年没见过的事。哑巴以为太极陈是阻雨不出去了，遂轻着脚步，不敢惊动，悄悄地收拾几案，打扫屋地。不意太极陈虽滞恋衾褥，可是并未睡熟。将眼微睁，看见哑巴来了，就叫道："喂，拿点水来！"

哑巴慌忙回头，走过来，站在太极陈面前。太极陈重说一句道："拿开水来，我口渴。"哑巴俯身一看，太极陈面色红涨，颇异寻常，并且呼吸很粗。哑巴赶紧地点头作势，转身出来，直到厨房，向做饭的长工讨开水。又找到三弟子耿永丰，比着手势：向静室一指，做出病卧在床的姿势来；把耿永丰一拉，又一指水壶，往嘴上一比。耿永丰不甚明白，因向哑巴道："你是说老当家的要水么？"哑巴连连点头，导引着耿永丰到了静室，把开水斟酌得不很热了，献给太极陈。太极陈口渴非常，一连气喝了三大碗开水。三弟子耿永丰一到静室，见师傅竟滞留床榻，逾时未起，暗暗疑讶。忙上前问道："师傅，今天起晚了？"太极陈摇摇头道："我不大得劲。"耿永丰俯身一摸太极陈的手腕，觉得触手很热，脉搏很急；又见倦眼难睁，两颧烧红，不觉十分骇异。忙柔声问道："师傅，你老昨天还好好地的，今天怎的病得这

84

么猛?"

太极陈这时头面作烧，浑身作冷。盖着棉被，还有些发抖。强自支持道："没有病，就是昨天快天亮的时候，忙着抢盖粮食，教雨激着了。"耿永丰道："你老这病不轻，你老觉着怎样? 赶快请位医生看看吧。"太极陈笑道："不要紧，只不过受了点寒气。我等躺一会儿，烧过这一阵去，做一做功夫就好了。稍微受点凉，那还算病?"

太极陈素厌医药，他常说："人当善自摄生; 有病求医，把自己一条性命，寄托给当大夫的三个手指头上，这是太悬虚的事。"但是三弟子关切恩师，遂不再与病人商量，竟自退出来，到了内宅，面见师母，把老师病情说了。便要亲自套车，进城去请名医庄庆来大夫。

陈老奶奶皱眉道："你不晓得老当家的脾气么? 他那静室就不教女眷进去，他的病是轻是重，我就不知道，要说请医生，更麻烦了; 不但他自己，就是我们有了病，他也不喜欢给请医生抓药。上年大儿媳妇有病，差点教老当家给耽误了。我教人套车请大夫，他就拦着不教去。他说庸医、名医、时医，究竟谁有手段，咱们就断不定。治病简直是撞彩，灌一些苦水; 说不定是治了病，还是要了命。后来媳妇娘家的人把医生请来，老当家的才没法了。你说他就是这种古怪脾气，我哪敢给他请医生? 他仗着他那点功夫，就不许人说他老，更不许人说他病。他昨天教雨激着了，我教儿媳妇看看他去，他都不让进门。还是昨天晚上，教二孙子进去看了看，给他买了点水果。"

不过，三弟子耿永丰已看出师傅的病来，分明很重，这不能一任着病人的性子了。自恃是师傅的爱徒，便硬作主张; 把车套好，亲自进城，去请名医庄庆来大夫。陈老奶奶还是担着心，恐怕陈清平发起脾气来，就许给医生一个下不来。

于是耿永丰到午饭以后，亲自把医生陪来; 果然太极陈勃然不悦，拒不受诊。三弟子、四弟子、五弟子、大孙儿、二孙儿，一齐聚在病榻之前，再三央告。说："你老吃药不吃药，还在其次; 大夫老远地请来了，就教他诊一诊，给详一详病象，咱们听听，也好明白。"

85

四弟子方子寿说话最婉转，会哄师傅，就说道："我知道老师体质很好，不会害病，这不过小小受一点寒气。这不是大夫来了么？你老人家就把他请进来，咱们全别说出病源来，也别告诉他病状，咱们听他断断，看看这位极出名的大夫到底有两下子没有？师傅，你老人家看好不好？"五弟子谈永年也赔笑说："四师兄说得很对，老师练了这些年功夫，哪会有病，这不过发点烧就是了。回头你老别言语，听听这位大夫说什么，说得对，你老就吃他的药，不对就不吃。"

太极陈以为他们太虚吓了。但见众人殷殷相劝。这才点头说："我知道你们看见我几十年没喝苦水了，你们觉着不对劲。总得教我喝点，你们就放了心，天下就太平了。瞧病就瞧病；我不瞧病，你们也不饶我。"

然后由弟子把庄庆来大夫，从客厅陪到静室。庄大夫素闻太极陈之名，尽心尽意地给诊视了一回，看脉息、验舌苔；然后退出来，到客厅落座。然后向三弟子耿永丰道："老先生这病可不轻呀！你们不要把这病看成寻常感冒。诊得此症，阳明肝旺，暑瘟内蕴，猛受风邪内袭，伤寒之象已呈。法宜平肝热，清暑湿，祛风散寒；试投营养脾胃之剂。能否奏效，尚不敢定；最好是另请高明评断一下，才不致误事。"

耿永丰一听这话，蓦地心惊。自己也倒看得出师傅的病象很重，可是骤闻医生庄庆来的口气，居然有拒不复诊的意味，心上不由格外地着急。陈宅的内眷更是吃不住劲，惊慌地问道："先生，我们老当家的这病，要紧不要紧？"

庄庆来摘下墨镜来，捻着很长的胡须，慢条斯理地说："医生给人看病，向来不愿意吓唬病人；陈老先生这病实在不轻。"陈老奶奶揣着侥幸的心理，问道："可是，庄先生。我们老当家的别看上了年纪，他素常很结实呢，从来也不闹个什么病的。"眼望儿媳道："我还记得，前十一二年了，他病过一次，是受了暑，只病了那么一两天。这十来年，就连个头疼脑热也没有。庄先生，我说他不碍事的吧？他身子很好呢。"

庄大夫笑了笑，对耿永丰说道："耿爷，你必晓得这个道理。越是像老先生这种人，才越害不得病；小病不能侵，一病必定很

86

重。你看见患不足症的人没有？今天冻着了，明天热着了，天天离不了病，倒绝不会得暴病。尤其是伤寒这种病，弱人得了，好得很容易；结实人一病倒，倒费了事了。"

陈宅上下越发惊慌，道："先生。我们老当家的真是伤寒病么？"庄庆来道："病势很像。耿爷，费心拿纸笔，我先开方子看。依我想，老先生这病，诸位不要疏忽了，最好再请一位名医评评。彼此都不是外人，我决不愿耽误了病人。"

但是，怀庆府的好医生，就数庄庆来了，更往何处请名医去？耿永丰忙将纸笔墨砚取来，磨好了墨，庄大夫就提笔仔细斟酌方剂。众人再三向庄庆来说："务必请庄大夫费心。"又谆谆恳请庄大夫下次务必复诊，千万不要谢绝。"因为庄大夫医理高明，我们很佩服的，请别人更不放心了。"

庄庆来一面开着方，一面说道："且看，等吃下这服药，再看情形；府上尽管放心，晚生一向口直；话虽这么说，我一定尽力而为。这就是那话，我们要看医缘了。"当下开好药方，又嘱咐了饮食禁忌；用过茶，戴上墨镜，告辞登车而去。

当医生在这里时，大家苦苦求方求药，唯恐医生下次不来。但等到大夫一走，大家又很着急地商量怎么能教病人情愿吃药了。

耿永丰看着方子寿道："四师弟，你的嘴最能哄老师，你怎么想法子劝说劝说呢？"

陈宅上立刻打发长工进城抓来药，然后用炭火把药煎上。众人一齐来到静室，宛转劝请太极陈吃药。方子寿一向能言，说的话最投合老师的心思；独有这一次，却说崩了。太极陈病象已现，两颧烧得通红，虽盖着棉被，身上还冷，但是神志还清。一见众人，便问道："庄大夫走了么？他说什么？"方子寿蔼声说道："庄大夫说你老这病很重。他说得很有道理，他说你老这是伤寒病。"

太极陈微微一笑道："他说我是伤寒？"

方子寿道："是的。这庄大夫医道实在高明，刚一诊，就知道你老身体很壮实。他说得这种病，就怕病人身子壮实，越壮实，病越重。"遂将庄大夫的话学说了一遍，又把庄大夫敬重老

师，用心诊治的话，描述一番。以为师傅既知病重，必然乐于服药；大夫夸他康强，敬他为人，必然教他听着顺心。

而不意太极陈反不耐烦起来，从鼻孔哼了一声道："胡说！就凭我会得伤寒？常言说：'气恼得伤寒'，我哪里来的气呢？别听他胡说了；我这不过是冻着点，重伤风罢了！酸懒两天，自然会好。家里还有红灵丹，我闻上点，打几个喷嚏就好了。"

等到哑巴把药煎好，又斟一杯漱口水，小心在意地端了进来；太极陈就眉头一皱道："快端出去，我不喝这苦水！"

太极陈执意不肯服药！在跟前的几个弟子束手无计，家眷们出来进去地着急；越着急越劝，而太极陈越不耐烦。太极陈的妻室陈老奶奶更不放心，带着儿媳，前来视疾，太极陈的静室一向不准女眷入内的例竟被打破。太极陈恼了，竟把身边的一只水碗摔在地上，厉声说："你们要怎么样？我还没死呢，你们老娘们擦眼抹泪的来做什么？"

陈老奶奶不敢惹太极陈生气，只得嘱咐孙儿和徒弟们轮流侍护，勉强带着儿媳出去。这个老婆婆也是有脾气的人，不由恨得拭泪骂道："这个老偏把棍子，实在气人；有病不吃药，该死！死了也不多！"可是夫妻情重，到底不放心；每于太极陈睡熟的时候，偷偷溜进来，摸一摸头，按一按脉，汪着眼泪，向服侍人打听病情。

太极陈的儿子没在家，孙儿年纪小，女眷不准进病室，服侍他的，只有委之于门徒和长工们。

太极陈的病一天比一天重，又把庄大夫请来。庄大夫听说上次的药没肯服用，便不甚高兴，当下就辞不开方。好容易地经耿永丰再三央告，方才处了一个方，告辞而去。

太极陈卧病在床，烧得很厉害，自然心虚怕惊；服侍的人动静稍大，就蓦地把他惊醒。而且病人气大，看着人个个都不顺眼，几个门徒都挨了骂。太极陈最怕他们虚吓，最不爱听病重；而他们不知不觉带出担忧的话来，太极陈听见了更讨厌。而且有病的人不耐烦，耳边喜欢清静，这些服侍人好像得了"话痨"似的，嘘寒问暖，不时在耳边絮聒。气得太极陈嚷道："你们不说话行不行？我还没病得人事不懂，用不着你们瞎嘀咕，瞎小心！"

又骂方子寿道："看你很机灵，怎么也蝎蝎螫螫的！"又骂耿永丰道："我渴我会要水，我冷我会盖被，你们就不许教我歇一会儿么？怎的我刚刚闭上眼，歇一会儿，你们的事就来了？"

太极陈嫌他们服侍得太琐碎了，骂得耿永丰、方子寿，相视无言。太极陈翻了个身，身子向里道："你们这叫服侍病人，还是给病人添病？一个一个的都这么虚喝，你们就不会装哑巴么？"

太极陈性本孤僻，这一有病，又不肯吃药，性情越发古怪了。门徒们，家人们，都被骂得乱进，不知如何是好。

然而那个哑佣路四却服侍得很对劲。太极陈最怕人问长问短，而哑巴不会说话，自然也不会问了。太极陈最怕人劝他吃药，哑巴不会说话，自然也不会劝了。

老黄老张这几个长工们轮流守了两夜，全是气粗手笨，睡熟时鼾声大作，反把病人吵得不能安静，被太极陈驱逐出来，不准再进屋。白天由徒弟们照应，晚间只有哑巴路四服侍；并且非常的警醒，夜间不论什么时候，太极陈只稍微一转侧，哑巴立刻起来，看一看，听一听；用什么，立刻递过来，有时不用指使，只看意思行事，颇有眉听目语的机灵；太极陈被他照应得很舒服。

耿永丰、方子寿到内宅，告诉陈老奶奶，说是："师傅教哑巴侍候得很好，师母放心吧。"陈老奶奶道："哦，哑巴倒有良心！"耿永丰道："可不是，师傅没白救了他，他敬心敬意地侍候着。你老没留神么？这几夜把哑巴的眼都熬红了。老张这东西总怕老师把伤寒病传上他，教他服侍，他总躲躲闪闪的；这哑巴却不怕，真算难得。"

陈老奶奶一听，很是感动，把哑巴叫来，勉励了几句。又吩咐白天由大家照应病人，只晚上教哑巴值夜侍疾。又告诉长工老黄，不要教哑巴做别的事了。

太极陈这三间静室，是两间通的，只有一个暗间。太极陈性喜敞朗，便住在这两间通连的。屋内靠南放着长榻；那暗间虽设床榻，他却不在那里睡。哑巴终夜侍疾，只把一张圈椅放在屋隅，前面放一张方凳，半躺半坐地闭眼歇息。耳边只一听太极陈转侧有声，立刻就过来看看。

太极陈这一场病，把哑巴熬得面无人色了，可是依然不厌不

89

倦，尽心服侍起来，比太极陈的子孙、门人，以至别的仆人要强得多。

太极陈有数十年的功夫，暗中调停气功，以御病魔；满想以自己的静功毅力，可祛去外邪。无奈寻常感冒好办，这回却是伤寒症，最厉害的传染病！他又拒不服药，病势来得又凶猛；太极陈运气功以斗病魔，两相抵拒，支持了几天，到底支持不住，气一馁，终于病得起不来床了。

家人、门下弟子哀求他服药，太极陈昏睡中，依然摇头。太极陈的孙儿捧着药碗，三弟子耿永丰拿着一杯子漱口水，哑巴端着痰盂，众人环绕在病榻之侧；陈老奶奶藏在人背后，暗暗抹泪，太极陈还是不肯喝药。弟子们不敢再劝，一劝就骂；陈老奶奶暗命儿媳上前哀告公公；太极陈对儿媳是很有礼的，当然不好骂。可是他迷迷糊糊的还是说："别麻烦我，你们出去，我心上乱得慌。"

此时太极陈身上不断发烧，两耳有时发聋，面目已见枯瘦了。急得陈老奶奶说："他还不吃药！这可没法了，我们只好灌他了！你们瞧，他都改了模样了，偌大年纪，怎么还要年轻脾气！"不想太极陈到底与常人不同。就到这时，他还听得出来，嘶声说道："又是你捣乱，给我出去！"伸手把枕头抓过来，要砸陈老奶奶，众人赶忙劝止。大家走出来，来到内宅，纷纷议论，人人着急。陈老奶奶因对耿永丰道："老三你看看，你师傅这病到底怎么样？我瞧着很不好……"说时又掉下泪来。

耿永丰皱眉道："不吃药，反正不易好。想什么法子呢？"方子寿道："师母别着急，我想了一个法子，可以把这药煎成大半碗，混在茶饭里，一点一点地给他老人家喝。"耿永丰摇头道："药味很浓，那怎么能尝不出来？"方子寿道："咱们想法子呀。"

太极陈曾经自己点名要吃清瘟解毒汤，他说成药稳当。于是大家要骗病人，把治伤寒的药假作清瘟解毒汤，教哑巴给太极陈端来；趁着太极陈迷糊的时候，给他服下去。但是太极陈只咽了一口。就说："这是什么药？味不对呀？"哑巴比手画脚，做了一个手势；却将清瘟解毒汤的药单拿来，给太极陈看了。太极陈勉强喝下去，疑疑思思地躺下了。

太极陈的病势毫不见轻，到后来竟神志一阵阵迷惘起来。众人只得把药掺在粥内和茶水内，教哑巴一点点竟给太极陈喝。太极陈昏昏沉沉，舌苔很厚，只觉口苦，不能辨味，竟有三四天昏迷不醒。陈老奶奶越发着急道："病得这么重，你们灌他吧！"

耿永丰再把庄大夫恳请了来，偷诊了脉息，对症下药，陈家上下人人着慌，最后只好用羹匙盛着药，一口一口地灌。太极陈坚持不肯吃药，到了这时，他也不能自主了。

这病直害了半个多月，太极陈才渐渐缓转过来，知道要水喝了。哑巴忙把水碗端来，太极陈连呷数口；抬头看见耿永丰、方子寿立在榻前，陈老奶奶坐在脚后，众人环视着自己。太极陈明白过来，呻吟着说："我觉着不要紧了，你们不要围着我了。你们看到底不吃药，也能好了不是？"众人听了都不言语，但是太极陈却觉出茶味不对来。问众人道："这是什么茶？怎的这个味？"

众人相视示意，太极陈皱眉想了想道："你们灌我了么？……咳！这一场病，整整躺了四天。"众人不由笑了起来。陈老奶奶道："老当家的，你才躺了四天么？告诉你吧，你差点把人吓死，到今天你整躺了十八天了！"

太极陈的病，险关幸已度过，精神气力却都差多了。邪热一退，病人便清醒过来，跟着就是极度的疲倦躺在床上歇息着。家人们过来省视，太极陈也能耐着烦答对了。家人便把哑巴路四感恩侍疾，十几天通夜没睡的话，对太极陈说了。

太极陈抬头看了看哑巴，果然哑巴眼圈全熬青了，眼皮也睁不开似的。听见大家议论他，他只把头点点，微笑示意，好像说："老当家的病好了，好极了。"

太极陈很是欣慰，点点头道："他这人别看是残废，倒很有血性。"跟着向众人发话道："你们知道么？别看我发着烧，懒怠言语，可是我心里明白。哑巴伺候我，不一定就只他能细心；他第一件长处，是不会麻烦我。谁像你们，病人越不愿说话，你们越围在跟前，像问口供似的审问我；好像我小小有点不舒服，连吃喝我都不知道了。告诉你们，是病人就喜欢耳根清静，最怕人琐碎。"说得大家禁不住微笑。

又休息几天，太极陈觉着十分轻松了。可是他到底不肯承认是吃药治好了的，他说那是他四十年的功夫，把病魔逼退的。他便想坐起来，试着要运一回静功。方子寿等劝他多歇两天，太极陈不以为然。不意他刚刚坐起来，这才觉出周身依然酸痛，头目依然昏沉。一阵阵晕眩。试一用功，只觉丹田之气不甚顺调；这才咳了一声，又躺下了。

又过了几天，太极陈自觉好多了。夜将二更，静室无人，只有哑巴睡在椅子上；太极陈久卧生倦，自己坐了起来；默运内功，试调呼吸，觉得还是不能持久。于是摸着黑，又试着要下地；可是想不到竟如此软弱，单腿才着地，好像脚下踏了棉花似的，一点根也没有。不禁喟然叹了口气道："这场病可不轻，莫非真是伤寒病么？"

忽然，听着外面似有异声……

起初，太极陈还疑心是秋风吹残叶的声息。细一听，忽然觉着不对；而且这声音很可疑，似有人搬挪什么物件，簌簌的，沙沙的，还有脚步声音。

太极陈道："唔？"

这声随风一荡，忽然听得见，忽然听不见了。太极陈坐在床上暗想："是谁不放心我，要过来瞧看我来吧？这大概是老婆子？我只装睡熟，她就放心回去了。"遂一倒身躺在枕上。哪知过了好一会儿，并没有人进来。而且细听足音，很轻很小，似踱足而行。那唰唰拉拉的声音，又似有人搬动枯柴。太极陈诧异起来："喳？"转想病中体弱，也许是自己耳鸣，也未可知。但这声音竟连接不断，未免太可怪了。声音越来越近，后窗也响起来了。

太极陈暗想道："这到底是怎的一回事？"好在距床不远，就是窗户，太极陈提起一口气，又坐起来；往床下一站，打算走过去看看。噫！这才晓得病久了，这全身一落地，才走了一两步，浑身虚飘飘的，两腿居然哆嗦起来。这病魔竟如此厉害，不论你内功多么强健，也招架不住二十多天的病折磨。太极陈自己叹息道："总是功夫没练到炉火纯青的功候吧！区区一场病，竟走不上道来了么？"

太极陈一面叹息着，一面强支病体，扶着床，一晃一晃地往

前移步。猛然，听得噼啪一声响，立刻前窗上闪起一道火光，跟着后窗外也闪起火亮。

太极陈吃了一惊，惊出一身冷汗。急急地扑到床前，吁吁地喘着；更不遑仔细，伸手哗的一下，把窗纸抓破了一把。急努目力，往外察看；还未容看清，早有一团浓烟，夹着光焰扑卷过来。浓烟从纸窗抓破处蹿入屋中，跟着烘的一声，后边窗纸已经燃着。

太极陈大叫："不好！有火！"顿时精神紧张，倏然一蹿，倒退回来。太极陈脑海如电光石火的一转，立刻想到这是贼来放火！

太极陈神威一震，虽在病后，虎似的抢近屋门，要夺门救火拿贼；但是空有雄心，两腿抖抖地打绊。太极陈急怒交加，用力一推门；门扇严局，顺门缝往里蹿烟。原来门扇竟被倒锁了！他蓦地一吼，声如洪钟，道："有贼，嘻，你们快来！"脚下一软。急急地退到床上，喘个不住。

当此时，危急万分！那侍疾兼旬、疲极睡熟的哑巴路四，蓦地惊醒过来。屋门口，前后窗，火光照得通红；浓烟卷到屋中，前后窗的纸烘烘地早全烧着。哑巴失声喊了一声；忙乱中，太极陈叫道："哑巴，快去叫三徒弟！有歹人放火！"

第十二章

沉疴初起　仇火夜发

哑巴路四失声"哎呀"的叫了一声，突然蹿起来；把倦眼睁开，向四面张皇地一看。火焰燎亮，屋中随风飘进来浓烟。哑巴忽地跑到屋门口，把门扇狠狠一踢，竟没有踢动；门口外堵着许多干柴，鼻中嗅得一股子硫黄油蜡的浓臭，哑巴旋风似的在屋中一转，烟影中，只听太极陈又大声叫道："哑巴，快叫人去，有歹人放火！"当这时，前后窗棂都烧着了。哑巴猛然一拉太极陈的右臂，又急急一伏身，把太极陈背起来……

外面的火噼噼啪啪的暴响，阵阵浓烟随风发出呼呼之声。大厅上睡着的太极陈门下众弟子一齐惊动。三弟子耿永丰虎似的跳到院中一看。烟火是从跨院涌来的。耿永丰大惊，狂呼长工们快起："不好了，老当家养病的跨院失火啦！"

陈宅上下全都惊醒。耿永丰、太极陈的次孙陈世鹤非常惶急，齐扑到跨院来，聚在静室门前；静室为干柴烈火所围，恍如窑烟火窟。耿永丰、陈世鹤绕圈大叫，急得两人齐要突火入援，就在伏身作势之时，猛听屋门咔嚓一声，黑乎乎飞出一物，是一只木凳，直抛出来，一落地，啪嚓！摔得粉碎。跟着火焰略一煞，倏地从屋门内蹿出一个人来。众人忙看，正是哑巴路四，背着师傅陈清平，冲火而出；从屋内往院心一蹿，落下来，踩着碎凳；哑巴踉踉跄跄往前栽过去。耿永丰纵步赶过来，一把扶住哑巴，陈世鹤抱住太极陈。

众人在惊慌中，见宅主得救出来，一齐大喜，都围过来，搀

架问讯。太极陈喘吁吁道："好孩子们，难为你们，全不看看这火是怎么起的！我死不了，房子不过烧这三间，连不到别处去。你们还不快去寻拿放火的人么？"

一句话提醒三弟子耿永丰，急率长工们救火，扑救甚速，火未成灾；家人们搀着太极陈奔客屋。耿永丰和五师弟谈永年，急往前庭、后院、内宅，查看失火的原因，搜寻放火的歹人。各施展轻功提纵术，先后蹿上了房；拢目光，往四面察看，四面绝没有人影。耿永丰从跨院房上，蹿绕到西南面；突见西南角一带墙头上，灰土剥落一大片。五弟子谈永年从前院绕过来，踩看平地上，也在西南角院墙外，发现了疑迹。两人相会，揣测这火确是歹人放的；并且这放火的人准是个笨货，很有几处留下明显的脚印。前前后后查看一遍，已断定放火贼人至少当有两个：一个贼人进院，另一个贼人在外巡风。大概是放火报仇，不是纵火打劫。——两人又到街上搜了一遍。

天色已然发亮。左右邻也全惊动起来，纷纷慰灾问状；耿永丰回答说："是长工不小心，把柴灶引着了。"向邻人敷衍了几句话。暗对五师弟说："放火的贼手脚很笨，必然跑不远，可惜咱们迟延了一步。依我推测，后邻张老拴家太可疑了。"谈永年诧异道："张老拴难道敢放火不成？老师跟他也没有仇啊？"耿永丰道："不是他放火。就我查勘的情形来看，贼人带着火种，是由张老拴家上的房。跳到咱们老师后院来的。火一起，贼人又从后院翻到张老拴家。可惜我们见火心慌；若是火一起来，就上房查看，可以当时把贼捉住。你看罢，回头老师准得责备咱们粗心。"

耿永丰心中嘀咕，果然太极陈经这一场火灾，非常发怒，一迭声地找耿、谈二弟子；瞪着眼对众人说："想不到我这场病，竟教人欺负到门口来了。要不是哑巴，看这样子，我要烧死在屋里，你们还许不知道呢！火怎么样了？"家人忙答道："早泼灭了。"太极陈奋然坐起来，看见耿永丰悄悄溜进屋，冷笑了几声道："老三，你查勘得怎样了？"耿永丰惴惴地回答："查明确是歹人放的火，大概是从西南角爬墙进来的。"太极陈怒道："看见

人没有？"耿永丰低头道："没有。"

太极陈哼了一声，半晌说道："岂有此理！我们爷们在这陈家沟子，一向安分守己，从没有恃强凌人的地方。陈家沟子的一草一木，从来没人肯动；就是绿林道，也没有敢来在我眼前撒沙子的。至于老邻旧居，我更没有得罪过谁。如今竟有人找上门来，堵着屋门放火，想把我活活烧死！我太极陈闯了这四十多年，儿孙满堂。徒弟一大堆，临了落个教仇人烧死，也死得太现世了吧！要是让放火的人逃出掌握，我还有什么脸面，在陈家沟子活着！……"因又拍枕叹道："可叹我这几个高徒，到了师傅危难的时候，哪个有点用！若不是哑巴背出我来，就许活活烧成灰烬！难为你们两三个人，查勘了半天，竟会让贼人逃脱了？"耿永丰、谈永年，全都惭愧无地，没话可答。

太极陈盛怒之下，连家人带门徒，一个不饶，挨个申斥一顿。忽一眼看见哑巴路四，不由点了点头；又看了看徒弟们，唉了一声，遂躺在床上，不言语了。

耿永丰等深知师傅家门失火，有损威名，当然很着急，又很抱歉。直容得太极陈稍为气平，耿永丰这才把查勘所得的情形，一一说明。但是张老拴是个老实人，若说他放火，这绝不近情理。耿永丰又低说："师傅歇歇吧，弟子破几天工夫，一定要把贼人的底细访出来。当初弟子们不是不知道拿贼，因为当时想救火救人要紧……"太极陈哼了一声道："你们好几个人，就不会分开来做么？再遇上事，千万记着；别往一处挤。务必分途办事。救火，救人，护家眷。抢抬财物，捉贼，各认定一件事下手，贼人焉能逃出掌握！"

耿永丰连忙引咎认过，顺着太极陈的意思，极力慰哄了一阵。见太极陈闭上眼，这才悄悄地退出来，忙和五师弟谈永年秘商探访纵火歹人之计。也不敢再向太极陈多说，只暗地用心钩稽。因想太极陈在乡里间，虽然并没得罪过人，可是就为吝惜拳术，不轻授徒，他就颇招许多武林后进的妒忌。这放火的人就许是拜师见拒的人，访实了太极陈身在病中，特意纵火，以快私

怨，也未可知。耿永丰想张老拴家中并不见有可疑的人出入。五弟子谈永年，次日把七弟子屈金寿找来，两人偕往各处暗访，也没有头绪。

太极陈身在病后，更经这番惊急气恼，病势又加重起来，喃喃自语道："竟会有仇人大胆地来我家放火！"恨不得立时病愈，亲手追究此事。急得唉声叹气，心中却是暗暗感激哑巴路四；这次多亏他舍命背救，才得逃出火窟。"我倒没有白救他！这个小哑巴居然知恩知德！"但是他又想：那天哑巴如不在跟前，凭自己一身功夫，也会逃出屋来；人老不服气，太极陈更甚。虽然这样想，到底吩咐家人，此后好好看待哑巴，给他加月钱，不许再教他挑水了，也不必做别的活了："只教他服侍我，他倒会侍候人。"陈老奶奶更感念哑巴，当天便赏了十两银子，又给了一套衣服。然而哑巴也病了！

这一回舍命救主，哑巴不但惊吓过度，又努过了力。他经月侍疾，早熬得眼红力疲。仇火突发，屋门口有歹人堆的柴火，门又倒锁着，烟熏火燎，被他破死力砸开门；又恐歹人暗算，把一只小凳抛出去；背着太极陈，拼命往外一蹿，登时失脚栽倒。虽经耿永丰扶起，经这一跌，吁吁狂喘，几乎软瘫在那里，第二天他便病倒。陈宅上下慰劳有加，忙给他治病；第三天上他就好了。

这一回火灾，太极陈的静室，门窗烧毁。当时泼水浇救，屋中什物全被水渍坏了，因此移到客堂养息。人都存着"贼走关门"的心情，一到夜里，弟子们轮流值夜。太极陈一觉醒来，看见耿永丰、方子寿、谈永年等，窃窃私议，聚在客堂。

方子寿是隔日才听见老师家里发生火警，今天才买了点心，跑来探问。三师兄告诉他，师傅因为捉不住放火的贼人，正在着急。两人正说着，忽然七师弟屈金寿慌慌张张走进来；向四面看了看，悄声对耿永丰说："三师哥，四师哥，方才在村外土围子东边，乱葬岗子里，发现了一具死尸，情形很可疑。……"耿永丰耸然道："有什么可疑?"七弟子屈金寿低言道："这具死尸年

约三十多岁，短衣襟，小打扮，腿上带着凶器，是一把一尺二的匕首。在他左肋任督二脉的脉眼上插入一把八寸长的刀子，连把插入，并未拔出来。看尸体，也就是昨天才死的。"方子寿悚然道："这像是仇杀。"七弟子道："那是无疑的了。最奇怪的是死人身上带着夜行人的用物，而且还有一张房图，画的是咱们老师的家!"耿、方二人闻言愕然，道："真是么?"七弟子道："一点也不差，三层院，三十七间房。"却又低说道："师哥，你猜这死的人是谁?"二人齐问："是谁?"七弟子悄然说："蝴蝶蔡二!"

客堂中人一齐大惊。沉默了半晌，耿永丰看着方子寿；方子寿也看着耿永丰，隔了一会儿，率直说道："这蔡二就是小蔡三的亲哥，一向是耍胳膊的汉子。他怎会死在土围子那边呢? 七师弟，你怎么看见的?"七师弟道："四哥，你不在这里，你自然不知道。前天有人到师傅这里放火，扑救很快，幸未成灾；但师傅却非常动怒，责备我们无能。我和三师兄、五师兄这些天急坏了，天天出去查访。当天失火时，要是留神，或许当场捉住放火的贼；如今隔了日子，哪里访得出影子来? 老师骂我们废物，我们没法子，只可出去瞎碰。我刚才偶尔溜到乱葬岗子，看见一群野狗打架；过去一看，才看见这具新死尸教狗给刨出来了。新刨的坑又很浅，我就赶开了狗，过去仔细一看……"

耿永丰哼了一声道："老七，你好大胆子。竟不怕教人看见? 闹着玩的么? 人命牵连!"七师弟说道："巧极了，四面一个人没有，我就把死尸搜检了一遍。这小子，我可以武断地说，他一定是放火的人。三哥你说我胆大，你看我做的事更悬呢，我把死尸的鞋竟剥来了。三哥你试比一比，准跟房后墙根那个泥脚印一样。"打开手中小手巾包，拿出一只鞋来。

互说着，太极陈已然听见语声，便问道："子寿来了么? 你看，竟有人堵着我屋门口放火来了。若不是我自己发觉得早，我就许糊里糊涂地教火烧死，还没人知道。你们哥几个，可惜跟我这几年，没有一个成材的。咳! 你们大师兄傅剑南还算罢了。武功可以，人也细心；他要是在这里，他一定能替我出这口气。你

们又讲究什么?"

耿永丰看了看太极陈的神色,忙低声告诉道:"七师弟在咱们村外,查见一具死尸。"太极陈道:"死尸怎么样?"七弟子道:"是被人刺死的,这个死尸身上带着夜行用具呢。"太极陈道:"什么?……"抬头看见那只鞋,登时憬然若有所悟。道:"难道是放火的?"群弟子一齐颂扬道:"老师明鉴,你老料的一点不差,大概是放火的歹人!"墙根下的泥脚印早经用纸摹下;太极陈立刻吩咐三弟子,拿这鞋底,互相比勘一下,果与纸上画的脚印吻合,一定是放火的贼无疑了。"却是被谁杀的呢?"太极陈眼望众弟子,眉峰紧皱,面现严重之色。愣了一响,忽双眉一挑,向方子寿说道:"难道是你?……"方子寿吓得急忙站起来,道:"弟子可没那大胆子,我可不敢胡为!"

太极陈盯了方子寿两眼,点头不语;又转而看定七弟子。七弟子屈金寿忙说:"老师你老可别错疑!弟子只会这么一点功夫,我可绝不敢那么用,你老放心!"太极陈又点了点头,道:"你们坐下。"双眉又皱起来,道:"谁呢?……"耿永丰拿着这鞋,比量过来。比量过去;忽然发话道:"老师,你老可记得给四师弟匿名投信的那人不?"太极陈瞿然道:"哦!不要胡猜!"心想:登门放火的暗中有人,捉贼加诛的暗中也有人;上回揭破奸谋,也有这么一个匿名人物。这两件事,是不是出于一人之手?我反倒暗中教人保护起来了?虽不教弟子胡猜,自己却反复揣猜良久。

当下暗嘱众弟子不要声张,把这鞋也烧了;打算等候自己病愈,定要访一访这匿名的能人。放火的贼人已然伏诛,究竟是件痛快事情;太极陈的病一天比一天减轻,不久也就好了。

地面上哄传乱葬岗发现无头男尸,官验后掩埋了,就饬捕访凶。地方上纷纷议论,但是再也猜不到这死者与陈宅放火案有关。这就因为死尸经屈金寿发现时,本来有头;等到再被地保发现时,忽又凭空被人把头割去;没有头的死尸,人们就不晓得死者是谁了。

第十三章

月下说剑　隅后观光

太极陈在中秋节后得病，直到九月中才痊愈。又养息了十多天，这一日太极陈精神爽快，对群徒说："你们只顾服侍病人了，把功夫也耽误了。等明天叫哑巴把场子打扫打扫，兵刃也擦磨擦磨。"

太极陈性情严冷，却是寻常也不是总闹脾气的；何况这一场病，弟子们尽心侍疾，他尽管口不言谢，心上到底感激的。坐在太师椅子上，捻须含笑而谈；众弟子侍坐左右，见师傅今天高兴，各人遂将自己所练的技业和内功调息之法，有不明了处一一说出来，请师傅指正。太极陈给众人指点了一二，随即欣然说道："今天天气很好，晚上月亮明，我就下场子。一来我自己也该练习练习，二来也可以验看验看你们近来的功夫。"

耿永丰、谈永年一听此言，很高兴地答应了；忙着到方家屯，给方子寿送信；又到隔巷，把屈金寿找来。即刻开了跨院的门，吩咐哑巴路四，把场子快快收拾干净，耿永丰大声告诉路四："老当家的今天是病后第一天下场子，非常地高兴；你把兵器架子全打磨净了，老当家的今天一痛快，就许把太极门的绝招，倾囊抖搂出来。"

哑巴听了，赶快打扫把式场子，擦磨兵器；用细砖末醮油，把架上的兵刃擦得铮亮。耿永丰、谈永年、屈金寿，也跟着一齐动手。虽是老师傅才病了一个来月，可是没正经练武，差不多快半年了。不一刻，方子寿也赶了来，欣然说道："师傅今天高

兴？"耿永丰道："老师今天高兴极了，要在月亮地练拳，老四你赶到了很好，今天老师不知要教多少路呢！你不用回去了，今晚就住在这里吧。"

四个徒弟聚在武场，未到申刻，已经忙着把练武的罩棚和露天场子都收拾好了；又将以前学过的招数私自演习了一遍。晚饭后，师徒喝了几杯茶，又闲谈一回；太极陈这才率领群徒，来到跨院。

这时碧蓝的晴空，万里无云；星河耿耿，新月初升。那兵器架上的长短兵刃，被皎月的清照辉耀着，反射出来闪闪的青光，显露出兵刃的锋芒锐利。在练武场的四角，本有四架戳灯，不过光亮很小。等到太极陈师徒齐集把式场罩棚前，哑巴路四走过去，要把灯焰全拨大了。太极陈迎面说道："哑巴，把灯全熄了吧！这清亮的月光，岂不比那昏黄的灯亮还强？"又随口说道："我们练功夫，你可以随便歇着去吧。"

眼看着哑巴熄了灯退出去，又把跨院门掩了；太极陈转过脸来，向耿永丰、方子寿、谈永年、屈金寿等说道："你们这几个月，自己练得怎么样了？觉着有进境么？"耿永丰见师傅今日的神气，声色蔼然，遂向五师弟等看了一眼。谈永年忙说："头些日子，师傅欠安，我们人人心上慌慌的，也没顾得考究。这些天倒是早晚用功，不敢稍懈；有了疑惑的地方，我们就请教三师兄。不过这里头，三师兄也有说不上来的。"太极陈转看耿永丰；耿永丰赔笑道："太极拳的奥义，弟子领略得不多，五弟、七弟他们不知道了就问我，有时就把我问住了。师傅常说，牵动四两拨千斤，弟子倒是明白；只是运用起来，手法上总觉得够不上得心应手。五弟摆出式子来，教我给他矫正，我还不知巧劲怎么使呢。"

太极陈微微一笑道："初涉门径，常常会觉着有这样的。有的好像明白了，细一深究，又全不明白；有的心里明白了，可是口上说不出来。这就是功夫上还隔着一层；点破这一层，就到了升堂入室的地步了。可是欲速则不达！太极拳的精义，是随着各

人功夫的进境渐渐领悟，不是靠着讲解指示，就能速成的。"

太极陈又微咳了一声，徐徐说道："太极拳的拳法，微妙处就在一圆中。"说着做了一个手势。"这拳法本于太极图说。有人说，太极图是从道家推演来的，并非'易学'正宗，这个不去管它；我们只说太极拳的运用，不管太极图的来源。太极拳依太极图的学理，由无极而太极，即由无相而生有相，由静而生动。太极十三式，崩、履、挤、按、踩、捌、肘、靠，是为八卦，亦即四方四隅；进、退、顾、盼、定，是为五行。合八方五行，统为十三式，就是太极拳的拳诀。每一字诀，有一字诀的运用；哪一诀功夫不到，就运用不灵。初学常觉顾此失彼，又被玄谈奥义所迷，就以为太极拳不易学了。却也是的，太极十三式变化不测，式式相生；运用起来是一贯的，包括起来是由动至静的。拳术练成，便能静以制动、攻瑕抵隙。练拳的时候，还要一心存想。英华内敛，抱元守一，这就是炼气凝神；必要气贯丹田、持重不摇。使得静如山岳镇、动若河决。人刚我柔为'走'，人顺我背为'粘'；能得走字诀，休为粘字累。敌未动，我不动；敌动，我先动；只争一著先，便是守为攻。"太极陈讲到这里，向众弟子脸上一看，看看他们领悟了没有。随向三弟子发话道："永丰，你解说一遍，给他们听听；我问，什么叫敌未动，我不动；敌动，我先动？这为的是什么？攻敌制胜的要著，是早动手，先发招好？还是容得敌人的招数发动出来，我们以逸待劳的好？"

耿永丰从师有年，这些理论早都老熟能详了。遂答道："我们这太极拳，要诀在以柔克刚，以巧降力，能制先机。敌不动，我当然不动，这就是'静以制动'。可是身虽未动，精气神早贯于四肢，正是暗寓先发制敌之意。容到敌人已经把招发出来，这绝不是一味地以逸待劳；正是使敌人的力量发泄出来，敌人就外强中干，身心失了平衡。此时我们运用太极拳，可就绝不许慢了；我们应该乘虚疾入，攻敌不备，要借劲打劲。以敌之力攻敌之力，这就是'敌动，我先动'。'我先动'不是我先动手，乃是说我'得占先著'，应付灵活。'四两拨千斤'，巧妙全在这里。

师傅，是这样的么？"

太极陈道："子寿、永年、金寿，你们说对么？"一齐答道："是的。"太极陈今天下场子，虽然未脱长袍，可是口讲指划，且说且练，把太极拳的一招一式，颇讲出不少来。众弟子认为机会难得，头一个是耿永丰，他心中怀藏着疑而未决的地方很多很多，正要请师傅逐式表演指拨。不意五师弟永年也趁师傅高兴，抢先凑过来，问道："师傅，太极拳第七式'搂膝拗步'，第九式'手挥琵琶'，还有第十六式'海底针'，第二十七式'野马分鬃'，是这么练么？弟子运用起来，总觉着这几招不能得心应手。曾听师傅说，这几招的功用能置敌人于不能用武之地；展开太极拳封闭拦切之力。用好了，不仅能把敌人的招拆散了，还能趁势取胜。可是我直到现在，这几个式子的诀窍，一点也没有得着。"一面说，一面把这几套拳式演出来，请师傅指正。

太极陈微微含笑道："你说的'搂膝拗步'这一式，如遇敌人用'铁腿扫桩'，或用'摆莲腿'，来踹我们的下盘，我们就可以用这式来破他。用得得当，不但可将敌人的招数给拆了，敌人招数变化稍迟，我们还能把他的身势制住，使他不能立即换招。然后我们趁势变式发招，便令敌人难逃太极拳下。这一招在太极拳诀上是运用'履'字诀，重在下盘之力。"说到这里，太极陈把这招的功用以及行招的诀要，都以身作则地摆出架势来。随着又表演第九式"手挥琵琶"。这一式在太极拳中非常重要；敌人走中宫直进，用"黑虎掏心"，"鸟笼出洞"等招数来攻，我便可运用此招破他。在拳诀上重在"挤""按"之力，按卦象是离宫，论方向是正东；离中虚，由无极生有极；这地方既不能避，又不能走，全靠着静以制动，虚中有实，借力打力。

太极陈随又把第十六式"海底针"、二十七式"野马分鬃"，全演了一遍。演完这几招的窍要，然后又教谈永年重练了一遍，别的弟子也全都随着看。谈永年经师傅这番指点，立刻心领神会；四弟子方子寿看着师弟谈永年那种高兴的神气，如膺九锡，不禁偷笑。

五弟子抢先领教，饱载而退。耿永丰叫了一声"师傅"，刚要请教；四师弟方子寿却又先抢上来。乘着师傅转脸的工夫，将一柄纯钢剑提了过来，笑嘻嘻地捧到师傅面前，道："师傅，你老看这把剑……"太极陈转身一看，接过来，就月光细细端详时，剑长三尺八寸，绿纱皮鞘已然破坏，吞口铜什件却很精致。方子寿笑道："这是弟子新从怀庆府一家古董摊上买来的，倒是一口古剑，师傅您瞧，使得过么？"

月光下，太极陈一按绷簧。绷簧松了，用不着按，信手便"噌"的拔出鞘来。剑才出鞘，一缕青光映月增辉；脊厚刃薄，鞘虽残旧，柄虽活动，用指甲弹了弹，剑身却铮然作响，恍似龙吟。太极陈掂了掂，又验了验刃口，立刻对方子寿道："哪里买来的？"方子寿答道："在府城古董摊上。"太极陈道："你倒识货，花了多少钱？"答道："才五吊九六串，买来刚六七天。"太极陈就月色下，细赏此剑；群弟子聚过来，一同看剑。太极陈对众弟子道："这把剑也可以说是无价之物。你们看，这是精钢所铸；刚中有柔，比我那把剑还强。"方子寿欣然说道："师傅那把剑，不是三十五两银子买的么？这个便宜货，倒教弟子瞎撞上了。"

太极陈手提着剑柄，颤了颤，连声说："好剑！不过零件必须收拾，剑把剑托也都摇晃了。"

太极陈提剑走到武场当中一站，向众弟子道："我这些日子一病累月，功夫也都搁荒了；子寿这把剑，倒很值得试一试。子寿，你拿这把剑给我看，你是绕着弯子，要究一究奇门十三剑剑点么？"方子寿见师傅脸上隐含笑意，忙顺着口气应承："师傅，你老人家栽培我们。不过师傅病刚好，我怕你老过于劳神。"太极陈笑道："子寿，我不是舍不得教给你，无奈你天资有限。"耿永丰、谈永年等，一齐怂恿道："师傅，你老人家精神要是好，你老就费心练一套吧。我们几个人巴不得你老人家练一趟，我们看看哩。"太极陈哼了一声，却又笑道："我就知道子寿专好耍这小心眼。想要学剑，就弄一把好剑来给我看看。"

但是，太极陈这回却把方子寿的本意猜断错了。方子寿深感师傅救命洗冤之恩。无以为报，他花了五十六两银子，寻来这一柄好剑；意思是看准了师傅爱的话，他就装配好了，奉献给师傅，聊尽孝心。他的酬恩微忱，可以借剑掬示了；不道意外的师傅错疑他要学剑，这又是求之不得。

太极陈对群徒道："连你们也误会我了，我何尝把太极门的武功秘惜不传？我只恨你们悟性太慢，耐心不足；教我费了多少唇舌，把拳诀剑点给你们讲解了一遍又一遍，你们还是瞪着眼珠子发愣。你们总觉得我说的这些理论近乎空谈，你们只盼望我不讲玄理，只演实式把一招一式从头到尾，都传给你们；你们比葫芦画瓢，就算是学会了。告诉你，那不成！人人都是这样。最怕我逼着练死式子；一个式子练二三十天，你们都嫌我太麻烦；'人家会了，还这么琐碎！'殊不知太极陈这一门，差之毫厘，失之千里；筑根基一点也不许躐等含糊。子寿的脾气就是没耐心，又没悟性；练个粗枝大叶还行，一到细处，你就嫌麻烦了。我不肯教你，不是舍不得，乃是看准你要半途而废。你还记得么？我教你'盘马弯弓'，那一招，只教你站半个月，你就受不住了，那可怎么能行？现在你哥们几个都盼望我把太极十三剑演一套，我就演一套，你好好看着。自己哪点不对，就势改正过来。其实光看我练，不听我掰开了细讲，那不过是看热闹；除非你们自己有一点根，看我练还有点用。"

这时月到中天，清辉匝地，令人倍觉爽快。太极陈立身于月光之下，眼望晴空，精神一提，立刻目拢英光。左手倒提剑把，右手掐剑诀，把门户一立，双臂一圈，立刻将剑换交右手，左手掐剑诀，指尖指到左额，剑尖上指天空。亮"举火烧天"式。一变招，身随剑走，"青龙探爪"，"白鹤抖翎"，把身法剑式倏然展开。说道："你们留神看！"登时间，剑光闪闪，泛起一团青光，进退起落，身剑合一。身法是迅若风飘，剑法是疾若电掣，果然不愧为技击名家。施展到"龙门三击浪"，身随剑起，嗖的一纵，纵出两丈多远。跟着一收势，立刻仍回到原起式的地方，连半步

也不差；把剑重交左手，虽在病后，仍然摄得住气。弟子们不禁欢呼："今夜竟得观太极十三剑的全套！"

忽然间，墙隅那边，人影一闪。众人齐叫道："谁？"太极陈扭头一看，原来是那个哑佣路四。

太极陈提剑走过两步，大声叫道："是路四么？你还没出去，你难道也想看我们的剑术么？"

哑巴转身要走，忽又过来，呵呵了半晌，才用手一指兵刃，又一指跨院门口。太极陈这才想起来，哑巴大概是等着师徒练完了，好进来收拾兵刃，关门上锁，他一天的差事才算交代完。然而这个哑佣的兴头却也不小，他竟不去下房假寐等候，却跑到这里，看练剑演拳。太极陈不禁失笑道："你也喜好这个么？你一个残废人，也要练太极拳么？"

哑巴比手画脚，向太极陈做手势。耿永丰等说："这可糟，好容易师傅高高兴兴地讲着武功，传着剑术，却教哑巴打岔了！"走到哑巴面前说道："你忘了规矩了吧？师傅上武场，不许闲人出入……"哑巴一低头，急忙转身退出去了。

果然不出耿永丰所料，太极陈觉得多少有点疲累，遂向门人说道："天不早了，明天再练吧。"

自此太极陈督促群徒，逐日地下场子，练功夫；不过有时不高兴，还是教徒弟们自己练。

光阴荏苒，转瞬又是一年。太极陈的大弟子傅剑南，十年受业，深领师恩，艺成出师，跋涉江湖；虽然鱼雁常通，书壁时至，却是师徒久违，已经七年没见面了。这一日傅剑南忽然带着许多礼物，来到陈家沟，给师傅请安祝寿，顺便还打听一点别的事情。

第十四章

师门欢聚　武林谈奇

十月十七日，是太极陈的生日。耿永丰、方子寿、谈永年、屈金寿、祝瑞符，齐集师门，商量着要给师傅设筵祝寿。而久别师门的大弟子傅剑南却于此时赶到了，大家越发兴高采烈。

傅剑南精研掌技，在外浪游，自己也经营了一个镖局子；这一次赶到陈家沟，带来不少土物，献给师傅。

傅剑南身高体健，紫糖色面孔，浓眉方口，年约四十一二；久历风尘，气魄沉雄，带着一种精明练达的神情。见了师傅，顶礼问安，请见师母；太极陈含笑让座。傅剑南见师傅年事已高，精神如旧。只两颊稍微瘦些，忙又敬问了起居。

太极陈笑道："你在外面混了这些年，可还得意？"傅剑南欠身说道："托师傅的福。"将自己的近况约略说了说。退下来，又与师弟们相见；问了问师弟的武功，都还可以成就，傅剑南心中高兴。单找到三师弟，两人私谈了一会儿，打听太极陈近来的脾性，耿永丰告诉他，师傅近来一个徒弟也没再收，脾气比旧年好多了。随后于十月十六这天，傅剑南拿出钱来，叫了几桌酒筵，为师尊暖寿，又宴请师弟；太极陈宅中顿形热闹起来。

就在把式场上设宴暖寿。师徒不拘形迹，开怀畅饮，对月欢谈。傅剑南亲给师傅把盏，谈起七年来在江湖上所闻所见的异闻奇事和近来新出的武林能手，又谈到各门各派杰出的人才和专擅的技业。

傅剑南道："近来我们太极门，仗着师傅的英名绝技，武林

107

中都很见重。外面的人邀请弟子传授太极拳的很多，弟子造次也不敢轻传。一开头弟子还铺过场子，自接到老师的手谕以后，弟子就收起来了；这几年弟子是给长安永胜镖店帮忙。那总镖头武晋英，是武当派的名手；虽然他和我们派别不同，倒是彼此相钦相敬。在永胜镖局一连四年；由前年起，弟子攒了几个钱，自己也干了个镖局，字号是清远镖局，以太极图的镖旗子镇镖。弟子擅自用师傅名讳起的字号，还算给老人家争气，居然挑帘红，没栽跟头。弟子可明白，全仗着师傅的万儿正（名头大），镇得住江湖道上的朋友。镖局子虽没栽跟头，内里可险些闹出人命来。"

太极陈听傅剑南居然当了镖头，并且不忘本，还把师傅的名字嵌在镖局字号上，足见这个徒弟有心。太极陈皱眉笑道："你胡闹！"口头上这么说，心上却很快慰。因听得镖局子几乎出了人命。即擎杯问道："什么事，至于闹出人命？"

傅剑南道："就是师傅所说：武林中最易启争的那话了。弟子镖局中，有一位山左谭门铁腿楚林和形意派的戚万胜。两个人互相夸耀，互相讥贬，越闹意见越深，各不相让，终致动手较量起来。两人都带了伤，又互勾党羽，竟要拼命群殴，一决雌雄。幸经弟子多方开解，把他们二位全转荐到别处去，这场是非才算揭过去了。这种门户之争，比结私仇还厉害。弟子这些年在外头，很见过几位武术名家，因派别之争，闹得身败名裂。一班少年弟子更是好勇喜事，借着保全本派威名为辞。往往演成仇杀报复，说来真是可怜可恼！……"太极陈听了，喟然一叹，向在座弟子说道："你们听见没有？这都是见识。"傅剑南跟着又道："近来又听说山东边界上红花埠地方，出了一位武术名家，名叫什么虎爪马维良，以八卦游身掌，创立一派；此人年纪不大，据说功夫很强。师傅可听说这人没有？他的师傅，人说就是襄阳梁振青。"

太极陈倾听至此，又复慨然说道；"长江后浪推前浪，一辈新人换旧人；你说的这几个人，我全不认识。像我这大年岁，就不能够再讲什么武功了；自古英雄出少年，我今年五十九了，老了！"

弟子齐声说道："师傅可不算老。"

傅剑南殷殷敬酒，向师傅赔笑道："老师怎么说起话来？虎老雄心在，论武功还是老成人。江湖道上，这些后起的少年不管他功夫多么可观，总免不了一隅之见，自恃太深，锋芒太露，火候不足。一遇上劲敌，立刻不知道怎么应付了，这还得靠阅历！"

太极陈哑然一笑，不觉地点了点头。傅剑南一见，欢然说道："历来咱们武林中，敬重的是前辈老师傅。正因为功夫锻炼到了火候，毕竟有精深独到之处，而且经多见广。断无狂傲之态，尽有虚心之时。弟子自出师门，跋涉江湖。深领师傅的训诫，从不敢挟技凌人。所以这几年，也时常遇见险难，总是容易对付过去。看起来我们武术之士不能全恃手底下的本领，还得靠着长眼睛、有礼貌、有人缘，这样才不致到处吃亏。然而说起来也有真气人的时候，就有那死浑的妄狂小子，说起大话来，目无敌手；较起长短来，稀松平常。你只和他讲究起功夫，说的话全是神乎其神，道听途说，闭着眼睛嚼。当着大庭广众，又不好驳他，这可真有些教人忍耐不住……"

群弟子全不觉地停杯看着傅剑南的嘴。傅剑南说："弟子在济南一家绅士家里，就遇见这么一个荒唐鬼。打扮起来，像个戏台上的武丑；说起武功来，简直要腾云驾雾，王禅老祖是他师爷；教行家听了，几乎笑掉大牙，他却恬不知耻。你猜怎么样？他倒把本宅蒙信了，敬重得了不得。"说到此，眼望几个师弟道："老弟，遇上这种人，你们几位该怎么样？"

方子寿率尔说道："给他小子开个玩笑，真真假假，就怕比量；一下场子，还不把他的谎揍出来么？"太极陈哼了一声道："所以这才是你。"傅剑南笑道："四师弟还是那样。"太极陈道："老脾气还改得掉？"

傅剑南接着道："四师弟总是年轻，弟子那时可就想起师傅的话了。我也开玩笑似的，跟着把他一路大捧，捧得他也糊涂了。竟和个武当派新进怄起气来，当着许多人动了手，只过了两招，教人家揍得出了声，捂着屁股哎哟。"众弟子哗然失笑起来。

109

太极陈道："近来武林中门户分歧，互相标榜。不过越是真有造诣的，越不轻炫露；好炫己的，定是武功没根基的人。即以太极、八卦、形意、少林，四家拳技而论，门户已很纷杂。这四家拳更南辕北辙，派中分派，自行分裂起来。少林神拳的正支，原本是福建莆田、河南登封两处；不意推衍至今，竟又有南海少林、峨眉少林。同室操戈，互相非议；看人家儒家，哪有这些事！"

谈永年笑道："文人儒士也有派别，什么桐城、阳湖文派，什么江西诗派，什么盛唐、晚唐、中唐……"未等到谈永年说完；小师弟祝瑞符听得什么糖啊糖的，觉得好笑，不由站起来说道："他们也要比试比试么？他们也要下场子？"七弟子屈金寿忙抢着说："把笔杆较量，乱打一阵；飞墨盒扔仿圈，倒也有趣！"太极陈哈哈大笑起来，说道："年轻任什么不懂，肚子里连半瓶醋也没有；你又笑话人了，你懂得什么！"众弟子也不禁脸红起来。祝瑞符脸一红，又坐下道："我就懂得刀枪棍棒，墨墨嘴子的玩意儿，我一窍不通。"太极陈道："你懂得吃！武术二字，你也敢说准懂？"

太极陈说完，看看眼前这几个弟子，个个都很精神。只是说到真实功夫，大弟子资质性行都不坏，却是家境欠佳，不得不出师寻生活去；四弟子家境最好，天赋太不济；三弟子、五弟子都还罢了，可是悟性上究嫌差池；七弟子颖悟，八弟子粗豪，可惜没有魄力，缺乏耐性。二弟子最可人意，家资富有，人又爱练，性也沉静；但是他双亲衰老多病，早早地拜辞师门，回家侍亲务农去了。人才难得，择徒不易，太极陈心想："是谁可承我的衣钵呢？"

只听大弟子说道："师傅，少林一派虽然门户分歧，互相訾议，但仗着福建和嵩山两派代出名手，把神拳与十八罗汉手越演越精，发扬光大，到底声闻南北。八卦、形意两家近来就渐渐地没人提起了，当年何尝不彪炳一时？看起来，这也像各走一步运似的。"八弟子祝瑞符道："大师兄，你老在外这些年，经多见

110

广，何不把江湖上所遇的异人奇事，讲一讲，我们也开开窍。"

傅剑南笑道："要讲究武林中的奇闻，差不多是老师告诉我的。少林四派如今很时兴，咱们太极门近来在北方也流行了。"太极陈精神一振道："咱们太极门在北方也有了传人了么？出名的人物是谁？"

傅剑南道："出名的人倒没有，讲究的人却一天比一天多。我们太极门，自从老师开派授拳，威名日盛。有别派中无知之流，以及想得这种绝技，未能如愿的人，生了嫉妒的心。声言河南的太极拳，绝不是当年太极派的真传；不过是把武当拳拆解开，添改招式，愣说是不传之秘。"太极陈道："哦，竟有这等流言，从谁那里流传出来的呢？"傅剑南道："竟是那山东登州府，截竿立场子的武师，黑牤牛米坦放出来的风话。"

太极陈及陈门弟子听到这里，一齐眼看着傅剑南。究问道："黑牤牛又是何如人呢？"傅剑南看了看太极陈的神色，接着说："弟子亲到登州府，访过这位名师；果然他竟以太极真传，标榜门户。弟子拿定主意，不露本来面目，只装作登门访艺的。及至一见面，略微谈吐，已看出此人就是那江湖上指着收徒授艺混饭碗的拳师一流。这种人本不应当跟他认真，无奈乍见面，弟子不过略为拿话点了点他，他便把弟子恨入骨髓，认定弟子是踢场子来的，反倒逼着弟子下场比试。和他讲起太极拳的招数来，也着实教人听不入耳；果然与江湖上的传言吻合无二，江湖上的谣言，确实是他放出来的无疑。弟子跟他下场子，请教他的手法，他竟敢拿长拳的招数来，改头换面，欺骗外行。只不过把第一式变为太极起式'揽雀尾'，把第四式'大鹏展翅'变为太极拳的'白鹤抖翎'，把收式变为太极拳的收势'太极图'。行拳完全是长拳的路子，他却狂傲得教人喘不出气来。居然敢把我们太极门下的拳，信口褒贬得半文不值；说是沟子里头的玩意儿、庄家把式，不要在外头现眼，倒把我管教了一顿。"太极陈听了冷笑。傅剑南又道："这种无耻之徒，弟子只好给他个教训。先用大红拳来诱他，容他把自己的本领全施展出来，弟子才把太极拳的招数

展开；一面跟他动手，一边点拨他，教他尝尝太极拳的手法。只跟他用了一手'如封似闭'，把他整个地摔在地上。弟子这才揭开了真面目，告诉他，这就是太极派庄家把式、沟子里的陈家拳！有工夫，可以到陈家沟子走走；太极陈如今年老退休，他还有几个徒弟，愿意请米老师指教指教。"

傅剑南说到这里，群弟子全重重吁了一口气道："摔得好，他说什么了没有？"

傅剑南道："他自然有一番遮羞的话。什么'青山不改，绿水长流；三年之后，再图相见。'强颜胡谤了一阵。不过最后我还警告他，只要米老师还把这太极派的长拳在登、莱、青、济、兖、东六府号招，弟子一定还拿沟子里的庄家把式陈家拳来领教。又在登州府探听些日子，那米老师果然因为场子被踢，无颜在那里立足。听说散场子的时候，他曾对人说，定要到陈家沟找老师来。料想他是一时扯臊的话，但是也不可不防。所以弟子这才离开登州，一路回转陈家沟子，想给老师送个信。弟子一入河南，逢人打听，咱们中原一带，倒真没有敢拿太极拳冒名号招的。只是听镖行同道说，在直鲁豫三省交界的一个偏僻镇甸，叫作黑龙潭的地方，那里铺着一座场子。那个教师，听说是北五省有名的武师铁拳卢五，他教出来不少的徒弟。凡是出师后踏入江湖的，也全能走得开。他的拳法据说得自异人传授，名叫'先天无极拳'。但是这铁拳卢五师傅，倒不是故意跟咱们过不去，他也知道陈家沟子太极拳，中原武林独步。他说他那先天无极拳，和河南陈家太极拳是一个来源；不过所传不同，手法也就各异了。据说他那先天无极拳，以练精、练气、练神为主，而技术之功在其次。他的说法，以纯柔为工，以先天然之气，调后天纯阳之精，使他返本还元，凝神反虚；至于无人无我，无象无迹地步，与我们刚柔相济，内外兼修的拳义相差颇多。据他说，他这拳完全是一派至柔。弟子也曾亲自拜访过这卢五师傅，这人的谈吐就与众不同，虽是武师，却神情谦逊。弟子领教他的手法，果然招数微妙，和弟子较量了几招，彼此也不相上下。只不过弟子

的功夫火候，觉得不如人家稳练；若说手法，他还似乎略逊一筹。弟子为此很是疑闷，越发地要求拜见老师，一询究竟了。到底咱们这太极拳以柔克刚，是'纯柔'呢？这是'刚柔相济'呢？"

太极陈捻须沉思，倾耳谛听；听到深处，把头微微一点。半晌，忽然抬头道："你所说的这卢五师傅，你跟他当面领教过了？"

傅剑南道："是的，他的手法，弟子大致都看到了。"

太极陈道："你还记得么？"

傅剑南道："大概还记得，不过人家的拳招变化不测，弟子怕遗漏了不少，未必能连贯得下来。"

太极陈道："不妨事，你只将记得的招数演出来，我只看个大概就是了。"

于是傅剑南起身离席，出罩棚，来到了空场。

第十五章

筵前试手　垣外偷拳

一听傅剑南要试演先天无极拳，众弟子忙站起来，要出去点灯。太极陈摆手道："不用，月亮地练拳更好。"这时候明月清辉，照如白昼；众弟子鸦雀无声，静观大师兄试演这同派异出的名拳。

傅剑南面向太极陈一站，两手往下一垂，说道："我们太极拳以无极生太极，所以挺身而立，面向前方，两眼平视迎面。脚下不踩'丁'字，也不踩'八'字；脚趾微向外展，脚踵略向内并；沉肩下气，气纳丹田，舌尖微舐上颚，两手顺下，掌心向内，指尖下垂，指掌不许聚拢。此乃无极含一炁，先天的本源；由无极而太极，由无形而有形，这是我们的手法。他们这先天无极拳，却是拳式一立，一切运式用力，双掌都附在两髀上，十指紧紧拢着；这一开头便跟我们太极拳不一样。不过若不细心省察，却也彼此很易相混。"说罢，目视太极陈。太极陈只微笑点头，向傅剑南道："太极拳的手法拳理，岂容别派混淆？你再把这拳式演来我看，到底看他是怎么个源流？"

傅剑南应声道："我就练两招请师傅看，只苦我也记不很真。"遂将先天无极拳的招数，按照自己记忆所得的，摆出架势来。他果然记不很清楚，略练了几招，有的忘记了，就默想一会儿再练；实在想不起，就跳过去，用口舌来形容、来补助。

这先天无极拳也是本于太极两仪生克之理，只不过把拳术原理归于阴柔。行招分六十四式，是八卦的定式；虽本先天自然之

114

理，却是有往无复，有正无反，有柔无刚；有生克却没有克而复生，生而复克，有先天而无后天。似于循环往复之理、生生不息之道，知其一而不知其二，所以没有太极拳的变化不测。

　　傅剑南将这先天无极拳演到第十一式，是"金龙探爪"，这一式却和太极拳的三十一式"劈面掌"似乎一样。三弟子耿永丰首先窃窃私议。太极陈看到这一式，也就向众弟子说道："你们看，这一招跟我们的'劈面掌'是一样的吧？"七弟子应道："好像差不多。"太极陈道："可是，这两招看着是一样的掌式，一样的发招，不过打法却有不同。太极拳、无极拳，两家的拳法不同之点，这就因为太极拳走的是离宫，趋生门；虽属亢阳之力，用的是上盘之功。'金龙探爪'取象亢龙，有飞腾之兆；太极拳中的'劈面掌'和'金龙探爪'，手式虽同，精神运用实异。这手'劈面掌'是反注到太极拳诀的履字，反顾下盘，变卦入坎宫；则坎离交媾，生克相济之意，这正是太极拳微妙之处。至于这先天无极拳，却只是八卦奇门掌中的手法，由'金龙探爪'变式为'铁锁横舟'。招数上是变实为虚，化敌人的掌力，拆敌人的攻势。这样拳术，不能尽得变化灵活、虚实莫测之妙。"

　　太极陈讲到这里，推杯离席，走到场子来，笑道："口说无凭，你瞧我，拆给你们看。"教大弟子傅剑南重演这一招。太极陈一面口讲，一面比画；仍用原式，把傅剑南的先天无极拳，举手破了，众弟子不禁同声喝彩。太极陈酒酣耳热，一时技痒，对傅剑南说："我索性再跟你对拆几招，教你师弟们看看我们太极门的手法，是否有胜过他派之处。"傅剑南欣然得意，却又逊辞道："师傅，弟子手头上荒疏得很，您老就教我拿本门的拳法给您接招，我也怕招架不来。这先天无极拳又是我看来的，偷记下来的，只怕接不住……"五弟子谈永年忙说："大师哥怕什么，老师还真揍你不成？"众弟子也一齐怂恿。傅剑南也怕打破了老师的高兴；只不过口头上谦逊了这一句，早不待太极陈吩咐，自己就甩去长衫，方子寿忙接过来。傅剑南笑嘻嘻地说："师弟们，瞧着我挨打吧，我快有十年没挨老师的打了。"

八师弟祝瑞符也过来，到太极陈身旁说道："师傅，您老宽一宽大衣不?"太极陈摇手道："不用。"师徒二人摆好了架架势，傅剑南赔笑道："老师可把掌势勒住点，别往外撒，弟子可是接不住。"太极陈笑道："难为这个镖头怎么当了，这么胆小么?"众弟子笑道："大师哥在师傅面前自然胆小，在外人面前可就不然了。"说着。傅剑南把铁拳卢五所创的"先天无极拳"一亮，请师傅先发招。太极陈道："剑南，你几时见过我们太极拳与人动手，先发招式的?"傅剑南道："弟子知道。"这才将掌势往外一展，头一招"仙人照掌"，奔太极陈的华盖穴打来。太极陈微微一笑。道："好! 这是'仙人照掌'，你被卢五骗了；他大概是怕你偷艺。他这先天无极拳没有从头施展，他这是拆开了。从半路开招的。"

太极陈一边说，手底下松松散散，用太极掌第四式"斜挂单鞭"往外一拦，轻轻把这招拆开。傅剑南随又变招为"顺水推舟"，向太极陈拦腰便打。太极陈依然原式不动，容得傅剑南的掌势已到，悠然地将"斜挂单鞭"的掌式往里一收，变招为"七星掌"。这一掌不只把傅剑南的掌势拆开，反倒转守为攻，把掌力逼过来，说道："还不撒招!"傅剑南顿觉着自己的右掌被太极陈罩住，撒掌也撒不出去，撒招也撒不回来，不由一窘。太极陈哈哈一笑道："换招吧!"傅剑南这才把手掌撒回来，面含愧色道："师傅，这不行，咱们爷俩不用比画了。这先天无极拳看起来，实在难与我们太极拳争长短了。我看我还是独自个儿演给你老看，你老再把咱本派的拳法演一遍；互相对一对，也就印证出来了。"

太极陈把笑容一敛，正色说道："剑南，你这么说就错了，并且也容易误人误己。这先天无极拳绝非蒙人混饭的那一派江湖拳。他这门功夫练到了火候，也自有他的妙处，断乎不可轻视。不过你得来的无非是仓促之间偷记下的，哪能得着他的精华要诀? 况且这铁拳卢五必然还提防着你，既知你是访艺而来，他一定不肯把要招都摆出来给你看。这还是你武术上有了根基，要换

你这几个师弟，恐怕一点也记不下来，你这就很难得了。再说你我师生关上门演武术，本着实事求是的心，把两派功夫互相印证一下，并不是较量长短。我告诉你，学问上的事不怕亏输，才能成功，不怕丢人，才能露脸。"

于是，傅剑南整了整身法，把铁拳卢五的先天无极拳，一招一式地继续施展。太极陈不慌不忙，随招应式，用太极拳接架。仗傅剑南天资不坏，两家拳路又极相近，居然把无极拳一招招地贯穿下去。群弟子一声不响地观看，太极陈的武功已臻炉火纯青之候，就是不经意，不着力，只一伸手，便异寻常。傅剑南把先天无极拳运用到第十九手以下"降龙伏虎"，"千斤掌"，"反正生克"，"连环四式"；太极陈用太极拳的第十九式"云手"，不变招就把"千斤掌"给拆开了。

本是师徒试拳，两人发招都慢。傅剑南一招一式地演下去，太极陈毫不费力地招架。不一时傅剑南已将先天无极拳施展完毕，师徒含笑归座。

三弟子耿永丰献上一杯热酒来，太极陈一饮而尽，欢然说道："难为你，能有这么好的记性。"对群弟子说："你们别把这先天无极拳看凡了，这不是没有来历的拳法。当年我未出师门，就听说有这一派。这拳法也深含阴阳造化之机，若是练好了，偏锋取胜，也足称雄。只不过他们这一派人偏执一隅之见，总以为至柔纯阴可制一切。他们这一派要肯再参酌着我们太极派刚柔相济之功，必然更臻至善。我将来有工夫，还要访一访这独创一派的卢五师傅去，我们互相对证一下。"

陈清平此时兴致勃勃，余勇可贾，大弟子傅剑南乘机请益道："刚才老师用'云手'一招，连拆弟子连环四式，一点也不费劲。弟子觉得这一招最是可异，请老师给我们讲究讲究。"三弟子耿永丰也道："还有'弯弓射虎'、'高探马'、'野马分鬃'这三式，老师运用起来，既不费力，又很灵巧；怎么我们一施展起来，就觉着不得劲？老师再演一遍，教我们瞧瞧。"

太极陈哈哈的笑了，说道："什么叫功夫火候？你们难道说

我藏奸不成么？"方子寿连忙说道："不是那话，老师平常教我们的时候，运起招来太快，我们稍微不留神，就赶不上了。我们瞧着你老练，顾得了姿势，就顾不来手劲；顾得来发，就顾不来变招，总是眼睛不够使的。若是老师也像刚才这样慢法，我们就容易记住了。"

大弟子傅剑南一听到四师弟这话，回想当年，不禁微笑。太极陈功夫精熟，带着弟子传习起技功来，尽管自以为很慢，弟子们还是追不及。他每嫌弟子们记性不好、悟性不强，其实他疏忽了学者的心理。只想到自己当年学艺时，一点就透，以为徒弟们也该这样才是。他却忘了人的天资不同，像他那样专心神悟的能有几人？太极陈实在是个好拳家，却不是个好教师。

弟子们几乎一哄而上，纷纷地请求师傅，也像刚才和傅剑南对招那样，把本派太极拳练得越慢越好，从头到尾，给试演一回。

太极陈眉峰微皱，忽然笑了。对傅剑南说："你听听，他们不说自己笨，倒说我教得不得法。剑南你来一套，给他们看看。"傅剑南做出小学生的顽皮样子道："不，不，我大远地瞧师傅来，哪能白来？你老人家总得练一套，给弟子矫正矫正。这些年弟子每天自己瞎练，难免有错了的地方。师傅，你老赏弟子一个脸。"傅剑南走过来，到陈清平面前，请了一个安。三弟子耿永丰也走过来，请了一个安。太极陈忽然大笑道："你们是串好了把戏，要逼我老头子给你们练一套？你们这是给我暖寿？"师徒们喧笑成一片，太极陈今日特别高兴。居然站起来，长衫不脱，厚底鞋不换，重复走到场心一站，先向群弟子一看，说道："练慢点不是？好，咱就越慢越好。"群弟子欣幸极了，都凑了过来。

太极陈面对着皓月晴空，气舒神畅，把双手一垂，脚下不"丁"不"八"；口微闭，齿微叩，舌尖舐上颚；眼看鼻，口问心，气纳丹田，神凝太虚；掌心贴两髀，指尖向下，十指微分；于是立好了太极起式"无极含一炁"。精气神调摄归一，这才把身形一煞；右脚往前微伸，左手立掌，指尖上斜；右掌心微扣，

指尖附贴左臂曲池穴，摆成"揽雀尾"式。身躯微动，已变为"斜挂单鞭"；步转拳收，第四式"提手上势"。这一亮拳招三式，加上太极拳起首的"无极图"起式，便是太极拳"起手四式"。凡是初窥门径的，无不练得很熟。乃至一换到五式"白鹤展翅"，太极陈两掌斜分，嗖嗖嗖，掌势劈出去，立刻从劈出去的掌风和衣袖一甩的声音，显露出功夫的深浅、力量的大小来。众弟子十几只眼睛随着太极陈的身手而转。演到第十一手"如封似闭"，倏然一个旋身跨步，"抱虎归山"；身形未见用力，太极陈却已箭似的飞身横蹿出一丈五六。眼看变招为"肘底锤""倒辇猴""斜飞式""海底针""扇通臂""撇身锤"。但是太极陈于不知不觉中，招数越走越快；方子寿首先叫道："师傅，慢点呀！师傅慢着点呀！"

太极陈微笑道："这招数有的能慢，有的就不能慢。"徒弟们已有许多时候，没见师傅把整套的拳练给他们看了。此时都聚精会神地看。太极陈依着弟子们的请求，能慢处把招数极力放慢。同时把太极拳的拳诀：崩、履、挤、按、踩、捌、肘、靠、进、退、顾、盼、定，十三字诀表现得精微透稳之极。拳风走开了，虽然慢，依旧是掌发出来劈空凌虚，带得出锐利的风声，这便是所谓掌力。傅剑南低声告诉三师弟耿永丰："三师弟留神老师落脚的部位；你看一起一落，一进一退，都敢说可以拿尺量，连半寸都不许差。"

只见太极陈将这整套的太极拳，走到"野马分鬃""玉女穿梭"，随招进步，矫若游龙；作势蓄力，猛若伏狮。忽然一个"下式"，身形不落，猛往上一起；竟用"金鸡独立"式，挺身孥空纵起五尺多高。继续练下去，演到三十二式"十字摆莲"，这一招尤见下盘的功夫。虽则是轻描淡写，慢慢地演来，可是腿劲异常地沉着有力，可以踢断柏木桩。跟着变式为"进步栽锤""退步跨虎"。跟着又是一招下盘的功夫，"转脚摆莲"，运身形，一个"卧地旋身"，腿力横扫，把招式一变；依然用"弯弓射虎"，就着收势，立刻把身形还原，重归"太极式"。然后蔼然发

119

言道："练完了，够了吧，喳？"看脸上的丰采，神光焕发，无老态，无疲容。众弟子欢然喝彩，深深感谢大师兄提起了老师的高兴。

太极陈笑吟吟地随即在场子上转了半圈，略舒了舒行拳后全身奋张的血脉。抬头看了看天空，皓月凝辉，清光泻地，兵器架上的兵刃全被哑佣擦得锃亮，月光射照，透出缕缕青光。太极陈忽然向三弟子耿永丰等说道："本门的拳术，你们倒能这么认真考究；还有本门兵刃，你们也不要漠视了。我当着你们说一句狂话吧，我太极派的奇门十三剑、太极枪，若跟现今武林中的枪剑比较起来，还足以抗衡得过，你们也要好好地钻究，不要只顾一面。永丰、永年，你两人把奇门十三剑的'剑点'全弄透彻了？"

耿永丰、谈永年等同声答道："弟子没敢忘下，也不过多少得着些门径罢了。"太极陈笑了笑，道："真的么？"扭头向傅剑南说道："你的剑术已经把握着要诀了。不过这些年你在太极枪上，可曾悟彻出它与别派不同的所在么？"傅剑南忙答道："弟子这些年来虽然奔走衣食，可是功夫从不敢荒疏。弟子觉得这趟枪颇与杨家枪相近，可又不像杨家枪纯以巧快圆活为功，似乎兼擅十三家枪法之长。弟子在外面，轻易不用枪，所以也不知道自己的功夫究竟怎样。不过内中，'乌龙穿塔'一式，用起来我总觉着不大得力；是不是弟子把枪点解错了？还得求老师指教……"

太极陈听了，向耿永丰等一班弟子们道："我今天索性把这太极枪的精华所在，以及这趟里最难练的'乌龙穿塔'、'十里埋伏'、'撒手三枪'的运用要诀，重给你们比画一下，你们要牢牢记住；可不要教我傻练一回了，你们白看热闹。"

众弟子一听，这分明又是借了大师兄的光，遂齐声说道："师傅这么谆谆教诲我们，我们再不好好记着，太辜负你老的心了。"立刻由四弟子方子寿到兵器架上，把师傅用的一杆长枪递过来。太极陈提枪走至场中，丁字步一站；众弟子把地势给亮开，也各自捻了一根枪，以便依式揣摩。太极陈将枪的前后把一合，一抖枪杆，朱红枪缨乱摆，枪头扑噜噜颤成一个大红圈子；

只这腕力，就须有十年八年的功夫。太极陈把门户一立，步眼移动，一开招，就展开四式。众弟子全神贯注，看师傅把枪招一撤，唰唰唰，头三招施展出来，"拨云见日""倒提金炉""狮子摇头"；顺势而下，到"倒提金炉"这一招，身随枪势，往下一杀，斜身塌地；枪上用的是拿、锁、坐之力。等到一换势，身随枪起，往上一长身；左把撒开，全凭单把往上一送；那枪上的血挡被前式坐枪之力一抖，枪缨倒卷上去，紧贴着枪尖。这时突向外一送，往上一穿，那血挡竟噗的被抖回来。这枪笔直地往上一穿，尺许方圆的一团红影，夹着枪尖的一点寒光穿空一刺。太极陈"金鸡独立"式，单臂探出去，身形如同塑的一尊像一般。群弟子目瞪舌侉，哗然喝彩。然而就在这喝彩声中，突然左边墙头高处，也有人叫了一声："好枪法！"

"这是谁？"

太极陈哦的一声，倏地往回一收式。但见得大弟子傅剑南眼光一闪。舌绽春雷："什么人？"早一纵身，提枪蹿上墙头。墙头上一条人影，只一闪不见了。

第十六章

失声露迹　绰枪捕蝉

月下试技，墙头竟有人窥探。太极陈勃然张目，亢声叱问："是谁？"傅剑南到底比师弟们机警，不待师命，嗖的跃过去。一伏腰上了墙。但见墙头上人影一蹿不见，已然溜下去了。

三弟子耿永丰一时恍然大悟，急忙一纵身。也飞跃上墙头。顿时之间，这些弟子们个个发声喊着追赶。太极陈厉声喝道："你们不要全赶。"急命谈永年、屈金寿，火速到内院守护宅眷；又命祝瑞符出把式场，抄道奔后院柴垛粮仓。才要命令方子寿，方子寿已经跟随耿永丰跳出墙外，赶过去了。太极陈张眼一看，自己也右手提枪，左手略把长衫一提，脚尖点地，腾身跃上墙头。翻到房上，从高处要察看这喝彩人的来踪去影。

此时月影正明，隐约见那条黑影从把式场外，向外院的一条夹道奔去。傅剑南挺枪急追，回头一看，三师弟、四师弟已然赶来，连忙吆喝道："你们快抄着东西两面搜一搜看，看还有别的贼没有？"方子寿还在飞跑，耿永丰闻言止步，急忙往别处搜堵下去。耿永丰还记得师傅病中，歹人放火的那场凶险，急急地又抢奔柴垛粮仓。粮仓后，谈永年已奉师命先到；耿永丰扭转头来，又奔前院。方子寿却打了一个旋，略一迟疑，复又顺夹道追过云；大声吆喝着，好教宅中人都晓得。

傅剑南捷足先登，已然看出前面是一个身形矮小的人影，身法轻快，顺夹道如飞地逃去。傅剑南脚下攒力，喝道："好贼！天刚黑，你就横行？"扑到那人背后，手中枪一颤，奔那人后影

便扎。就在这枪尖往外一递时，突觉头上一股劲风一掠，并没看见对面的人回手翻身，却黑乎乎当头飞来一物。傅剑南一惊，随往后一缩身。那人影又一晃，转过墙角不见。旁边门口却横蹿出来耿永丰，背后又赶过来方子寿。三个人立刻各将手中枪一摆，分头紧逼过去。那人影只一回头，翻身又跑。这一回前后堵截，这贼再想逃奔前院，已不可能。

这贼人好像熟悉陈宅的地势，竟抹转身，撞开一道角门；似欲从斜刺里，穿跨院，走游廊，趋奔后宅粮仓柴垛空场。从那里越墙逃出后层院落，便可以循墙急走，逃奔后街小巷。但是傅剑南哪里容他逃走？三个人分三面兜抄，那保护粮仓的八弟子正站在墙上，傅剑南吃喝道："喂，截住他，这个小矮个儿是个贼！"八弟子飞身跳下平地来，挺枪把路挡住，口中骂道："好贼子，这是哪儿？你敢来窥伺！"

那矮小的人影瞻前顾后，抱头疾驰，身形一转，似欲另觅逃路。却一声不哼，陡然凭空一蹿，竟横跃上近身处的一道墙。想是看见墙那边有什么厉害，只见他略一犹豫，不敢下跳，尽着众人噪骂，飞似的蹬墙又跑，傅剑南大怒，正要追上去，忽然背后唰的一声。傅剑南急一闪身，那耿永丰已经把手中枪直标出来；黑乎乎一条长影，照墙头贼人投去。眼看着长枪正中贼人上三路。——猛然听得一声："还不下去！"声若洪钟。

再看时，枪已投到贼人背后；贼人轻轻一侧身，一扬手，把枪抄住；一换把，枪锋掠空一转。群弟子大喝道："好大胆的贼，还敢动手！"陡听"吧达"一响。那人影把手一松，长枪坠落在墙根下。更见他身形一晃，低头下看；忽然一翻身，扑噔的一声，直掉下来，竟摔到内宅墙那边。傅剑南、耿永丰，立刻赶过去，蹿上西墙头。这矮小的人身才落地，猛又一骨碌跳起来，伏腰便跑。忽然又听见师傅喝道："哪里跑？"这才看见对面房顶上人影一长，巍然站着太极陈。

大弟子、三弟子，以至于四弟子，先后蹿落到内宅。内宅台阶上，站着太极陈的次孙陈世鹤；一顿足蹿入屋内，"轰隆"的

关上堂屋门，又"轰隆"的把门拉开。门再开时，陈世鹤提着一口剑抢出来，跃下台阶，把上房门和东角门扼住。这贼顿时陷入重围，前后左右，没有了逃路。寻搜追喝声中，五弟子从跨院奔过来，七弟子从前院绕过来，八弟子从粮仓那边也寻过来。

那人影逡巡着犹欲逃走，却已无及，是路口都被人把住了。陈世鹤专守上房，七弟子屈金寿、八弟子祝瑞符绕过来，分堵东西两角门。四弟子方子寿、五弟子谈永年把通前院的屏门挡住；三弟子耿永丰拾起一杆枪。奔到通跨院的月亮门下，迎门站住。太极陈从房顶飘身下落，挂枪站在月亮门的墙上；双眸炯炯，不注视这被围之贼，却借月光往四面寻望。这矮小的贼正被圈在内院庭心。大弟子傅剑南见贼人逃路已断，立刻把枪锋调转，赶上前，唰的盘打过去。这贼急急一伏腰，闪开了，五弟子谈永年跳过来，唰的迎面一枪。傅剑南急喊："扎腿，扎腿！"谈永年就一领枪锋，拧把往外一按，往外一送，枪锋直取贼人下三路。贼人双臂一张，腾地跃起五尺多高，斜着往左一探，落下来，拨头就跑。众弟子哗然叫道："哈哈，这贼是高手，捉住他！"

六个弟子，五杆枪，顿时往上一围。那贼窘急，急张皇一望，嗖的一蹿。又一伏腰，从屈金寿肘下冲过去，似抢奔月亮门。屈金寿大怒，抢枪打去。耿永丰急回身，把月亮门拦住。那贼倏然一转身，蹿到太极陈立身处墙根下，双膝一曲，扑的跪下来，叫道："师傅，饶命！"

大弟子傅剑南喝道："捆上他！"群弟子一齐赶过来，就要动手。太极陈诧异道："等等，这是谁？"轻轻一纵，蹿落平地。他的话却说慢了，谈永年早奔上来，唰的一脚踢去，直奔那贼后肩背。那贼贴地一伏身，谈永年竟从他身上跨过去，并未踢着。那贼就势又一跪，连连喊叫道："老师，老师。是我！"

太极陈挂枪低头看视，愕然道："你是谁？你们慢动手。"五个弟子纷纷围上来，五杆枪一齐指住这个贼的身子。这贼鼠似的蜷伏在地上，连连顿首，俯首不敢仰视。屈金寿、方子寿，掉枪杆便打。傅剑南喝道："师弟别打，先捆上他！"傅剑南凑过来一

看，只见师傅太极陈满面惊诧，指着这人叱问道："你你你，你是谁？"忽然话声一扬，厉声道："哈哈，原来是你！你不用装模作样，你给我抬起头来！"

地上跪伏的人颤声说道："老师，你老饶恕我！"众人骇然，这个人被太极陈催逼着，把头抬起来了；通鼻瘦颊，秀目疏眉，瘦小的身躯。头一个诧异的是方子寿，第二个是耿永丰和谈永年。耿永丰挨到跟前，提枪比画着，俯身细看，方看出来这个人的全貌，不禁失声道："咦！原来是哑巴他呀！"

"好么，闹了半天，是你！"

哑巴窥垣不足异，就是哑巴做贼也可想；独独这哑巴被围，竟说了话，这可就震骇了太极陈师徒人人的心！

太极陈刚刚看清了这个偷儿的面貌，竟是自己义救恩收的雪中哑丐，不禁勃然震怒，厉声呼叱道："好大胆，你！你是什么人，竟敢乔装哑巴，混迹到我家来？好，好，你小小的人，好大的狗胆！你居心叵测，情理难容！"手中枪一动，便要下刺，吓得这蜷伏如鼠的哑佣路四，就地一旋。师徒六杆枪直指着他，他立刻又收膝跪倒，急急地说："老师饶命，我我我有下情！"

群弟子骇然注视这意外的变局。自然他们都晓得这个哑巴阑入师门，收为佣仆的来由；这里面最不晓得前情的，自是大师兄傅剑南。急忙把师傅一拦道："师傅慢动手，你老要问问他，他到底是怎么个来路，安着什么心。"

太极陈面如铁青，仰天笑道："他安着什么心？那还用问！哈哈，好东西，难为你用这大苦心，装哑巴来卧底！我在江湖上四十多年，居然被你蒙住，我太极陈想不到栽到你手里！小伙子，你有胆，你有能耐！剑南，我告诉你，这东西装哑巴，装讨饭的，在我门前弄诡装死；是我一时可怜他，怕他冻死，把他从冰天雪地里救转，收留下他两年，三年；哦，前后足有三年。原想他年轻轻残废人，救活他一命。哪里想到，他原来暗藏着奸谋诡计，跑到我家来卧底偷艺，我老头子竟瞎了眼！"太极陈恨得牙咬得吱吱乱响。群徒无不骇然，一齐喝问道："哑巴！"他们已

叫惯了哑巴，"你还不说实话么？你到底安着什么心？"四条枪的枪杆齐往假哑巴身上乱抽乱打；假哑巴缩成刺猬似的，一味死挨，一点不敢动，不住地叩头求饶。傅剑南阻住师弟们，又劝稳住师傅，把手中枪轻轻向假哑巴身上一拨，道："喂，起来，这不是磕头饶命的事，你趁早实话实说，你是哪一门的？你小伙子事到今日，还不快说实话么？你到这里来，究竟安的什么心？你是为卧底？你是为偷招？你还是偷了招，学好了能耐，出去杀人报仇？"

假哑巴从枪林中爬起来，映着月光，他的脸都青了。向太极陈瞥了一眼，嗫嚅道："老师。我实在有不得已的苦衷，你老人家救过我一命，我绝没有稍存恶念。皇天在上，我若有一分一毫不轨的心，教我碎尸万段。"

耿永丰突然扬起枪来，唰唰的照哑巴身上连抽几下，唾骂道："狗贼，你住了口吧！你也知道师傅待你有救命之恩，你竟存心欺骗！你好好一个人，无缘无故，咬着舌头，装哑巴做什么？你若不安着坏心眼，谁肯下这么大的苦心啊！不用说，上次失火，一定也是你玩的把戏。"唰的又一枪，照哑巴打来。哑巴不敢躲，只把腰一挺苦挨着，口中却吃吃地说："三师兄，三师兄，你老可别那么猜疑；火从外头烧，我可是待在屋里，跟师傅在一块儿呢。师傅，你老人家可知道，我背您往外跳火炕，可真不容易呀！我我我真没安着歹心，师傅，师兄，你老听我一说，就明白了。现在我的事已经破露，我决不隐瞒。我不敢表功买好，可是我一心一意，在暗中报答过师恩。"

哑巴恨不得身生百口，口生百舌，来表白自己实无恶意。但是，好好一个人，无故箝口装哑，至三年之久；若无苦心阴谋，谁肯这样？太极陈和耿永丰、方子寿等个个含嗔穷诘，又不住手拷打，打得这假哑巴结结巴巴，越发有口难诉。三年装哑，已经使得这人口齿钝讷了。大弟子傅剑南忙道："师弟，你们别乱打了。师傅，你老也暂且息怒。这么问，倒越问不出来。你老看，他光张嘴，说不出话来。还是把他带到罩棚，消停消停，你老一

126

个人盘问他；再不然，我替你老问。"

太极陈恶狠狠盯着哑巴，喝道："滚起来！"由傅剑南等押着，往把式场走。太极陈满面怒容道："不要到那里去，到客厅里去。我一定细细地审问他，这东西太可恶了；他竟蒙了我两三年，我不把他狗腿砸断，我就对不起他。"

方子寿道："大师兄，看住了他，别冷不防教他暗算了你。"

傅剑南道："不要紧，四弟你不懂。"回手一拍假哑巴道："相好的，别害怕！你只要不是绿林恶贼，师傅也不能苦害你，可是你得说实话。……三弟、四弟，师傅正在气头上，你们别闹了，看激出事来。"

第十七章

操刀讯哑　挥泪陈辞

于是五杆枪前后指着哑巴。耿永丰、方子寿，一边一个，拖着假哑巴的胳臂，直奔跨院。此时全宅都轰动了，晓得哑巴说了话，原来是个奸细。妇人孺子、仆妇长工，人人都要看看。太极陈把家人都叱回内宅，只教门人们拥架着假哑巴，进了客厅。

客厅中明灯高照，群弟子把哑巴看住，站在一边。太极陈坐在椅子上，两只眼盯着哑巴。哑巴慑于严威，不由低下头来，不敢仰视，浑身抖抖地打战。太极陈面挟寒霜，突然把桌子一拍，问道："路四，你受谁的唆使，到我家来？你到底安着什么心？"

路四把头一抬，忽然俯下，两行热泪夺眶而出，道："师傅！"太极陈喝断道："谁是你的师傅！"

傅剑南见师傅怒极了，忙斟了一杯茶，捧上来，低声道："师傅先消消气。"对哑巴说："喂，朋友，你究竟怎么一回事？"又问众弟子道："他叫什么？"耿永丰道："他装哑巴，自写姓名叫路四。喂，路四，你到底姓什么？叫什么？"

哑巴路四看了看众人，众门徒各拿着兵刃。三弟子耿永丰，和太极陈的次孙陈世鹤，各提着一把剑，把门口堵住；四弟子方子寿拿着一只豹尾鞭，看住了窗户；五弟子、七弟子、八弟子，各仗着一把刀，环列左右；假哑巴如笼中鸟一样。要想夺门而逃，却是不易。耿永丰嘲笑他道："伙计，也难为你卧底三四年，一点形迹没露，怎么今天喊起好来呢？"

哑巴未曾开言，泪如雨下，向众人拱手道："诸位师兄！"又

面向太极陈道："师傅息怒！"又向大师兄傅剑南道："大师兄！"这才又转向太极陈，含泪说道，"师傅，弟子我实没存坏心，我这三四年受尽艰辛，非为别故，就只为争一口气。"

太极陈道："什么，就为只争一口气？你这东西一定是贼，你要从我这里偷高招，为非作歹去，对不对？"

哑巴惨然叹道："师傅容禀，弟子也不是绿林之贼，也不是在帮在会的江湖人物。弟子实不相瞒，也是好人家儿女；自幼丰衣足食，家中有几顷薄田，只不过一心好武；因为好武，曾经吃过许多亏，所以才存心访求名师。师傅，你老人家还记得八年以前，有一个冀南少年杨露蝉不？"又转脸对方子寿道，"四师兄，你老总该记得，我跟你老还对过招，不是教你老用太极拳第四式，把我打倒的么？"

"哦，你是……杨什么？"

"弟子是杨露蝉，八年前我曾到老师家里投过帖……"哑巴说出这话，太极陈早已记不得了，四弟子方子寿忽然想起来，失声说道："可是我的驴踩了盆的那回事么？那就是你么？"哑巴顿时面呈喜色，这已获得一个证人了。哑巴接着说道："老师，弟子当年志访绝技，竭诚献赞，不意老师不肯轻易收留。向往有心，受业无缘；是弟子万般无奈，出离陈家沟，才又北访冀鲁，南游皖豫，下了五年工夫，另求名师。不意弟子游遍武林，历访各家，竟无人堪称良师，这其间吃亏、上当、被累，简直一言难尽。弟子当年曾发大愿，又受过层层打击，一定要学得绝艺才罢。实在无法，弟子这才改装易貌，重返陈家沟。弟子当时想，获列老师门墙，已成梦想，只盼望但能辗转投到哪位师兄门下，做个徒孙，弟子也就万幸。不意弟子到此以后，才知各位师兄奉师命都不准收徒；弟子至此心灰望断，不知如何是好。后才拔去眉毛，装作乞丐，天天给老师扫阶。忍饥受冻，苦挨半年。弟子这时是自己给自己怄上气，也不承望准能换得绝技，只不过拗上了劲，就是冻死饿，我也要从陈家沟得点什么再走。不想又苦挨数月，机缘凑巧，一场大雪，得邀老师垂怜，竟把弟子收录为

129

佣。弟子在老师府上，一心服役，除了窃学绝艺，别无他意。老师若拿偷艺之罪来惩罚我，处置我，我罪无可逃，情甘领受。若说弟子还怀藏着别样心肠，有什么歹意，皇天在上，弟子敢告神明。"

太极陈听了，摇头怒喝道："你只为偷学拳技，就下这大苦心，谁肯信你！装乞丐差点冻死，装哑巴几年不说话；你必是有什么不可告人的阴谋。你必是哪一派的叛徒，犯了规矩逃出来；上我这里偷学拳艺，好来对付旧日师门。再不然，你就是奸淫邪盗，被江湖侠客追寻，不能抵敌，无地容身，才跑到我这里装哑巴，避祸偷拳。我看好好问你，你也不肯实说。来吧！"他把手一伸道："我先把你废了再说！好好问你，你也不会实招。"突然站起来，伸出两个手指头，就要点假哑巴的要穴，道："废了你，也算成全你，省得你充好汉，为非作歹。"

太极陈的手指竟向杨露蝉左乳下"丘墟穴"伸来。

杨露蝉吓得逃无逃处，避无避处；不禁失声痛哭，连连叩头道："师傅，你老人家饶命，我我我实说呀！"

太极陈冷笑道："你还是怕死么？说，快说！"

杨露蝉既窘且惧，不禁失声哭诉道："师傅我实实在在不是绿林，也不是匪类，更不是哪一派的叛徒；我是广平府的世家，老师只管派人去打听我。"太极陈怒道："你还支吾？"杨露蝉窘得以头叩地，吃吃地哀告道："师傅我说，我说。师傅，我说什么呢？我实在没安坏心！你老不肯饶恕我，实怪我不该假扮偷拳。但是老师，这三四年我在师门，竭诚尽意服侍你老，我一点坏心没有。师傅，你老身在病中，弟子昼夜服侍过你老；歹人放火，弟子又舍命背救过你老人家。"

耿永丰唾骂道："你胡说，这把火不是你主使出人来放的么？你这是故意地沽恩市惠！"

杨露蝉忙道："师兄，你老别这么想，那火实是蔡二支使人放的。师傅请想，你老的仇人怎么会无故死在乱葬岗？你老是圣明人，你老请想啊！"又回顾方子寿道："四师兄，你老快给我讲

130

讲情吧。师傅，那匿名投信，替四师兄洗冤，也是弟子做的。你老请念一念弟子这番苦心，恕过弟子偷拳之罪吧！四师兄，四师兄，那年下着雨，半夜里敲窗户，给你老送信的，就是我呀！四师兄，你老得救救我呀！"

假哑巴杨露蝉跪伏地上，缩成一团，断断续续说出这些话来。太极陈不禁停手，哑然归座，回头来看方子寿。方子寿也和太极陈一样，睁着诧异的眼，看定杨露蝉，不觉各个思索起来。

太极陈暗想："据他说，匿名投书，揭破刁娟的阴谋，救了方子寿，洗去太极门的污名，便是他做的。我在病中，他尽心服侍；他果存歹心，那时害我却易。那火决计不是他放的。放火的蔡二竟无故杀身，横尸郊外，听口气，这又是他做的，而且也很像。他在我家中，勤勤恳恳，原来是为偷拳？他竟下这大苦心，冒这大危险！他这么矮小的一个人，骨格单单细细的，瞧不出他竟会有这大'横劲'？"

想到这里，低头又看了看假哑巴。只见他含悲跪诉，满面惊惧之容；可是相貌清秀，气度很是不俗。"我原本怜惜他，只可惜他是哑巴罢了。三年装哑，谈何容易？他如果不挟恶意，倒是个坚苦卓绝的汉子！"

陈门众弟子也人人骇异，一齐注视这假哑巴。客厅中一时陷入沉默，好久好久，无人出声。到底是方子寿冲破了寂静，低声叫道："师傅！"

太极陈只回头看了看，二目瞠视，兀自无言。

大弟子傅剑南听话知因，已经猜出大概，凑过来，仔细端详杨露蝉的体貌。见他通鼻瘦颊，朗目疏眉，骨格虽然瘦挺，面目颇含英气。这个人在师门装哑巴三年之久，难为他怎么检点来，竟会一点儿破绽不露么？其实破绽不是没有，无非人不留神罢了。一来事隔四五年，他才重回陈家沟。二来他改容易貌，不但衣敝面垢，甚至把自己一双入鬓的长眉，也拔秃了；并且眼睫下垂，故作迷离之状。他乍来时，本是剑眉秀目的富家公子，重来时，变成秃眉垢面的哑丐了。因此不但太极陈、方子寿都被瞒

131

过，连长工老黄等也全没看出来。他自己，提心吊胆，白昼装哑巴已非易事，他最怕夜间说梦话。傅剑南想："据他自述，是冀南世家，看他的举止气派，倒不像江湖匪类。但是他一个富家子，竟能下这大苦功么？"傅剑南不禁摇了摇头，才要开言；方子寿在那边忍耐不住，又低低叫了声："师傅！"太极陈道："唔？什么？"方子寿用手一指道："这个路四说，不，这个姓杨的说，弟子当年那场官司，那封信是他投的。"

太极陈道："怎么样？"

方子寿迟疑道："刚才他说的放火救火那一档事，已经过去了，随便他怎么说，这话无凭无据，一点也对证不出来。唯有那封匿名信是怎么投的，是什么词句，那可是有来历的；不是局中人，断不能捏造。"说着看了看太极陈，就接着说："弟子看，莫如就从这一点盘问盘问他。只要他说得对，证明那封匿名信是他投的，他总算对咱们师徒尽过心，没有恶意；我求师傅斟酌着，从宽发落他。"耿永丰也插言道："匿名信的笔迹也可以对比。"

太极陈不语，脸上的神气是个默许的意思。方子寿便过来发问。傅剑南道："四弟，你说的什么匿名信？"方子寿就把自己遭诬涉讼，承师傅搭救，虽然出狱，却是谣言诬人太甚等话，对剑南说了。又道："多亏师傅收到一封匿名信，才揭破了仇人的阴谋，把真凶捉住。"说时眼看着杨露蝉，问道："那封信是你寄给师傅的么？"杨露蝉忙答道："四师兄，那封信是我写给你老，送到你老府上的，不是给师傅的。你老忘了，那天晚上蒙蒙渐渐地下着小雨，是我隔着窗户，把信给你老投到窗台上。你老那时候，不是先喝了一会儿酒，就同嫂嫂睡了。我跟你老就过话，你老不是还追我来着？"

方子寿不禁失口说道："哦！这话一点儿也不差。"

太极陈眼望方子寿，方子寿点点头，复向杨露蝉问道："姓杨的，你下这么大苦心，到师傅门下，究竟怀着什么意思，这先不论。你说那封匿名信是你写的，你就说吧。只要把投信的情形，前前后后，说得一点不错。信上写的都是什么话，那些话你

怎么得来的，只要你说得全对，那就是你怀着善意来的，我就向师傅给你讲情。"

杨露蝉凄凄地低声说道："弟子实是怀着善意来的。四师兄那档事，实在弟子费了好些日子的工夫，才访出来的。我知道老师和师兄都为这件冤枉官司，闹得闷闷不乐；弟子幸经访出原委，当时本想借此微劳，当面禀告，或者老师就能慨然收录我。但是思来想去，觉着还是暗中效劳的好；这才匿名投书，给四师兄写信。那信上的词句，弟子现在还默记得出来；那信一共是两页，白纸八行书，红签信封。"说着伸手道："四师兄，你老给我纸笔，我默给你老看。"

耿永丰问道："那件事，你又怎么访出来的呢？有什么用意呢？"

杨露蝉凄然长叹，面向太极陈及耿、方二弟子说："老师，师兄！弟子自幼因病习武，跟师傅刘立功刘老镖头，学了四年，只学会了一套长拳。那时，刘老师说弟子骨格单弱，练硬功夫，不能出色；要想成名，还是学内家拳。他老人家对我说，唯有老师这太极门的拳术，可以济我之短，展我之长。他老人家声夸太极拳的好处，但是老师不轻易收徒，刘老师也知道的，特别告诫弟子：'要学惊人艺，须下苦功夫。'神诚感格，也许能打动老师。弟子这才下了决心，从故乡来到河南，专诚投拜老师门下。不想弟子年少无知，方到陈家沟，就因多管闲事，和四师兄惹起了一场误会。等到登门献贽，老师果然拒收弟子。弟子无奈，想到'要学惊人艺，须下苦功夫'的话，就逗留在陈家沟，打算每天在街上等候，只要老师一出门，我就赶上去问好，叩求收录。只想天长日久，老师鉴及这份苦心，也许一笑收录。哪知弄巧成拙，日子一长，反惹起老师的疑心；以为弟子居心叵测，要拿弟子当宵小办。弟子彼时少年气盛，忍耐不得，才闹得拂袖告绝。"

太极陈"唔"了一声。杨露蝉吓了一惊，忙抬头看了看太极陈的面色，接着说道："但是，弟子是下了决心来的，立誓非入陈门，不学得绝艺不还乡。弟子在家乡临起程时，亲友们曾经设筵欢

送，预祝成功；弟子把话说满了，这一下子被拒出河南，弟子可就无颜回转故乡了。"说到这里，不禁呜咽有声，数行泪下，道："弟子家本富有；到了这时，竟落得有家难归，便在外飘流起来了。"傅剑南道："那么，你就入了江湖道了，是不是？"杨露蝉拭泪抬头道："师兄，弟子不是没名没姓的人家，哪里会丁那个？我在外面漂流，我仍是东一头，西一头，寻访名师。江北河南一带，凡是有名望的武师，弟子都挨门拜访。也和到老师门前一样，只要打听这一派拳术好，我的体质可以勉强学得，我就去投贽拜师。"他又叹息道："可惜的是，弟子白白耗费去了四五年的工夫，慕名投师多处。到后来竟发觉这些名师不是有名无实，虚相标榜；就是恃强凌人，迹近匪类。再不然，就拿技击当生意做，有本领不肯轻传人。弟子于其间，吃亏，上当，遭凌辱，受打击，不一而足。"

这末后一句话，又有点形击到太极陈的短处。方子寿等不由转头来，看太极陈的神色；杨露蝉也省悟过来，不由又变了颜色。谁想太极陈满不介意，只痴然倾听，捻须说道："你说呀！四五年，你都投到谁那里，学了些什么，为什么又转回来呢？"

于是杨露蝉接着细说这四五年来的访师遭遇。

第十八章

愤求绝技　误入旁门

　　当那日负气离开陈家沟时，杨露蝉本没怀着好意。他定要别访名师，学好了绝技，再来找陈清平出气。一路上逢尖打店，必要向人打听近处有没有武林名手。他从怀庆府南游，走了二百多里地，居然连问着三位武术名师。一位是黄安县铺场子的大竿子徐开泰，据说徐开泰一身横练的功夫，有单掌开碑之能。他那一条竿子，纵横南北，所向无敌；教了三十多年场子，成就了四五十个徒弟。当年有大帮的土匪侵扰黄安，多亏徐师傅一条竿子，十几个徒弟，竟把二百多土匪击溃。自从名闻四外，黄安县再没有土匪敢来窥伺。还有一位姓曾的，住在江南凤阳府东关，以地躺刀成名。在早年这位曾师傅也是跋涉江湖，挟技浪游的；不过后来他的儿子、徒弟全闯好了，曾师傅就回家纳福。他这地躺刀已传三世，教出来的徒弟不多，可是成名的不少。据传他这地躺刀，竟是当代独门绝传，没有别家再会的。此外还访得一位名师，就是黑龙潭的"先天无极拳"名家铁拳卢五。
　　杨露蝉旅途沮丧，不意离开陈家沟，没得多时便已访获三位名师，心上很觉安慰。自己盘算，依路程之远近，先去拜访黄安大竿子徐。谁想在豫南店中，听人说得这大竿子徐威名远震，却一入鄂北本境，竟没人说起。在黄安辗转访问，费了半日工夫，才渐渐打听着这位徐师傅原来住在乡间一座小村子内，及至登门拜访，把杨露蝉的高兴打去一大半儿。徐师傅这三间茅庐，倍呈荒伧之象，在街门口挂着些木牌上写"七代祖传壁蟢吃气功"

"秘传神效七厘散"，又一块牌是"虎骨膏大竿子为记"。一看到这几片方木牌，杨露蝉不禁爽然若失。犹记得刘立功老镖师对露蝉说过，巾、皮、彩、挂，为四大江湖。这种卖野药的拳师多半是生意经，绝非武林正宗。（巾是算卦，皮是相面，彩是戏法，挂是卖艺的。）

杨露蝉远远地扑奔了来，哪想到传言误人如此！怅立门前，踌躇良久，自己安慰自己道："也不见得这位徐师傅准是江湖生意。人不可以穷富论，古来就有奇才医隐，卖药的也许有能手。"存着一分侥幸心，杨露蝉只得登门投帖；晋见之后，接谈之下，杨露蝉越发失望。这个大竿子徐十足的江湖气，和当年刘立功老师傅所说：当街卖拳的"挂子行"、练武卖膏药的"卖飞张"，以及使"青子图"卖金创药，当场割大腿，见血试药的江湖人，活活做个影子。但是竿子徐却十分殷勤，毫不像太极陈那样傲慢。听杨露蝉自明己志，求学绝招，竿子徐很夸奖了一阵，许为少年有志，将来定能替南北派武林一道出色争光。又夸露蝉有眼力，能投到他这里来。当时许下露蝉多则五年，少则三年，定教露蝉得到真本领。又表明他不为得利，不为传名，并不要杨露蝉的束脩赞敬。"相好的，我若要你半文钱，我算不是人！"

杨露蝉到底年轻脸热，既知误入旁门。竟不能设词告退；又教竿子徐的慷慨大话一逼，行不自主地掏出二十两银子来，口不应心地说出拜师请业的话来。竿子徐十分豪爽，并不谦让，把赞敬全收下，说道："这个，我在下倒不指着授徒糊口；这几两银子，我先给你存着，就作为你的饭费吧。"

杨露蝉行违己愿地拜了师，开始学艺。他想：在店中既听人说得那么神奇，这位竿子徐至不济也得有两手本领。等到练了没有两个月，名武师的真形毕露了。他也没有精心专擅的绝技，他也没有独门秘传的良药。他那追风膏全是从药店整料买来的；自己糊膏药背子，印上"竿子徐"的戳记，就算独门秘制了。他的七厘散、金创药，也不过如此。至于武功，更是蒙外行，全仗他有几斤笨力气罢了。单掌开碑的话，竟不知是谁造的谣言，他倒

136

会劈砖，砸石头块儿；也只是用巧劲，使手法，用来炫惑市井，好比变戏法一样。然而他武功虽弱，挤钱的本领却在行，口说不要束脩，可是花销比学费更大。今天该打一把单刀，明天该买一袋铁沙，后天你该吃什么药补内气，大后天你该洗什么药，壮筋骨。至于吃饭下馆子，请客做寿，有事弟子服其劳，有钱先生花其半，变着法子教杨露蝉破费。虽然仅仅两个来月，却把杨露蝉的川资榨去了七十多两。露蝉一想不好，收拾收拾，这才不辞而别，避难似的出了鄂境。

杨露蝉一怒私奔，且愧且恨；一时恼起来，竟要回广平府，从此务农，绝口不谈武术。但，在这只是一转念而已；在路上走了几天，气平了。还是要争这口气，而且机缘竟会逼他；这一日过摆渡，又和脚行拌起嘴来。车船脚行向来惯欺单身客，两个脚行竟和杨露蝉由对骂而相打，明明欺他孤行客，年少瘦弱。头一个脚行被杨露蝉旋展长拳，占了上风。第二个脚夫就喊骂着上前帮打，也被杨露蝉倒一边。两个脚夫吃了亏，立刻爬起来，招呼来七八个脚夫，把露蝉踢打了一顿。杨露蝉吃了亏，增了阅历，咬牙发狠道："我一定要练好武功！但是我不可冒昧献赘了，我必须访明教师的底细。"于是他又走旱路，到了黑龙潭。

那黑龙潭的"先天无极拳"名家铁拳卢五，身负绝技，确有威名，在当地有口皆碑；杨露蝉确访得一无可疑了，便登门献赘。未肯鲁莽，先去求见。不想连访两趟，始见一面；而一言不合，又遭了拒绝！

铁拳卢五先问露蝉的来意和来历，是哪里人？从哪里来的？又问："为何要立志习武？听谁说才投访愚下来？"杨露蝉不合实话实说，无意中只透露出"从陈家沟子来"。铁拳卢五顿时起了疑心，又道是太极陈打发人来窥招了。卢五是个阴柔的人，不像太极陈那么明白拒人，当时只泛谈闲话，不置可否。等到杨露蝉下次求见，卢五竟不出来，由他的门徒代传师意："家师现有急事，昨天已经起五更走了。"造出理由来，说明此去归期无定，三年五载都很难说。又道："家师一走，这里的场子，到月底就

收了。"

杨露蝉犹豫不信，暗向店家打听。店家竟说："不错，卢五爷前天托我们给他雇车了。"这店家不等细问，便说到卢五师傅此次远行，归期无定，和卢氏门徒的说法竟一样。露蝉无奈，只好重登卢门，先述明自己殚心习武，志访名师的心愿，次后说到自己下半年要再来登门。告辞归店，闷住了几天，问起店家，近处可还有著名的武师没有。店家说："有，河南怀庆府的太极陈，他的内家拳打遍中原无敌手。杨爷既然爱好武功，很可以投奔他去。"倒把露蝉支回来了。（却不知店家这番答词，乃是卢五授意！）

杨露蝉只得重上征途，一路寻访，不久折到凤阳。在凤阳住了两天，仔细打听那个东关有位有名的武师地躺曾。这一回居然未教他失望，东关果然有这么一个人，姓曾名大业，果然以地躺刀得名，手下有好几十个徒弟。这凤阳一带，提起了曾武师师徒来，全有些皱眉头，那情形很是令人敬畏。

露蝉想：这人许是名副其实，真有惊人的本领；要不然，何致令人如此畏服？至于说话的人们口气之间，似乎稍透出曾武师恃强凌人的意思，那也无怪其然。英雄好汉惯打不平，自然市井间闻名丧胆，望风敛迹的了。

杨露蝉遂沐浴更衣，持弟子礼，登门求见地躺曾。

这位曾武师却阔气，住着一所大宅子，客堂中铺设富丽，出来进去尽是人。曾大业武师年在五十以上，两道长眉，一双虎目；紫黑的面皮油油发光。气象很精强，比起太极陈不相上下，只身量略矮而胖。曾教师接见访艺的后生时，在身旁侍立着如狼似虎的几个弟子，全是短衫绸裤，花裹腿洒鞋，一望而知是有饭吃的好武少年。露蝉这时候却穿着一身粗布衣裳，神形憔悴，面色本白，却经风尘跋涉，变得黑瘦了；身量本又矮小，跟这些趾高气扬的壮士一比，未免相形见绌，自惭形秽。曾武师手团一对铁球儿，豁朗朗的响着，先盯了露蝉两眼，随后就仰着脸问道："杨兄到这边来，可是身上短了盘费？"杨露蝉恭敬回答道："不

是。"遂说出慕名拜师的意思。曾教师听了，脸上露出诧异的神色来，向徒弟们瞥了一眼。露蝉忙又将自己的志诚表白一番：如何地奔波千里，如何志访名师，如何远慕英名，才来竭诚献赘，仔仔细细，说了一遍。曾大业道："噢!"又把露蝉上下打量了几遍，半晌，摇了摇头，说是他这地躺刀的功夫不是任何人都能练的；若能练的，不下十年八年的功夫，也绝练不出好来。可是当真练成了，却敢说句大话，打遍江南无敌手。"足下你可有这么样的决心么？你可有这么长久的闲工夫么？"

杨露蝉高兴极了，这老师的气派与竿子徐截然不同，果然名不虚传；立刻表明决心，恳求收录："莫说十年八年，多少年都成。"曾大业还是面有难色，又提出一个难题，是"穷文富武"。"这学习绝艺不是冒一股热气的事，你就有决心，你家里可供得起么？"杨露蝉连忙说："供给得起。"于是曾教师又盘问露蝉的家世、家私。好容易得遇名师，杨露蝉格外心悦诚服，哪敢有半字虚言；忙把自己的身世家境，几顷地、几所房、几处买卖，都如实说了。曾老师这才意似稍回，向露蝉说出了许多教诫；总而言之，要有耐性，肯服劳，舍得花钱，才能学得会绝艺。这与刘立功老师的话根本相符，可见名师所见略同。最后曾武师又轻描淡写，说明每年的束脩六十两银子，每月另外有三两银子的饭费。因为曾氏门下，众弟子在学艺时，照例不准在外乱跑，免得心不专；这又是武师传艺应有的戒条，露蝉连忙答应了。此外三节两寿，那是不拘数的，全在弟子各尽其心；可是最少的也得每节十二两。

总之，凡是师门规谕，曾武师一一说出，杨露蝉无不谨诺。旋即择吉日，行了拜师之礼，又与同门相见。赶到入手一练功夫，露蝉可就心中觉得古怪！曾师傅教给站的架势，满与当初刘立功老镖师所授的一般。露蝉略微地表示自己从前练过这个，曾师傅就怫然不悦。同门们立刻告诫他，凡入师门，就得把从前学过的全当忘了才行。

杨露蝉深愧自己轻躁，不敢多言，照样地从师重练。师傅教

什么练什么，只好不管学过与否。哪知曾师傅虽对新生，也并不天天下场子亲授；一晃十天，只见老师下过两次场子。别的师兄弟们，都是由大师兄代教；独独自己，只有一味死练那一个架子，每天把自己四肢累得生疼，还是比葫芦画瓢，刻版文章。师傅既不常下场开教，师兄们也都卑视他。

这些师兄们却把这新进的师弟当了奴仆佣工。住在老师府上，除了洒扫武场，擦拭兵刃，做晚生下辈应当做的苦工以外，整天仍得要忙着给这位师兄钉鞋去，给那位师兄买白糖去。轮到自己练功夫了，明是站的架子对了，这个师兄过来，说是腿往左偏了，照迎面骨上一掌。那位师兄又把脖颈子一拍，说是没有挺劲了。偏偏这些师兄们个个虎背熊腰，个个是本乡本土，只露蝉一人是外乡人，又生得瘦小。于是众师兄们赠给他两个外号，"杨瘦猴子"，"小侉种"。杨露蝉为学绝艺，低头忍受；未及三月，把个杨露蝉挫折得真成瘦猴了。杨露蝉生有异秉，常能坚忍自宽，虽然形销骨立，却仍怀着满腔热望。只要学成绝艺，到底不虚此行，什么苦他都肯受得。

到后来他也学乖了，一味低声下气，到底不能买得师门的欢心，他就私自掏出钱来，给师兄们买点孝敬，请吃点心。果然钱能通神，渐渐地不再受意外的凌辱了。半年后。内中一二位师兄也有喜欢他的，倒同他做了朋友。

但是，杨露蝉虽得在师门相安，反而渐渐有些灰心起来。这半年光景，只承师傅教了半趟"通臂拳"，尚不算失望。只是在凤阳寄留日久，慢慢地看出曾师傅师徒的行径来。这曾大业就算不上恶霸二字，可是恃强横行，欺压良懦之迹，却实免不掉。并听说曾老师排场阔绰，断不是单指着教徒为活，他另有生财之道。在东关外开着四家宝局，都靠着曾老师的胳膊根托着；此外还办着几种经纪牙行，这班徒弟仿佛就是他的打手。而且光阴荏苒，这半年来，历时不为不久，竟始终还没看见曾大业露过他那一手得意的"地躺拳"和"地躺刀"。

偶尔师兄们也练过一招两式，在露蝉看来，平平而已。并不

见得精奇绝妙。

　　也是机缘凑巧，杨露蝉合该成名为一代武术名家。他的天才竟以一桩事故，才不致被这些江湖上的流氓消磨了。有一日，这曾老师门前，突然来了一个对头，指名拜访，要会一会地躺刀名家曾大业。曾大业及其二子恣睢无忌，无意中竟激怒了山东省一位地躺拳专家，特地从兖州府赶到凤阳来，登门相访，要领教曾大业这套打遍江湖无敌手的地躺刀。

第十九章

盛名难副　地拳折胫

此人一到，名师跌脚丫。曾大业或者是一时大意惯了，并且南北派会这地躺招的人也实不多见，而他自己少壮时候，本曾下过苦功。曾大业近十几年来没遇过敌手，接见这不速之客，起初还当他是江湖上沦落的人，来求帮的。曾大业为人虽操业不正，对武林同道却常常帮衬；及至一见面，这人不过是四十多岁的山东侉子。蓝粗布袄裤，左大襟，白骨扣纽，粗布袜子，大洒鞋；怪模怪样，怯声怯气；满嘴络腮短胡，一对蟹眼。可以说其貌不扬，但体格却见得坚实，双手青筋暴露。曾大业照样令弟子侍立两旁，方才接见来宾，叩问姓名和来意。来人突如其来地就说道："以武会友，特来登门求教。"家乡住处、姓名来历，一字不说，只催着下场子。

曾大业还没答话，徒弟们哪里禁得来人这么强直？哄然狂笑，立刻揎拳捋袖，要动手打人家。这人回身就走，问场子在哪里？

曾大业冷笑，问来人用双刀，是用单刀？山东侉子漫不在意地说："全好。"曾大业立刻甩去长衫，扎绑利落，吩咐弟子，把他惯用的青龙双刀拿来。山东侉子就从兵器架上抽取两把刀，却非一对，一长一短，一重一轻。曾大业未尝不知来者不善，善者不来，但是众弟子既然哄起来了，也不能再气馁。又兼近十数年来，曾大业还乡之后，一帆风顺，现在更不能含糊。

起初他还要设法子试探来人的来头，但见这个山东侉子竟取

了差样的两把刀，这岂不是大外行么？顿时把悬着的心放下，口头上仍得客气几句。曾大业说道："在下年老，功夫生疏了。朋友既肯指教，你远来是客，我曾大业是朋友，决不能欺生。朋友，你另换一对刀吧。这边兵器架上，双刀就有好几鞘。"山东侉子道："曾师傅，你放心，俺大远地来了，不容易，你就不用替我担忧。我当初怎么学起的，就怎么练，我倒不大在乎家伙一样不一样，不一样也能宰人。你信不信？可是的，曾师傅，你这就要动手，也不交代交代后事么？"

曾大业怒骂道："什么人物！姓曾的拿朋友待你，你怎么张口不逊？教你尝尝！"双刀一分，随手亮式，"双龙入海"，刀随身走，身到刀到，双刀往外一砍。这不速之客只微微把身形一转，已经闪开，冷笑道："你就是万矮子那点本事，就敢横行霸道，藐视天下人？"

曾大业怒极。他年逾五旬，看似人老，刀法不老；立刻一个"梅花落地"，双刀盘旋舞动，倏然肩头着地，往下一倒。腕、胯、肘、膝、肩，五处着地用力，身躯随刀锋旋转起来，在地上卷起了一片刀光。那山东侉子看着人怯，功夫却也不怯，一声长笑，随即一个"懒驴打滚"，身躺刀飞，差样的双刀也展开地躺刀法。平沙细铺的把式场，经这两位地躺专家的一滚一翻，顿时浮尘飞起，滚得两个人都成了黄沙人了。

弟子们打围看着，纷纷议论："好大胆，哪里冒出来的？""许是有仇。""踢场子逞能的。""哼，哼，你瞧，还是师傅！""这小子好大口气。""找不了便宜去。""别说话，瞧着；喝，好险！""喂，差一点。""吓，大师哥，咱们怎么着呢？""看着。""把兵刃预备在手里吧。"

唯有杨露蝉杂于其间，一声不响，注目观招。以他那种身份，竟看不出功夫的高低来。但到两方面把身法展开之后，这个轱辘过来，那个轱辘过去，优劣虽不辨，迟速却很看得明白。一起初，见得是曾师傅旋转得最为迅快，浑身就好像圆球似的，盘旋腾折，气力弥漫，那个山东侉子显见不如。但是看过良久，渐

143

渐地辨出深浅来了：那侉子一开头好像慢，却是一招比一招紧，不拘腕、胯、肘、膝、肩哪一部分，仅仅一沾地，立时就腾起来，直像身不沾地似的，轻灵飘忽，毫不吃力。当得起轻如叶卷，迅似风飘。那曾大业可是翻来转去，上下盘总有半边身子着地，身形尽自迅快，却半身离不开地。

曾门弟子也似乎看出不好来了："小师兄，咱们怎么着？你瞧瞧，你瞧瞧!"

二十几招过去，曾大业一个"蜉蝣戏水"，展开刀锋照敌人一削，旋往旁一撤身。那山东侉子"金鲤穿波"，刀光闪处，呛啷一声啸响，悬空突飞起一把刀片。就在同时，听哎哟一声惨呼，不觉得眼花一乱。忽地蹿起来一人，正是那山东侉子，浑身是土，双刀在握。曾大业的双刀全失，一汪热血横溅出来，身子挺在血泊里，群徒哗然一阵惊喊。

山东侉子一声冷笑道："打遍江湖无敌手的地躺刀名家原来这样，我领教过了！姓曾的，你养好伤，只管找我去。我姓石名叫光恒，家住在山东兖州府南关外石家岗子；我等你五年。我还告诉你一句话，种德堂的房契不是白讹的，是五年以后，三分利息，拿老小子一条狗腿换来的。你明白了么？我限你三天以内，把人家的房契退回去；若要不然，要找寻你的还有人哩。再见吧。对不起！这两把刀一长一短，我还对付着能使，还给你吧!"啪的将那一对刀丢在地上，拍拍身上的土，转身就走。

当曾大业失刀负伤时，大师兄和曾大业的两个侄儿，抢先奔过去扶救；却是一挨身，齐声叫喊起来。曾大业不是被扎伤一刀，他的一条右腿已活教敌人卸下来了，只连着一点，鲜血喷流满地。

这群徒弟惊慌失措，忽然醒悟过来，一齐奔兵器架，抄家伙，嚷骂道："好小子，行完凶还想走？截住他!"山东侉子横身一转，伸左手探入大襟襟底，回头张了一眼，"呸"的吐了一口道："你们真不要脸么？练武的没见过你们这伙不要脸的，你们哪一个过来？"握拳立住，傲然地瞋目四顾。

曾大业此时切齿忍痛，努力地迸出几个字道："朋友你请吧！你们不要拦。你们快把老大、老二招呼过来……"底下的话没说出来，人已疼昏过去。山东侉子竟飘然出门而去。

徒弟们骇愕万分，有那机警地忙缀出去。只见那山东侉子到了外面，往街南北、巷东西一望，忽然引吭一呼，侉声侉气唱了两句戏文。登时从曾宅对面小巷钻出来几个人，从曾宅房后钻出来几个人，从附近一个小茶馆也钻出来几个人。这些人错错落落，都跟着那个侉子，顺大街往北走了。

曾大业的两个儿子，当日被寻回来，忙着给父亲治伤，访仇人，切齿大骂。这其间杨露蝉心中另有一种难过，可是在难过中又有点自幸；自幸身入歧途，迷途未远。于是挨过了两天，杨露蝉又飘然地离开了凤阳。

但是，杨露蝉忽然懊悔起来。自己一心要访名师，既看出曾大业盛名之下，其实难副；这一个山东侉子分明对地堂招有精深的功夫，自己为什么只顾惊愕懊丧，倒轻轻放过这位名师，不立即追寻他去呢？一想到这一点，已经后悔难挽，他离开凤阳，脱出曾门，既是不辞而别的，现在也不好返回凤阳了。好在那个山东侉子较劲儿时，曾留下了姓名、地址。杨露蝉道："我莫如一径下山东，找这位石武师去。"

杨露蝉又大意了，石光恒武师是曾大业的对头，他岂肯收录对头的徒弟？知道安着什么心？杨露蝉心无二用，一直扑奔兖州去。到石家岗子访问时，此地确有其人，石光恒说的并非假话，但是石光恒并没有回来。杨露蝉为慎重计，暗向当地人打听石光恒的武功、行业、品性；果然是地躺刀名家，只是在家时少，出外时多。杨露蝉在兖州候了一个多月，石光恒仍未回来。再向知根知底的探听，才晓得石光恒是被凤阳种德堂尤家聘请了去的，恐怕一年半载未必回家。大约此时仍未离开凤阳，还在暗中监视着曾家父子了。

奔波千里，扑空失望，杨露蝉十分扫兴。此地离家转近，不由颓然转念，又打算从此丢开手，将借武术成名的念头歇了，老

实回家务农也罢。

杨露蝉此念一起，决上归程。由山东往冀南走，路程已近。但他意懒心灰，走起路来，不按程站，只信步慢慢地走。

行到东昌府地界，天降骤雨。时在午后，天光尚早，前面有一座村庄。杨露蝉健步投奔过去，打听此地名叫祁家场，并无店房，只有一家小饭铺，可以借宿。杨露蝉急急寻过去。饭铺前支着吊搭，靠门放着长桌条凳。铺面房的门口，正站着一个年轻的堂倌，腰系蓝围裙，肩搭白抹布，倚门望雨，竟很清闲无聊。杨露蝉闯进铺内，浑身早已湿透了。

小饭铺内没有什么饭客，柜台上仅坐着一个有胡须的人，似是掌柜，正和一个中年瘦子闲谈。露蝉脱下湿衣来，晾着。要酒要饭一面吃，一面问他们，这里可以投宿不？回答说是："可以的，客人这是从哪里来？"露蝉回答了，阻雨心烦，候着饭来，也站在门前看雨。

那胡子掌柜和中年瘦子仍谈着闲话。山东果然多盗，正说的是邻村闹土匪的事。胡子掌柜说："邻村大户刘十顷家，被匪架去人了。头儿天听说来了说票的了，张口要六千串准赎。事情不好办，爷们被绑，还可以赎；这绑去的是刘十顷第二房儿媳妇，才二十一岁。刘十顷是有头有脸的人物，儿媳妇教贼架去半个多月，赎回来也不要了。"瘦子说："他娘家可答应么？"掌柜说："不答应，要打官司哩。打官司也不行，官面上早有告示：绑了票，只准报官剿拿，不许私自取赎；说是越赎，绑票的案子越多了。"

那瘦子喟然叹息道："可不是，我们那里，一个没出阁的大闺女，刚十七岁，教土匪绑去了。家里人嫌丢脸，不敢声张。女婿家来了信，要退婚。活气煞人！就像这个闺女自己做不正经事似的。娘、婆二家都是一个心思，家里不是没钱，谁也不张罗着赎。谁想过了半年，土匪给送回来了。这一来，他娘家里嫌丢人，女婿家到底把婚书退回来了。"掌柜道："听说这个闺女不是自己吊死了？"瘦子道："可不是，挺好的一个闺女，长得别提多

俊咧，性情也安静，竟这么臊死了！"

杨露蝉在旁听着，不觉地恚怒。只听那瘦子说："刘十顷的二儿媳妇是出嫁的了，又是在婆家被绑的，总还好些吧？"掌柜道："也许好点。"瘦子又道："刘十顷家不是还养着好些个护院的么？进来多么土匪，竟教他们架了人去？"掌柜说："护院的倒不少，七个呢！一个中用的也没有。土匪来了十几个，比刘家男口还少。可是竟不行，七个护院的干嚷，没人敢下手，平常日子，好肉好饭喂着，出了事，全成废物了。这也怪刘十顷，那一年他要是不把赛金刚宗胜荪辞了，也许不致有这档子事。"

杨露蝉听着留了意，忙问道："宗胜荪是干什么的？"那掌柜和瘦子说道："客人你是外乡人，当然不晓得。提起这位宗爷，可是了不得的人物。他是给刘十顷护院的教师爷，一身的软硬功夫。那一年闹黄灾，这位宗爷就仗着一手一足之力，你猜怎么着？两天一夜的工夫，他竟搭救了四五百人，男的、女的、老的、少的都有。这位宗爷不但是个名武师，还是个大侠客哩。要是刘十顷家还有他在，一二十口子土匪，也是敢进门哪？早教他赶跑了。"

杨露蝉道："哦！这个人多大年纪？哪里人？"

掌柜道："这个人年纪不大，才三十几岁。听说是直隶省宣化府人。莫怪人家有那种能耐，你就瞧他那身子骨吧，虎背熊腰的，头个儿又高又壮。"瘦子道："要不然，人家怎么救好几百人呢？这位宗爷难为他怎么练来，什么功夫都会，吃气、铁布衫、铁沙掌、铁扫帚、单掌开碑、样样都摸得上来。那一年，我亲眼看见他在场院练武；一块大石头，只教他一掌，便劈开了。他又会蛤蟆气，又精通水性。说起来神了，这个人简直是武门中一个怪杰。在刘十顷家，给他护院，真不亚于长城一样。谁想待承不好，人家一跺脚走了。"

这些话钻入杨露蝉耳朵里，登时心痒痒的，急忙追问道："这位宗师傅竟有这么好的功夫么？他现在哪里？他可收徒弟么？"

掌柜道："这可说不上来，人家乃是个侠客，讲究走南闯北，仗义游侠，到处为家。他倒是收徒弟，听说他这次出山，就是奉师命，走遍中原，寻访有缘人，传授玄天观武功的。"

杨露蝉又惊又喜，想不到在此时，在此处，途穷望断，居然无意中访出这么一位能人来。只是住脚不晓得，要投拜他，却也枉然。正要设法探询，那瘦子却接过话来，脸冲掌柜，闲闲地说道："你不晓得宗师傅的住处么？我可晓得。前些日子，听说这位宗师傅叫观城县沈大户家聘请去教徒弟了。"

露蝉忙问："这位沈大户又住在哪里？"

瘦子扭头看了看露蝉，道："怎么，你这位客人想看看这位奇人么？"露蝉忙道："不是，我不过闲打听。"瘦子道："那就是了。"回头来仍对掌柜的说道："咱位邻村螺蛳屯牛老二，就是这位宗师傅的记名弟子，他一定知道宗师傅的住脚的，大概不在观城县里，就在观城县西庄。若说起这位宗师傅，真是天下少有，不愧叫作九牛二虎赛金刚。就说人家那分慷慨，那分本领，实在是个侠客。他的师傅乃是南岳衡山的一位剑侠，名叫云云山人。"

他又对露蝉道："咱别说他师傅有多大能耐，就说他那三位师兄吧，你猜都是什么人？"杨露蝉自然不晓得，瘦子瞪着眼说道："告诉你，他那三位师兄全都不是人！"

露蝉骇然要问，那胡子掌柜接声道："他那三位师兄，一个是人熊，一个老猿，一个是苍鹰，有一人来高……"说着用手一比，又道："这位宗爷乃是小师弟，他的功夫都是老猿教给他的。你说够多么稀奇！"

饭馆两人见露蝉爱听，便一递一声，讲出一段骇人听闻的故事来，把个杨露蝉听得热辣辣的。在饭馆借宿一宵，次日开晴，忙去访螺蛳屯牛二，向他打听宗胜苏。却极易打听，牛二一点也不拿捏人，把宗师傅的现时住处，告诉了露蝉。这位奇人现在并未出省，他确已受聘，到观城沈大户家教授两个女徒去了。牛二盛称宗武师的武功，自称是宗武师的记名弟子；跟着又把宗武师的身世艺业，仔仔细细告诉了杨露蝉。

第二十章

认贼作傅　诈侠图奸

　　这宗胜荪宗武师的身世颇为离奇，但有的地方颇和杨露蝉相似。宗胜荪年少时，据说也是一心好武，志访名师。他从十三岁上，就只身出门访艺，游遍江湖，历尽艰辛。一日行经南岳衡山，得逢奇遇。衡山之阳有一山坳，生产许多茶树；正值新茶应采之时，邻近村姑少妇结伴成群，到山坳采茶。村姑少妇一面采茶，一面口唱山歌，一唱百和，娇喉悦耳；宗胜荪不觉停步看得出神。

　　不料突然间山洪暴发，巨流漫地，顿时深逾寻丈。二三百个采茶妇女哭喊奔逃，哪里来得及？宗胜荪见义勇为，奋不顾身，竟泅水前往搭救她们。仗他天生神力，把采茶女子用双臂一夹两个，背后又驮一个，登高破浪。一次救三个，只一顿饭时，便救出七十多个。山洪越来越猛，搭救越来越难，宗胜荪一点也不畏惧，费了多半天的工夫，居然把二三百个妇女全都背出险地。据说只淹死了两个：一个是老媪，早被浪头打没了；一个是十七八岁的姑娘，至死不肯教男子背负。

　　这三百来个采茶女子，都给宗胜荪磕头，称他为救命活菩萨。宗胜荪反倒红了脸，一溜跑了，信步走下去。当天晚上，宗胜荪竟迷了途，陷在乱山中。又值月暗无星，大雾弥漫，只听得狼嗥狐啸，风吹树吼，恍如置身鬼窟。宗胜荪却一点也不怕，昂头前行。又走了一程，忽然一步陷空，又像被什么东西推了一下，骨碌碌地直滚下去，竟坠到山涧下去了。宗胜荪自思必死，哪知就似腾云驾雾一般，直坠了一杯茶时，才落到底。睁眼一

看，别有天地，只见一个长髯道人和一只巨猿站在对面，头顶上却飞着一物，炯炯闪着两点星光。宗胜荪十分骇异，上前问路。那道人微微一笑说道："小居士，救人足乐乎？"宗胜荪这才晓得自己因险得福，慌忙跪倒，口称仙师。那道人手捋长髯道："小居士，你本该今日此时命丧衡山；只为你小小年纪，做了绝大善事，至诚动天，延寿一纪，并且教你得偿夙愿，获遇贫道。贫道要传给你玄门妙术和武林绝技，为我门户中放一异彩，但不知你的福缘如何，武术、道法任听你选学一种。"

宗胜荪福至心灵，登时投拜这道人为师。被道人引到一座山洞中，才往里一走，突然从里面闯出一只绝大人熊，把宗胜荪吓了一跳。道人说："胜荪休要害怕，这是你二师兄，给我看守洞府的，他名叫熊灵。"

宗胜荪这个师傅，便是所谓云云山人，云云山人当下指着那巨猿说："这是你大师姐，名叫袁秀，你快来拜见。你莫小瞧她，她虽横骨插喉，披毛戴爪，她却久通人性，深谙武功。你往后须要受她指教。"又一指那个人熊道："你袁大师姐精擅玄门剑术，你这熊二师兄却会铁沙罩。"又一点手，飞进来一只苍鹰，道："这是你三师兄，名唤英凌。他专会轻功飞纵术，又善突击，有空手入白刃的功夫。"

据说宗胜荪就在衡山，与那云云道人苦修一十二年，学会了一身惊人奇技。他少时本来黄瘦，云云道人又提了一支黄精，教宗胜荪服用了；一夜之间躯干暴长，不啻易骨换形，所以才有现在这么魁梧的身躯。他艺成之后，奉师命云游四海，寻访有缘人，广结善缘，普传绝技；同时还要游侠仗义，除暴安良……

杨露蝉无意中访得这位异人，这异人又是以发扬本门武艺为志的，真是说不出来的欣喜。既访明这位高人现在观城，杨露蝉就立刻动身来到观城，逢人打听。这沈大户名叫沈寿龄，是观城首富。他的老妻八年前已经去世，留下两个女儿，没有娘照管。这两个姑娘一个十八岁，一个十五岁，极得父亲的宠爱，天性好武，整日价不拈针走线，反而倒弄剑舞刀。沈寿龄自己就好武，这也就无怪其然了。

赛金刚的大名既哄传一时，沈寿龄与他一度会晤，见宗胜荪

双眸炯炯，三十几岁的人，世故人情非常透彻。谈到武学，又头头是道；把个沈寿龄佩服得五体投地，几乎拿他当神仙看待。遂以每年三百两的重聘，将宗师傅请来；在内宅后花园，辟了把式场，传授两位姑娘拳术，兼管看宅护院。

宗胜荪却志在发扬武学，沈宅本供食宿，他仍在本地关帝庙，租了两间房，挂了一个以武会友的牌，上写："武当派拳师宗胜荪传授蛤蟆功、长拳、铁扫帚功、铁布衫、铁沙掌，以武会友，不收分文。"上午在沈家教两个女徒，夜间给沈宅护院，每日下晚没事出来，便到关帝庙溜溜。

不久宗胜荪在本街收了些男徒弟，这些男徒都十分钦服他。他不但体格壮伟，又兼吐属文雅，健谈好交，外场本就动人。又过了些日子，他和城厢广合店的老板说投了缘，遂又在广合店，租了一间房，借着店院，另辟了一个把式场。每逢一、三、五、七，他在关帝庙传艺，二、四、六、八，就在店中授徒。旋又挂了一块牌，给人治病："五痨七伤，接骨补血。"不须药物，专用推拿和气功，而且照例不要钱。这一来观城县越发轰动了。

于是志访绝学的杨露蝉，慕名投了他来。

今日的杨露蝉非比刚出门的杨露蝉了，他晓得武门中蒙人的把戏很多。自经大竿子徐、地躺曾两次上当，他就格外小心，未从投师，先要访贤。既来到观城，住店投宿，暗地里重新打听这位宗师傅的本领和为人；访准了，看透了，他才肯献贽。他以为骗两个钱不算什么，只是耽误了他求艺的光阴，却是无法挽救的损失，如今白白地已经耗去很多的时光，不得不特加慎重了。

杨露蝉住在观城广合店内，暗暗访察宗胜荪的为人。六七天的工夫，已访实了这位宗师傅的确不含糊。露蝉他正要登门投刺，不想没等他去，这个宗胜荪竟先找了他来。

这天杨露蝉吃过饭，正在店房中坐着，吃茶琢磨，忽然宗胜荪推门而入，开口只一句道："这位杨大哥，你在这店里住了好几天，你到底有何贵干？你真是访艺的么？"

杨露蝉骇然，答对不上话来，心中却想："我的心思，这位宗师傅怎么会看出来？"露蝉却忘了，他连日向店家，向街面上的人，不时打听宗胜荪的为人，自然有人告诉了宗胜荪。

可是宗胜荪这么抢先来一问，越发耸动了杨露蝉。杨露蝉于惊喜中，径直开陈己意；立刻从行囊中取出五十两银，一封红柬，作为贽敬，拜求宗师傅收录为徒。所有自己好武的志向和寻师的苦恼，面对名师，自然一字不漏，又全吐露出来。

宗师傅看了看这五十两银子，呵呵一笑，道："且慢！"竟拒而不收。这就与大竿徐不同。

宗胜荪先把杨露蝉的来踪去影，忽东忽西，究诘了一阵。问完了仰脸想，想完了对脸再问。然后，又盘问他的师承，先后共经过几位师傅，这几位师傅都是何人何派。把杨露蝉的身世、家业、访师的志向，一切都问了个极详极细，宗胜荪又复沉吟起来。半晌方说："杨兄，你倒有志气。我一见面，就知道你的来意，不过我须看看你，我们是否有缘。"

露蝉自然极力哀恳。宗胜荪暂且不置可否，教露蝉仍住在店里，听他的信。过了两天，宗胜荪重到店中，又问了一些话；到了这时，才把杨露蝉带到关帝庙，就是："暂收为记名徒弟"。露蝉献上贽敬，磕头认师。宗胜荪只受他磕头，不收他的钱，说是束脩要等半个月以后再议。但却引领露蝉，与同门师兄相见。在关帝庙有七八个少年，全是宗师傅的门徒，露蝉一一称之为师兄。露蝉是上过两回当的了，虽已拜师，暗中仍很小心地考查师傅。师傅却也暗中考查露蝉，后见露蝉一心习武，并无别意，宗胜荪这才正式收下他。而杨露蝉也从同门口中，打听到宗师傅的确是品学兼优的良师，自己心上非常庆幸。

半月后，宗胜荪正襟危坐，把露蝉唤到面前，对露蝉说起自己的志业。他说，他获得云云山人的真传，仗一身本领，到处游侠，多遇武林名手；走南闯北，闯出一点浮名来。可是他为什么单跑到观城县这个小地方来呢？宗师傅说："此地隐遁着一位江湖大侠，叫作青峰丐侠，可惜世人多不认识他的真面。"他是为访这个能人，才肯在观城县流连的。若不然，他早走了；岂肯为沈大户耽误自己的游侠事业？又说："我宗胜荪浪迹江湖，历时十载，总没访着一个好徒弟能传我的绝技的。我不久就要归入道门，我打算就这访侠之便，在此地寻求几个有缘人，把我平生艺业传留下来，不致我身入道门之后，没人接续我这派的武学。"

又说，他还有两年限，就该还山了。他现在收的这几个徒弟，是各传一技，至今还没有寻妥一个足继薪传的全材。

宗胜荪这些话，说得他门下几个少年个个目眩神摇，人人把这师傅钦若天人。他又不是口头上虚作标榜，有时试演几招，果然足以震骇世人。更难为他三十几岁的年纪，竟会这许多武艺。据行家讲究，每门武艺说起来都得十年八年的功夫，才能学精；宗师傅却样样都行，这好像太离奇一点。但是宗师傅笑着说："会者不难，难者不会。万朵桃花一树生，武功这门一路通，路路皆通。"何况他又不是凡夫俗子。

宗胜荪对徒弟传艺，第一不收束脩，第二量材教授。须看学者的天资，够练什么，他才教什么，不准强羼；不准躐等；不准朝秦暮楚，见异思迁。说出许多戒条，有八不教，七不学，十二不成；讲究起来，却是头头是道。杨露蝉私心窃喜，这位老师的话比刘立功镖头还强！

宗师傅夜晚宿在沈宅，凌晨教女徒，直到午饭后，便长袍大褂地到关帝庙或者广合店来，教这几个散馆的门徒。他把杨露蝉仔细考察了一个月，方才宣布说："杨露蝉的天资，应该学岳家散手。"杨露蝉求学太极拳，宗师傅微然一笑，说："你不行。"

宗胜荪整日的生活是这样：教女徒兼护院，教散馆兼行医；但是每一月中，他总要请三五天的假，说是出门访友，大概他还是要找那个青峰丐侠。青峰丐侠什么模样？据说也有人见过，不过是个讨饭的花子罢了；但是非寻常的花子。有人在荒村野庙中见过他，睡在供桌上，一点也不怕渎神。忽然外面有放火枪打鸟的，"砰"的一响，这乞丐突然一跃，从供桌直蹿出来；跑出庙门外，足有两三丈远，可见是个江湖异人。

杨露蝉因为家不在此，曾要求师傅准他住馆，但是师傅不许。关帝庙本来还有房间，宗师傅只赁了两间，似乎露蝉也可以就近另赁一间，但是师傅又不许，只说："露蝉，你还是住店吧。"

杨露蝉觉得奇异，似乎宗师傅不愿他住馆似的，但宗师傅的解释是："我对徒弟一律看待；你住在这里，你一个新进，他们要猜疑我偏私的。"露蝉一想，这也对。

杨露蝉就这样，天天跟宗胜荪习艺，夜里住在广合店，下午到关帝庙来。果然得遇名师，进境很快，比竿子徐、地躺曾，截然不同了，他的岳家散手居然很有门。

　　但是一年过去，地面上忽然发生谣言，这谣言有关于宗胜荪和那沈大户家两个女徒弟。起初街面上流布风言风语，渐渐在同门中也有人窃窃猜议，并且宗胜荪也似有所闻。忽一日，宗师傅竟把一个说闲话的粗汉，打了个半死，谣言立刻在明面上被压住。

　　又过了几天，宗胜荪突然搬出沈宅来。外面谣传：沈寿龄的大小姐不知为什么，上了一回吊；二小姐也差点吞金；沈寿龄也险些得了瘫痪。闲话越发散播出来，宗胜荪却声势咄咄地说："一日为师，终身为父。就是解去聘约，要削除师生的名分，那是不行的。"因为他这派玄天观的武学向忌半途而废，女徒弟好磨打眼地不学了，那不成，不能尽由着家长，也得听听做师傅的。一时情形弄得很僵。

　　外面传说，宗胜荪曾向沈宅大兴问罪之师。又有的说，沈宅给了宗胜荪一千多两银子。却又有人说，到底沈寿龄忍受不住，用了官面的力量，才把宗胜荪辞去，聘约作废，勒令搬出行李来。沈寿龄是本县首富，据说他定要宗胜荪离开本县；而宗胜荪说："你管不着！"依然在关帝庙住下，依然设帐授徒，依然挂牌行医，却是再没有女徒了，而男徒也倏然减少。但宗胜荪意气自若，抱定宗旨，要发扬他那玄天观独有的武学，不屈不挠："闲话么，随他去！"

　　别的男徒弟都是观城县本乡本土的人，彼此互通声息，耳目甚灵。杨露蝉却是外乡人；但同学中也有一两人跟他交好的，彼此时常闲谈，也议论到师门最近这桩事，悄悄地告诉露蝉许多出乎情理以外的话，使他听了不禁咋舌。但杨露蝉志求绝学，宗师傅确有精妙的武术传给他，他虽然犹豫，依然恋栈。他说："真的么？不能吧？"

　　如此，就在这风言风语中，又挨过了十天，二十天，宗胜荪照常在关帝庙设场子，在广合店挂牌。但广合店的老板忽挨了宗师傅一个嘴巴，竟致绝交，把店门口的牌子摘下，场子也收了，

宗师傅一怒不再住店。宗师傅仍住在关帝庙，关帝庙的道人怕宗师傅瞪眼，宗师傅在关帝庙，照常办事，并且每月照常要离开三五天，自然是出游访侠了。忽有一次，宗师傅出游访侠，一去六天没回来。回来时，满面风尘之色，意气消沉，说是病了，再放三天学。杨露蝉觉得古怪。

忽一夜，观城县的街道，静悄得死气沉沉，只有城守营的巡丁不时在各街巷巡哨，这也不过是例行公事。只是一到二更过去，东关街一带，沈寿龄住宅附近，在昏夜之间，忽然来了两小队营兵，每队是十六名，把街口暗暗守住。这与平日查街似无不同，可就是不带号灯。守兵全用的是钩镰枪、钩竿子等长家伙。跟着从街隅溜溜达达、蹑足无声地又走来十几个人影。

同时关帝庙前也潜伏着人影。人影闪闪烁烁，低言悄语。挨到三更，沈宅前的营兵渐有一半移动，关帝庙前的人影越聚越多，有的搬梯子上了房。那关帝庙的火居道人，早被人唤出来问话。有一位官长，骑着马藏在庙前空场后。关帝庙的山门，悄悄地被人开了，鬼似的一个个人影从四面闪进庙去。

只听昏夜中发出一个幽咽的声调，发问道："差事在屋里没有？""还在呢。""闯！"

忽然孔明灯一闪。两个短装人堵墙，两个短装人破门而入，呐喊一声，齐扑奔床头。床头高高隆起，似睡着一人；不想奔过去一看，乃是被褥堆起的人形。当二更天还在屋中睡觉的人，此时不知哪里去了。马上的官长大怒。

却不道，在沈宅后院，此时忽然告警。这些人影慌忙重扑回沈寿龄住宅那边。在沈宅西厢，二位小姐的闺房内，本已藏伏着两个快手，灯昏室暗，潜坐在帐后。沈寿龄本人却躲在后跨院，直候到三更，满想着两位小姐房中先要告警。却出乎意外，沈寿龄躲藏的屋门，门楣倏地一起，蹿进来一个雄伟大汉，轻如飞絮，扑到屋心。这大汉摘去蒙面的黑巾，张目一寻，看见了沈寿龄，举手道："东翁，久违了！"嘻嘻的笑了一声，走过来，到沈寿龄面前一站，说道："东翁，这件事儿教我也没法子。大小姐和我，我们是志同道合，脾气相投。'千里姻缘一线牵'，'英雄气短，儿女情长'，这也是缘法。东翁请想开一点，我不是没有

身份的人，绝不会玷辱了你。你不要小觑我，我还不稀罕你那一千两银子。大小姐今年十八岁，我也不过二十八，这不算不般配。东翁你无论如何也要成全我们。我家里确是没有妻小，你不要轻信那些谣言，他们都是胡说乱道。"

沈寿龄面现恐惧之色，忙道："你不要糟蹋我的女儿，你给我走，你，你，你出去！"

那大汉悄然一笑，又走近一步，道："东翁，请是由你请，走可随我便了。东翁你可要看明白，你家大小姐如果要嫁别人……"

沈寿龄往后倒退，大汉满面含笑往前凑。忽然，背后门吱溜的一响，突然出现一个壮士，青包头，短打扮，公差模样，手持铁尺，是山东名捕铁胳膊褚起旺。褚起旺冷笑着，挑帘进来，回手关门道："相好的，你真来了？走吧，这场官司，你打了吧！"

那蒙面大汉吃了一惊，回头一瞥，急急地又一蒙面，抽身要走。哪里来得及？他的庐山真面已被人看了个清清楚楚，正是武当名家宗胜荪！

宗胜荪张皇四顾，夺门待走，铁胳膊褚起旺这个名捕急横铁尺一拦，抢一步，先把沈寿龄护住。宗胜荪大喜，便抢奔屋门，屋门口忽挺进来一对钩竿。宗胜荪一蹿闪开，就要踢窗！窗户却倏然地自启，探进一个人头来，是铁胳膊褚起旺的师弟，也是一个名捕，名叫快手王定求，喝道："哒！姓宗的，识相点，跟我们走吧！"

宗胜荪困在屋心，穿着一套贴身短装夜行衣，竟没带兵刃，只腿上插着一把手叉子。他已然真形毕露，索性把蒙面黑巾投在脚下，猛然狞笑道："原来是你们俩！二位多咱来的？对不起，我失陪了！"一弯腰，要拔匕首。两个捕快，两把铁尺，断不给他留空；里外夹攻，喝一声，扑过来。

这武当大侠不慌不忙，一闪身躲开攻击，顺手抄起一把椅子，对吓堆在屋隅的沈寿龄道："东翁，咱们改日再见，你等着吧！"陡然抢椅子，照铁胳膊褚起旺砸去。铁胳膊左手一接。右手铁尺抽空敲去。宗胜荪"巧燕穿林"，从平地一纵身，嗖的掠空而起，直往门楣穿越出来。快手王定求急忙大喝一声道："相

156

好的，哪里走？哥们，差事出来了！"外面顿时一阵大哄，各处潜藏的人都闪出来。房上的、地上的、屋前的、屋后的，足有十多个，将后院出入之路登时把住，褚、王二捕立刻追出来。

宗胜荪傲然不惧，穿窗出室，腾身落地，竟在沈宅后院庭心，施展开三十六路擒拿法空手夺刀，和褚、王二捕斗起来。铁胳膊褚起旺把铁尺一抡，赶上去，斜肩打去。宗胜荪一闪，贴刀锋进身，左手拨铁尺，右手反剪铁胳膊褚的腕子。铁胳膊一撒招，快手王定求猛上步，从左边抡铁尺便打；后面同时又攒来两杆钩镰枪，不声不响，齐奔宗胜荪的下三路，钩搭过来。

赛金刚果然有几手，斜跨一步，避开左手的铁尺，后面的枪已经到了；他就一拧身，左手拨枪，一个旋身，反欺到枪手身旁，一个靠山背，撞得枪手仰面栽倒。百忙中得了空，唰的一伏腰，拔出匕首来。铁胳膊老褚把牙一咬，骂道："好东西，胆敢拒捕！伙计们上，格杀勿论啊！"二次抡铁尺，劈面便砸。宗胜荪往旁一让，右手匕首一晃，便来到敌人的手腕。铁胳膊把铁尺一翻。说声："碰！"要砸飞宗胜荪的匕首。不防宗胜荪倏一伏身，嗖的一个扫堂腿；铁胳膊下盘功夫差点，险些被这一腿扫倒。快手王道："好东西，来吧！"从后面一扑，眼看硬把宗胜荪抱着；宗胜荪忽地一矮身猛转，快手王不知哪里挨了一下，霍地往后退了数步，晃一晃，咕咚，到底跌倒了。一骨碌爬起来，乱喊道："哥们放箭，放箭，差事可扎手得厉害！"这时猛听一个人在房上大喊："差事在后院哪，你们快上呀！"又一个人接声喊道："箭哪！箭哪！"

宗胜荪百忙中偷看四围，竟不知来了多少人，房上房下，晃来晃去，全都是人影。宗胜荪觉着不好，乱箭一发，避逃皆难。他就突然一闪，跃上墙头，急忙如飞地逃去。铁胳膊褚、快手王等大呼追赶。那宗胜荪竟不知有何眷恋，不奔黑影逃命，反向关帝庙奔去；关帝庙却已有许多人埋伏着。这宗胜荪一溜烟奔到关帝庙前，忽看出光景不对。迎面孔明灯一亮，一阵呼啸，伏兵四起；庙内外，房上下，俱都藏着人。宗胜荪怒骂一声，跳下房，夺路往黑影无人处逃去。脚程极快，官人竟追赶不上，眨眨眼看不见他的影子。

官人劳师动众，竟把要犯失去。褚、王二捕追缉下去；其余官人乱骂，乱喊，乱抱怨，忙着把关帝庙又搜洗一遍，同时并拘捕与宗胜荪有交往的人。关帝庙居住的道人和宗胜荪的徒弟、朋友都一网打入，被拘去讯话，一共捉了十一个人。据讯说，宗胜荪的徒弟跑了六个。内中两个，一个叫杨露蝉，一个叫杜承贤。这两人全是外县的人，观城县的人都猜疑这两人是宗胜荪的党羽。而宗胜荪口中所说的那个青峰丐侠，那个大隐士，当然也是同党，此时却已先期被捕。这个丐侠，讯起来，才知不是什么青峰大侠，实是宗胜荪的踩盘子小伙计。所以一个月内，总和宗胜荪见面一两次，三四次。——这是一件大案，县衙里一面审讯被捕的嫌犯，一面缉拿在逃的人：头一个宗胜荪，其次便是杨露蝉、杜承贤等，还有别的人。

但是杨露蝉逃到哪里去了呢？他又是怎么闻耗逃去的呢？这却多亏了杜承贤，是杜承贤救了杨露蝉。

宗胜荪傲然自大，形迹不检，自搬出沈宅，早闹得满城风雨，许多门弟子也借故不下场子了；他却依然自若，仍不拿着当事。那个杜承贤也是外乡人，素日和露蝉不错；便找到杨露蝉，两人暗地议论，俱已觉出宗胜荪行止离奇，绝非寻常的武师。宗胜荪忽又对徒弟说要出门访友，将关帝庙寓所的房门倒锁，径自飘然出城。

杜承贤摇着头，又来找杨露蝉说："师傅又走了。外头的声气越闹越不好听，人家本地人大半都不来下场子了，咱们俩怎么样呢？"两人也有心退学，却又想在未走之先，要设法看看师傅的行藏，到底他是什么样人，怎么回事？两人约好，半夜搭伴出来，悄悄溜向关帝庙。不想正往前绕着，忽见一条人影直向关帝庙走去，将近庙门，突从暗处蹿出十几个人来，把那人一围。跟着听见连声的喝问和呼答："什么人？是那家伙么？""不是那家伙，是个别人。""不是他，放了吧。""放不得，把他看起来。"

杨露蝉很纳闷，冒冒失失地还想过去看看；却被杜承贤一把扯住，赶紧退到暗处。旋听得惊咤声，诘问声，辩白声，显见是卧底的官人把一个嫌疑犯捉住了。那个被捉的人晓晓抗辩，忽复噤声，跟着听音辨影，似有几个人，把那人押到另一小巷去了。

杨、杜二人相顾骇然。夜深声静，侧耳细听，隐隐听见卧底的人叽叽喳喳的还在密语，这二人急忙溜回去。

　　这是围捕宗胜荪前一夜的事。——当晚，杜承贤把露蝉引到自己的寓所去，对他说道："你回不得店了，外头声气太紧。老弟，我告诉你，我听我二舅说，沈大户把他告下来了。"

　　次日夜间，两个少年潜存戒心，重去窥伺。仗着本身都有些功夫，提气蹑行，仍到关帝庙附近探看。凡是从关帝庙巷前走过的人，都被人缀上；凡是到关帝庙门前叩门的人，都被人捉去。两人越发大骇，躲得远远的，上了树，隔着街，往下听窥。庙前庙后人影憧憧，语声喁喁。直等到三更过后，突然见一条长大人影疾如星掣地奔来，后面隐隐闻得鼓噪追逐之声。未等得人到庙前，便伏兵骤起。那长大的人影怒骂一声，猛翻身越墙横逸而去。

　　宗胜荪前往沈大户家吓诈被逐，他还想回庙起赃，却被褚、王二捕究追过急，只得翻城墙逃跑了。杨露蝉和杜承贤看不清来人的面貌，却已猜得出追捕的情形。料到官人将穷究党羽，难免涉嫌；两个人目瞪口呆，悄悄溜回去，叹息一回，搭着伴，连夜逃开了观城。

　　杨、杜二人一口气逃出一百多里地，该着分途了。杜承贤要回家务农，不再练武了。因问杨露蝉，作何打算？杨露蝉叹了一口气，一言不发，半晌才说："杜大哥，我谢谢你，多亏你救了我。我今后，咳！"不由得潸然掉下泪来。

　　两个人怅怅叙别，杨露蝉灰心丧气，便往自己家乡走。

第二十一章

志传薪火　北上游侠

杨露蝉生有异禀，打定主意，誓不回头。这时走到广平府近处，却不禁住了脚。怅望故乡，临风洒泪，把前情旧事想了一遍；觉着自己流浪四五年，一技无成，重归故里，我拿什么脸见那劝阻我的人啊？坐在一个大土堆上，望着广平府城，睥睨在目，雉堞依稀；他若返回故乡，还得穿府城而过，再走百十里。沉思良久，左右为难，一顿脚，又想起铁拳卢五师傅，于今五年阔别，我再去登门，求学他那"先天无极拳"如何呢？于是杨露蝉一挺蹶劣，站起来，重奔直、鲁、豫边界黑龙潭。

但是还没到地方，便突然听见个惊人消息：卢五师傅教他一个叛徒连累，已经打了官司，并且负怒呕血，在狱中生了重病！杨露蝉愕然，愣了半晌，忽然掉下眼泪来。店中人各个诧异，都道露蝉必是卢五的徒弟，乍闻师耗，失声落泪，这个人倒有好心。他们哪里晓得，杨露蝉自恨謇涩，投师无缘呢。

杨露蝉重打主意，左思右想，忽然又想到太极陈。太极陈性情冷僻，却是在武林不得人心，在故乡颇负清望；人家才是不会骗人的良师，与竿子徐、地堂曾、宗胜苏的大言欺世，截然不同。

杨露蝉抽身离店，二次南行；拔眉改貌，更衣饰丐，来到陈家沟。他想：陈门严防，料难混入；但能与陈门弟子方子寿之流亲近，也许间接获得薪传。想不到机缘凑巧，他仿效曹参门客的故智，居然能在陈门为佣。现在三年装哑，一旦败迹；偶因喝彩，被师穷诘。杨露蝉于惊悸中慷慨陈词，细述这八年来的坎坷

艰辛；陈门群弟子听了，无不骇然。再看太极陈，依然沉吟不语，只细细打量杨露蝉的貌相。好久好久的工夫，太极陈把大弟子傅剑南叫到客厅外面，低嘱数语。傅剑南点头默喻，把杨露蝉带到别院，慢慢地盘问了一通夜。

两天后，太极陈修书一封，暗遣大弟子傅剑南，到山东曹州府，拜访老镖客刘立功。又派三弟子耿永丰往广平府，寻找一个熟人。仍派五弟子谈永年前往凤阳府，打听地堂曾的为人和事迹。

二十天后，耿永丰先转回来。具说广平府确有个杨家庄，杨家庄的首户杨某人早殁。他的儿子名叫杨露蝉，自幼好武，入豫游学，已经八年未归了。却是常通书信，他家的管事也常常按节给他汇钱，杨露蝉家确是世代安善农民。跟着大弟子傅剑南也从曹州府回来，带转老镖头刘立功的一封回信；证实露蝉确是刘老镖头的徒弟，曾于八年前，遵师劝告，入豫投贽。只有偷拳的事，却是徒弟年轻无知，弄出来的乱子。刘立功对傅剑南，很说了些客气话。承认教徒不严，致犯偷招之罪。本当亲来负荆，无奈年衰多病，腿脚不灵了。刘镖头年已七十，当年的威武消磨殆尽。更展读来书，措辞也非常谦虚："劣徒年轻，冒犯尊严，请陈老师从重责打。如怜其年少无知，志慕绝艺，实无恶念，还望推情宽恕。"又说："此子天才甚佳，如能得学内家拳技，将来造就，未可限量……"太极陈看罢来信，又等了几天，五弟子谈永年由凤阳回来；却是白跑了一趟，那个地堂曾早已在几年前死了，门徒星散。有个姓杨的少年在曾门习过艺的话，当地没人说得上来。

太极陈详加究诘，至此已无可疑，杨露蝉真是个志访绝艺的富家子弟；他并非别派叛徒，也非偷招的贼匪。他竟为了偷学太极拳，不惜屈身为丐为奴，钳舌装哑。他虽然欺骗自己，究竟其情可悯，其志可嘉，而且"这小伙子，他竟这么羡慕我的太极拳，下这大苦心！"好像得了一个晚进知己一样。

于是太极陈又招集门徒，逐个问他们的意见。有的说："怪可怜的，打两下放了吧。"另有的说："我太极门威名远震，竟被这小子欺骗了三年，传出去太难听；这该拿来当贼办，捆送县

衙。"又有人说："那倒便宜他了，他不是装哑巴么？师傅简直就把他点了哑穴，教他假哑巴变成真哑巴！"

众人哗然道："这招真损，可是真对。"但又有人说："那太狠了，不是老师应该做的。"大弟子傅剑南力排众议，慨然说道："武林义气要紧，既然惊动了刘镖头，老师还是留个情面，从宽发落的对。不然，就把他送到他师傅那里去。"议论纷纷，可是全都佩服这小伙子的狠劲："难为他怎么装来，三年是闹玩的么？"说着齐看太极陈。

太极陈默然，忽又重问大弟子："剑南，你说呢？"傅剑南道："这个人下如此苦心，又不是身世暧昧的宵小，师傅成全成全他，把他放了吧。"

太极陈笑了，又问众人："放了他，好么？"群弟子又众议从同，顺着口气说："放了吧，怪可怜的。"

太极陈哈哈一笑道："放了他，我倒没这么打算。我打算把他留下！"

出乎意外的，太极陈宣布了一句话："我要收他，做第九个徒弟。"众徒愕然，就有人问道："真的么，老师？"太极陈道："我几时说过笑话？"立刻选择吉日，令杨露蝉行拜师之礼。

而且格外地郑重其事，破例地邀请了怀庆府六七位武林同道和当地几位绅董至友，如周龙九等，把这新收的弟子向众引见了。耿永丰、谈永年等看了都觉得这实是师门多年来罕见之举。

太极陈亲自拈香行礼，然后令杨露蝉拜祖师、拜业师、拜师兄、最后宣布本门戒规。杨露蝉早已更换了衣冠，容采焕然，只有拔去的眉毛仍然淡淡的似有如无；跪在香案前叩头设誓，终生恪守师门戒条，矢不背叛。太极陈又向众宾述说这个小徒弟三年装哑，艰苦投师的经过。在场的人啧啧称异，不禁齐看杨露蝉，见他瘦小清秀的貌相，都以为奇。

太极陈满面欢容说道："我陈清平幸获本门拳、剑、枪三种技艺，承武林推重，许为绝技。其实这种太极拳并非多么玄奥，不过是学的人须备三长，缺一不可。第一要有好的天资，第二要有好的师傅，第三要有好的机缘；只要有这三长，太极门的精义定可获得。我陈清平忝掌这门拳术，多年来留心物色承继人材，

162

以期昌大门户；我已经收了八个弟子，可是具备三长的并不多。"说到这里一顿，眼望傅剑南等说道："先说这第二件好师傅，我就是一个不会授徒的老师，我自己很知道，我这几个徒弟也很明白。"傅剑南忙道："师傅太谦了。"太极陈含笑摇头，接着说："再说第三件要事，是有好机会。什么叫好机会？说开了，就是学的人要有长工夫来学。即如剑南吧，你实在是我的好徒弟，我满指望你多跟我几年，好钻求一下，给我昌大门户；无奈你为衣食所迫，老早地出了师门。你这就是空有好天资，可惜没有好机缘。穷文富武，可惜你没钱。"

转头来，他又对耿永丰、方子寿等人说："你们呢，倒有长工夫，可就是天资差点。学太极门讲到天资，倒不一定要怎么虎背熊腰，顶要紧的倒在乎有没有悟性，有没有恒心。悟得来，耐得住，学着才有进步。"

周龙九在旁听着，点点头，对身边一位武师说："回也闻一知十，这就是好悟性。人而无恒，不可以做巫医；练拳学文俱是一样。"那武师看了周龙九一眼，说道："可不是，太极门倒不在乎膂力；教一回，练十回，那不就会了么。"周龙九微微一笑。

太极陈接着说："所以我这八个弟子不是不堪造学，也不是我秘惜招数，也不是他们不肯向学；这都是天资所限，境遇所累，无可奈何。将来他们几个人的造诣，究竟怎样，这全看他们个人了。如今我忽得露蝉这一个徒弟。像他这种百折不挠的魄力，在我们武林中也就很少有。他的悟性，我这两天很考问他几回；难为他整日操劳，偷偷摸摸，看他们八个师兄练几手，轻易看不见练整套的；可是他举一反三，日积月累，居然说起来大致不差，他的悟性实在不坏。他的恒心呢？更是难得，你看他三年装哑，谈何容易？所以我对他期望很深。不过他入门最晚，算得我最末一个徒弟，我从此就闭门不再收徒了。将来他们九个人，谁能昌大我太极门的拳术，那全在他们自己努力了。现在当着诸位好友，我专语拜托一下"，遂向众宾一躬到地道："嗣后还求诸

163

位同仁格外关照他们，使我太极门的薄能微技，得以附骥武林，我陈清平承情不尽了。"

太极陈的言外余音，暗示着太极门的衣钵，将来怕要后来居上，终须传给杨露蝉。

傅剑南、耿永丰、方了寿、谈永年、屈金寿、祝瑞符等弟子，听太极陈的口气，分明器重这个偷拳的假哑巴；几个人正窃窃私议。太极陈这时对杨露蝉说道："你乔装哑巴，在我门下混了三年之久，本门拳术多少必有所获。我已经考问过你，现当着诸位前辈，你这无师自通的偷学，不妨练出来，给大家看看，也好教你这几位师兄争口气。"

杨露蝉看了看了师父的脸，此时来宾中正有好些位名武师，同门诸位师兄又都睽睽地看着他，不由脸上讪讪的，趑趄不前。

太极陈道："怎么，你的勇气又哪里去了？你就练错了，谁还笑你？会到哪里，练到哪里。"杨露蝉赧然走到场心，先向来宾一揖道："老前辈指教！"又向太极陈行礼，向师兄们一拜，说道："弟子献丑，师傅、师兄指正！"

杨露蝉一立太极拳的门户，虽是偷学，已得诀要；只见他站好这"无极含一炁"的架子，沉肩下气，气静神凝，舌尖抵上颚。脚下不"丁"不"八"，目开一线之光，潜蓄无穷之力。遂把太极图一变，施展开拳招。初起时如春云乍展，慢里快，动里静；六合四梢，守一抱元；精神外露，不过不及；顿时一招一式试演出来。

大弟子傅剑南心中暗想：到底此人的天资怎样？站在师傅旁边，留神细看。露蝉走到第七手"搂膝拗步"，第八手"七星手"，第九手"手挥琵琶"，傅剑南惊诧道："师傅，你看我这杨师弟，这手'七星'内力多么足！'手挥琵琶'的臂力也运用得当。"

太极陈道："这还罢了。其实你看他'如封似闭'、'抱虎归山'这两式，可就运转不灵；失之于偏，失之于滞了。'海底针'

164

这招，双臂也稍高，气就沉不去了。"傅剑南道："师傅，'搂膝指堂锤'这招在太极拳中最难练，像杨师弟没受师傅亲传，能够练这样，也就很难得了。"转瞬间杨露蝉练到二十八式"玉女投梭"，三十式"金鸡独立"，三十一式"劈面掌"，座上的武林同道都同声赞叹道："这还是偷招，居然练到这样；天才究竟是天才，绝技究竟是绝技！"

由这天起，杨露蝉正正经经列入陈门；得到名师口传指授，自较暗地偷拳进步更速。七年后，杨露蝉可以说升堂入室，尽获薪传了。

一天，太极陈对杨露蝉说："你累年苦学，已尽得我太极门的秘要。以后你自己勤修精练，无师已足自励。你离家日久，你可以回去看看了。你这几位师兄各有所长，可是比起你来，你总是我最中意的徒弟。我门中掌门户的大弟子，自然是你傅剑南师兄。但是将来昌大门户，我却指望着你。你要明白，我因为收你，很引得别个徒弟误会。露蝉，你要给师傅争气，你好好地自爱呀！……"

师徒二人慷慨话别，行了出师礼。露蝉长揖肃立，挥泪请训。他晓得师傅年已老迈，从此要闭门谢客，颐养天年了，所有的同学都一一遣散了。

太极陈面上露出凄然之容，徐徐说道："你我相处已久，你的为人我很放心。你的技艺虽已大成，你来日踏上江湖，务必还照现时一样，要虚心克己，勿骄勿狂。多访名师，印证所学；尊重别派，免起纷争，这是最要紧的。我一生收徒无多，我盼望你不要仿效我这样孤僻；你还是多多观摩别派的技艺，多多培植后进的人材才好。"因又想起黑龙潭的铁拳卢五，对露蝉说："我听说此人现仍健在，你归途之便，可以访访他去。他的'先天无极拳'和我们的太极拳，异派同源。你见了他，可以向他讨教讨教，借此验证验证你自己的艺业。也考考人家这派的心得手法。考校的情形，等你到家时，你再写信告诉我。不过你礼貌上要恭

敬一点，人家总是个前辈，你不可嚣然自大。你如果能到北方创业，把咱们太极门的拳技树立起来，使它在武林中，能与别派并驾争先，那么样更好。那你就算报答我了。你千万不要挟技自秘。"又谆嘱了一句道："你不要学我！"

杨露蝉恭聆师训，叩头起来，又向陈府上下辞别。这时三师兄耿永丰已因母老还乡；五师兄、七师兄也都先后艺成出师；只有四师兄方子寿家居邻近时在师侧。在同门诸友中，倒是方子寿和露蝉交情最厚。他自被命案牵连，折节改行，倒成了温温君子。杨露蝉见了方子寿，弟兄两人握手告别，又叮咛了后会。露蝉暗说："师傅年已高大，嗣后师傅如果有个体气违和，四哥，你千万给我一个回信；我好来看望师傅，服侍他老人家。"说罢，这才榛被①登程。

---

① 榛被，意为整理行装。

166

第二十二章

结网比武　艺斗群雄

　　杨露蝉到今日才艺成出师，屈指离家已经十四年了。在这悠久年光中，他只回了两次家。这一日重返故土，谨依师言，便遵访卢五。无极拳卢五师傅早已出狱，这时也已五十多岁，快六十岁的人了，白发苍然，非复当年气概。杨露蝉身获绝艺，除了承师傅"喂招"，跟师兄"试招"外，还不曾正经与人交过手。这一次以武林晚辈之礼请见卢五师傅，也费了一回事，才得相见。叙谈之下，面请试拳。卢五师傅端详杨露蝉的形容，说道："杨师傅，你和我过招么？"推辞了一番，随又一笑道："我老了，不中用了。"把他的掌门弟子唤来道："冯起泰，你陪杨师傅走几招。"

　　冯起泰把眼一张，笑道："杨师傅，我们这场子值不得踢，一踢就收。我们敝家师年高，早不练了，小弟可以陪你走走。"两个人下了场子。杨露蝉身历艰苦、处处矜慎；虽然是登门访艺，却辞色谦退，也无心取胜，只想看一看无极拳的招数。冯起泰却动了疑，一开招，便旅展以柔克刚的手法，要诱露蝉上当。杨露蝉一面展开心得的太极拳手法，一面体察无极拳和本派的异同。起了七八招，冯起泰竟已处在受牵制的地位了，不但不能以柔胜，反倒手忙脚乱，变成招架之势了。卢五师傅吃了一惊，忙吆喝道："杨师傅住手！我道是谁，原来是太极陈的高足来了。足下不是大名叫杨露蝉么？"

　　杨露蝉应声收招。卢五师傅过来，拍着露蝉的肩头道："请

到里边坐吧。咱们是自己人，这可谁也不能较量谁了。"

任凭杨露蝉如何请教，卢五师傅不肯与他动手。杨露蝉属遵师训，自不能出冷语相强，便一笑而罢，长揖告别。那个开店的教师穆鸿方，露蝉乍出陈家沟，也曾找了去，穆鸿方却已死过两年了。

杨露蝉回家扫墓，遍拜亲友。在家小住经年，料理家务；然后依着师傅的指示，为要观摩别派拳技，复又漫游各地，历访各派。这一年，忽然接到同门八师兄祝瑞符的来信，邀他入京观光。京中朝贵现时正流行一种风气，多养着武教师，摔跤比拳，争雄斗力，好像是表彰刚德，实在和半闲堂养蟋蟀无异。但是拳家争名好胜，也免不了堕入彀中；现在京城独让外家拳执着北方武林的牛耳，旁门别派竟无法立足。肃王府武教师曹化龙拳技出群，正是少林派的名手。杨露蝉经同门荐引，辗转得入肃王府献艺。荐者把露蝉独得内家之秘的话，形容了一番，肃王听了，不由诧异。见了杨露蝉，诧异更甚。

杨露蝉瘦小的体格，清奇的貌相，绝不像个大力士。王府中听说有力者荐来太极门的能手，人人要来请教。而杨露蝉扬言要遍访武林各派的名手，这越发地哄传开了。许多武师说："这个人未免有点不知自量！"却不知杨露蝉正是有为而来，奉师之命，要在燕都树立太极门一家的拳学。

肃王召见露蝉，问了几句话，杨露蝉说："并非来投托谋生，也不是挟技求名。不过末学后进，学得内家拳技，到处访求武林先辈，一示本门的拳名，二请各家的指正。总而言之，是访学。因听人说，天下武林名家，都集会在王府。所以才冒昧投谒，恳请赐教。"话是很谦卑，骨子里的劲，竟十足的硬。

武教师曹化龙等一听口气，这个瘦小的人竟是特来较量武功的，好大的胆子！几个武教师略作商量，就请肃王答应下来；并问露蝉，哪一天较技，怎么较量法？露蝉说："弟子出师日浅，本不敢在名家面前献丑；可是铅刀末技，实在盼望名家不吝指正。不过，武林较技，难免失手伤人。弟子窃想，既不愿为人所

伤，也不愿伤人。还请王爷恩典。"

肃王点了点头。但肃王深悉世情，洞知江湖武士的习惯；口头尽管如何谦抑，动起手来，谁也不甘示弱。当武教师的为了饭碗和名声，哪有不暗中拼命的？这个杨露蝉却说出这样的话来，不知他安的是什么意思？因即问道："这意思倒很好。只是你们动手比试，要想分出强弱，就不得不用力；既然用力，就难免失手伤人。你说的比武不伤人，那又想什么法子，才能办到呢？"

杨露蝉不愿树敌结怨，更不愿恃技伤人；他说了这话，早已想出一个法子来："请在把式场中，四面张上绒绳织就的细网；把网绷起来，当中留出两丈见方的空地。我们比较拳技，就在网当中的空场内动手。我们各凭所学，要把对手掷在网上。那才算胜。如不坠网，仅在场中失招，也不算败，还可再打。诸位师傅愿意这么练么？"

肃王道："好！"王府执事人等立刻预备起来。素王诸武师摇头咧嘴，不以为然："这是什么招？比拳又怕伤，不打好不好？"可是口头这么说，也答应了。

结网比武，事属创闻，又传说是乡下新来的一个不知名的拳家出的主意；这个拳家还历会武林各派名师。这件事立刻传遍九城，各王公亲贵多养着武师，也都要来看看。到比试时，肃王正要夸示各王公，在广厅中设筵款待众宾。各府武师踊跃参加，仿佛夺武魁一样。

王府的管事暗助着本府武师，对肃王说："这个姓杨的不知怎样的来历，也许没有实学，来这里蒙事。"肃王笑了笑，本来各亲贵养着武师，也和收古董、养清客一样，正是要借此夸富斗胜、消闲解闷；遂不听管事的话，照样悬下利物，教这些武师下场比武。

那外家的名手曹化龙在京城已经人杰地灵，与别的武师互相结纳，颇通声气。此时与各派拳家相率来到广场，彼此间都有关照。杨露蝉却由荐主陪来，孤零零只他一个人。曹化龙向结好的绳网瞥了一眼，微然一笑道："杨师傅，你这也太小心了。我们

谁跟谁也没有深仇大怨，不过点到为止，谁还真伤害谁不成？就不结网，我们也决不肯摔坏好朋友的。"

杨露蝉微笑颔首。在许多人围观中，各人结束上场。曹化龙短装束带，腾身一跃，从网上跳入圈里，把手一点道："来！杨师傅，你远来是客，就请进招。"杨露蝉也脱去长衣，向上一拱手，又向周围一揖，缓缓地走进圈来。两个人略一逊让，立即发招。

这位少林武师曹化龙身高气雄，杨露蝉却身形瘦短；相形之下，如虎斗狐。杨露蝉将太极拳的开门式"无极含一炁"一立。曹化龙用"平拳"当胸，左拳横搭着右掌虎口，脚下踩短马桩。杨露蝉一看曹武师所立的架子，是少林寺南支嫡传，不敢轻视；仍本静以制动，逸以待劳的拳势，垂双手，凝双眸，静观敌人。

曹化龙把眼一张，立即踏"中宫"，走"洪门"，欺敌直进；往前走三步，往后退半步，这正是少林的宗法。却倏然一纵身，已到露蝉面前，一出手，就是少林派"十八罗汉手""金豹露爪"；一掌打来，招快力猛，掌风极重，果然名不虚传。

杨露蝉容敌发招，把太极起式"无极含一炁"一变，转为"揽雀尾"；左掌一拨敌腕，右掌突然换出来，用"七星手"还招迎敌。两个人在网际空场，一来一往斗起来。曹化龙连走十余招，已觉出敌人不可轻视。于是他一个"金龙探爪"，手指一点露蝉的双目。露蝉往回一撤步，曹化龙左掌走空，唰的一个"蟒翻身"，"大摔碑手"，斜翻左掌，照露蝉的小腹击去，掌风迅捷。杨露蝉忙用"斜挂单鞭"，右掌往下一沉，猛切曹师傅的脉门。曹化龙虚实莫测，用了招"腿力跌荡"，唰的一盘旋；这一手在"十八罗汉手"中，是最为得势的招数。杨露蝉沉机应变，用借势打势，以巧降力之功，容得曹武师把招数撒出来，不能再变化了；便霍然往左一跨步，"跨虎登山"，把曹化龙的"腿力跌荡"的势子破解了。倏又一变招为"十字摆莲"，反来伤曹武师的下盘。曹武师蓦地吃惊，忙用"移身换步"，刚刚闪开了露蝉的右脚；双掌猛往右一推，立即应招还招，用"双阳塌手"，手指发

170

出来，已沾着杨露蝉的背衣。莫道双掌全用上，只容他把这少林掌法"小天星"的单掌掌力登上，杨露蝉一生盛名便从此断送。杨露蝉却识得这招的厉害，往前一个"倒转七星步"，闪开了。攻上去，铁臂轻舒，扑的把曹武师的腕子叼住。太极拳"借力使力"，牵动四两拨千斤，只微微往外一带，左手往曹武师的背上一按；轻飘飘没看出怎么用力，右掌只似往外一展，曹武师那么庞大的身躯竟倏地被露蝉举起。疾如星火，杨露蝉一个旋风舞；曹化龙身失凭借，有力难展，"扑通"的被掷在绳网上。观众哗然大噪。

绳软，网飘，曹武师六尺之躯球似的飞掷落网，又被弹得连腾起两次，方才实落落仰卧在网上；乍沉乍浮，刚一挣扎，却又滚坠。杨露蝉转身对厅，向肃王告罪。就在这一刹那顷，身旁袭来一阵劲风。急回头，只见一个擎菜盘的太监，——右手托着一个大菜盘，盘中热腾腾的摆着四个菜，一碗汤，——如飞跃上绳网。脚踩网绳，如履平地；右手托盘，左手把曹武师轻轻一提，竟从绳网上提起来。人登网上，那网绳并没看出怎样吃重来，依旧是载沉载浮的。那人翻身一纵，已到了露蝉立身之处。

这司膳太监满口京腔，向露蝉说："杨老师，好俊的功夫，好大的胆量，真摔王府的教师！我感求我们王爷，回头我来领教。"说时，把曹武师一撒手。曹武师挺然立住，把个脸臊成紫茄。就见这太监左臂往右手托盘下一托，暗用"龙形穿手掌"，身形似箭，飞上台阶，进厅房献菜。

这是一个猛劲。肃王和各亲贵来宾，当时只震惊于杨露蝉的拳术神奇，见所未见，目睹这司膳太监提曹教师出网，只想是本府的人罢了。但却把杨露蝉吓得一惊；这太监矫如游龙的身法，登悬空之网，托浮置之盘，左手提人，行若无事，这非有登峰造极的轻功，难以到此地步。在这一怔神之际，杨露蝉双眸直注视太监的背影，却把曹武师"订期再会"的愤语，一字也没听入。曹武师连铺盖也没带，飘然出府，远求名师深造，期雪今日之耻。杨露蝉傻子似的眼望着厅房，肃王已请露蝉上去问话。

171

杨露蝉一面走，一面想，这像是"八卦游身掌"。师傅曾经说过，是外家所创，融合点穴、擒掌、短打、轻身术于一炉，乃是当代的绝学。露蝉入王府献艺，本非冒昧的举动，原有成竹在胸；而现在，竟遇见意外的劲敌了。

　　杨露蝉由从人引导。进了厅房；那上菜的太监正站在一旁。肃王道："杨露蝉，我虽没练过多久武功。但是夙好此道，略知门径。你的功夫已得刚柔相济之妙，这很难得。我要留你在这里多盘桓几天；府里还有些人要请教你，你可以跟他们试试。"又一指那个太监道："这个人也会两手，他也想跟你比量比量。"说着笑了，道："难为我府中还有这么一个能人，我竟没有留心。"

　　这个太监不禁失声微喟了一声，这个太监就是那有名的董老公，姓董名海川。他时乖运蹇，空怀着"八卦游身掌"绝技，竟不见容于世俗，埋没于阉侍多年。他恳求王爷，准他下场，和杨露蝉的太极拳一较短长。肃王哂然许诺，便命二人下场比试。王府中的人啧啧称奇："咱们府里上菜的老董原来会打拳呀，快看看去吧！"聚拢来许多人，挤挤挨挨，贴墙根站着看。杨露蝉瘦小身材，也被人指指点点，诧以为奇。

　　杨露蝉穿一身短装，紫花夹衫，紫花裤，头打包头，腰系紧带，脚蹬薄底快靴，完全是武师打扮；身形短小，却二目凝寒；徐徐走近绳网边，往旁一站，仔细打量对手董太监。董太监跟了过来，此时也已结束停当，脱去长衫，露出了盔衬袄，破坎肩，肥功裤，脚下一双挖云便鞋。却生得好高的身量，两人一并肩，竟比露蝉高半头。细腰扎臂，赤红腔，粗眉巨眼；把小辫往脖颈上好歹一绕。撇着京腔，一指绳网，向露蝉发话道："杨师傅，请您进网；您这主意真高，难为您怎么想来！"杨露蝉双拳一抱道："董师傅多见笑！弟子学会了一手太极拳，奉师命来到京城，观光访艺。实不相瞒，弟子绝没有争名夺利的心。不过师命谆谆，教我到天子脚下，向各派老师傅讨教。我看董师傅使的是八卦掌，你这门拳术和敝派一样，现在都不大时兴。董师傅，咱们现在就要过招；请你搂着点，彼此点到为止。现在外家拳盛行一

时。我盼望咱们这两家拳也能亮出来；如果弄得两败俱伤，董师傅，这恐怕彼此都不相宜。"

董海川一听，扑哧笑了。"没动手，就先讲和么？这个小矮个儿，他倒诡！"立刻答道："请吧，您哪！杨师傅的话我明白啦，敢情您是奉命进京开派的。我董海川可不然，我也不想创牌匾，我也不想争名夺利；我不过跟您凑趣，随便走两招罢啦。您也搂着点，我可是没吃教师爷的饭，也没有教师爷的本事。您把我扔在网里头，那也不大好看！"

两人说拧了。杨露蝉哼了一声，心中不悦，立刻抱拳请招道："好，我的话递到了，董师傅你请赐招！"董海川抢行一步，面东一站，立即一煞腰，双肩抱拢，双手如抱婴儿，立拳当胸；指尖、鼻尖、脚尖"三尖相照"。掌不离肘，肘不离胸；一掌应敌，一掌护身；右掌往左臂一贴，展开了"八卦游身掌"的开式。

杨露蝉微微一震，急观敌势：这八卦掌竟与我太极拳如此相似。心中作念，二目凝神；立刻双手一垂，亮出"无极含一朵"的起式。随一煞腰，转成了"揽雀尾"。董海川也似一动，把杨露蝉的拳招打量了一眼；往左一斜身，沿绳网游走起来。杨露蝉立刻走行门，迈过步，也往右游走。两下里盘旋一周，才往当中一合；彼此都不肯抢先发招，于是合而复分，又走了一圈。杨露蝉二目紧迫着敌踪，见董海川翻身反走，拳式不变，却是右掌微往前推，左掌回缩。这一走行门，活步眼，露蝉已见出董海川脚下的步法，全按着先天八卦的图式；转折圆滑，四梢归一，果然是个劲敌。两个人连聚三次，连分三次，仍未发招。按着本门的手法，两派都是静以制动，后发待敌。董海川忽然叫道："杨师傅，您哪远来是客，咱们别溜啦，请您发招吧。难道非教我先动手不成么？"杨露蝉应声一笑道："也好，我就遵命！"往前一纵步，到了董海川的面前。

杨露蝉把太极拳拆散了用，一照面是第二十手"高探马"，右掌猝击董海川的上盘。董海川左掌往外一穿，右掌"游空探

爪"，斜劈杨露蝉的右肩头。杨露蝉"退步跨虎"，忙用左掌往董海川的掌上一挂；身随掌走，避敌反攻。董海川急用"八卦游身掌"的"二路翻身"，往后一退，两下里合而复分。两个人各将身形撤开，捷如飘风；往左略一盘旋，又复回身献招，接触在一处。董海川猱身进步，一个"猛虎伏桩"，探掌来切露蝉的左臂。露蝉用太极掌二十七式"野马分鬃"，一拆董海川的掌势；变式进招，用第十四手"倒撵猴"，反击董海川的下盘。董海川"游身掌"倏一变式，"劈雷坠地"，右掌堪堪击中露蝉的左腿环跳穴。露蝉喝声："好!"展开二十九式"提手下式"，借势拆招，掌挟寒风，照董海川小腹关元穴一展，董海川唰的退开。两个人互相盯了一眼，顿时又凑到一处。

这一番比试，刚才是一刚一柔相对，现在是一稳一疾相搏。两个人棋逢对手，各展绝招，辗转相斗，两不相下；瞬息间，连拆了二三十招。在外家拳盛行的当时，各王公亲贵和各门各派的武师，屏息旁观，只看见太极拳的沉稳，八卦掌的迅疾，不由人人称奇。于是往返相斗，耗过很大的时光，两人仍不分胜负。凡较掌技，如逢高手相对，那就谁也寻不出谁的破绽；打起来倒不见惊险，反如演戏一般，点到为止似的。这一招才发出，被敌人识破，自己就赶紧收势变招。那一招刚要转变，敌人迎头先挡上来，自己这一招便陡然收转。绳网中但见杨露蝉、董海川穿花也似游走，打到极处，只见人影乱晃，不闻一点抬手顿足的声息，外行看了还不觉怎样，内行却看得舌挢目眩。

两个人不分胜败，耗来耗去，在各人精熟的招数下，自然不会有败招。在强敌对抗的局面下，自然不敢诱敌取巧。仿佛僵持住了，两个人全收起捣虚抵隙的战略，变成了耗时鏖战的苦斗。

两个人渐渐地全都出了汗，两个人全都起了惧敌之心，唯恐在众目睽睽下，一招失败，本门的盛名便要扫地。虽然鼻洼鬓角见汗，可是谁也不肯先下。这时，一位行家向一位贝勒说道："贝勒爷，这两个人可要不好! 两虎相斗，必有一伤。我看他们都要累坏了。"这位贝勒也是行家，说了一声："哦!"凑到主人

肃王面前，把这话说了出来。肃王点头称是，便道：

"罢战，罢战！"

"罢战，罢战！"

王府管事奉王命把两人止住。肃王很欢喜，吩咐从人，要把两人叫来问话。

杨露蝉跳出网外，向观众说了声："献丑！"抹了抹汗，和董海川互说钦仰的话："承让，承让！"交相钦服。在起初，董海川因自己一生遭际坎坷，激得满腔牢骚，实在把杨露蝉看不入眼，抱着人前显耀的心思，想要当场战败露蝉，也把他掷在绳网里，教他作法自毙，"请君入网"。但等到连斗数十招，渐由轻敌转成钦敌。这个小矮个儿，瘦猴似的人，居然敌得过我二十年的苦功夫！钦重之心油然而起，敌忾之气潜然消释了。现在两个人拉着手，互叩师承，互道景慕，非常的亲起来。

但是在场的别位武师，很有与曹化龙门户相近，声息相通的；见杨露蝉一个外乡汉子，居然把外家拳打破，从此外家拳在京城的威名扫地无余，就暗暗不服气。十几个武师低低私议，推出两个人来，功夫自然是最好的，上前请求与露蝉比武。

更有一个黑大汉，忍耐不住，径直来到杨露蝉身旁，叫道："杨师傅！"杨露蝉正要上厅，闻声回头一看。这黑大汉说道："杨师傅武功超奇，在下十分钦佩，如果不嫌弃，在下也学得两手笨拳，也想请教请教。"

又一个赤红脸的教师，凑上来也道："杨师傅，在下是我们四爷府的教师。在下学会了两手长拳，如果杨师傅没有累着的话……"

杨露蝉诧然，侧目看了看，又看了看四周。只见那边还有三五个教师模样的人，摩拳擦掌，啾啾唧唧，似乎也要过来。杨露蝉登时微微一笑。今日的杨露蝉不是当年的杨露蝉了，点头笑道："这是二位师傅赏脸。不知二位师傅一起上，还是分着来？"

正说着，董海川忽然抢上一步道："胡师傅，蔡师傅，人家杨师傅可是以武会友。二位如果愿意比量，这么办，我和杨师傅

175

一对一个，奉陪你们二位。我们两个人可都打累了，二位是生力军，二位手下留情。"惺惺惜惺惺，现在董海川竟暗助着杨露蝉；要贾真余勇，把两个敌人揽到自己身上一个。

但杨露蝉眼珠一转，早有打算，口中道："不要紧。"抢上一步。进入大厅，到主人肃王面前请示道："王爷，小民技拙力薄，刚才已经请教过二位了。这二位也想和小民比试。请示王爷定个日期，哪一天比试，小民情愿奉陪，每次暂以两三个人为限。"一句话，把乘疲邀战的两个武师的狡谋，轻轻地给了当头一棒。肃王微微地笑起来，说道："好吧，明天你们再比试。"

当天肃王把杨露蝉留下，赏了一桌酒席，就命令董海川等作陪。又命人询问杨露蝉的身世、师承，此番来京，是求名，是求利，还是别有他谋？杨露蝉一一如实说了，乃是奉师命观光帝京，游学问艺。肃王听了，知道他是求名；因又问："可肯应聘，做王府的教师么？"

杨露蝉很谦虚地说："此时不敢骤承恩宠，等到跟此地各位名家，一一请教过了，再行报命。"

肃王听罢微微一笑，吩咐侍从人等，给各王公府邸送信，明天仍在本府，广召有名拳家斗技。特设小酌，请各王府亲贵莅临观战。

到了第二天，果然九城的拳师，斗拳的、不斗拳的，全都聚拢来了；在王府外号房登名挂号，齐集校场。王公贵人就由肃王延入正厅，说起赛拳这件事，在旗的阔人们全都兴高采烈，以为比斗蟋蟀有趣多了。

谈笑之间，王府司阍呈上名簿来，九城拳师到了五十多位，其中想跟杨露蝉决斗的，已有七名之多。贵客中也有带拳师来的，共有四名，此时也由他们的东家，替他们说出名字，都写在一张红笺上。肃王一笑站起，陪同贵客，往斗拳场走去。

时辰已到，正在午膳前一个时辰。杨露蝉由董海川陪伴来到，先向主人肃王请安。肃王命人把比赛人的名单，给杨露蝉看过，一共十一人。依昨日预先约定的办法，每次只斗三人，十一

176

人分为四次；前三天，每次与三个人比拳，末一天与两个人比拳。

这十一个拳师，都是驰名京城的方家，代表着内外家各种宗派。自然这些人艺业有深有浅，却都有绝技，堪以自立。杨露蝉来京不久，访闻不周，幸而有这新交的朋友董海川，给他做了指南针；暗暗告诉他许多话，可以作量敌制胜的参考，杨露蝉很感谢。

场中仍张开了绳网。依名单，第一位五行拳张相谦，第二位猴拳胡三元，第三位八仙拳齐洛唐。杨露蝉请董海川引领自己，先和张相谦见了面。

这张相谦是靖公府的护院拳师的领班，年方四十二岁，生得胖而矮，黑面圆脸，气势雄浑。两个人客气了几句话，随即入场开招。王公亲贵都站在北面高台上看比赛；东南西三面是平地，用绳子立竹竿围上。圈外是各王公的侍从执事人等和不比斗的拳师们。

杨露蝉和张相谦，互相打了一个对手，绕场一周，立即开招。张相谦施展开他的五行拳。这种拳法，看斜是正，看正是斜，以五行为主；又有鸡腿、龙身、熊膀、虎抱头等招式，专以变化取胜。

张相谦认为杨露蝉体格单弱，必须以巧降力；他现在要用小巧的功夫，来和杨露蝉缠斗。一来一往走了十几招，张相谦陡然觉出杨露蝉身使臂，臂使掌，掌心似有粘力；不只一味诱招败敌，另外还有柔以克刚的潜劲。于是他慎重发招，小心应敌；不求有功，先求无过。他的意思，要以久战，耗败了瘦小的杨露蝉。却不料这一来，上了太极拳的当；几个照面之后，张相谦竟陷到被动地步；自己想持重，杨露蝉的招处处进逼，自己竟受了牵制，渐渐要展不开手脚。张相谦有些心慌，圈外旁观的朋友，也替他着急；有的人喊出声来，教他改守为攻，千万不要久耗受制。

张相谦果然见危改计，把拳风一变，要抢先招；连展拳锋，

改守为攻。一个"大摔碑手"照杨露蝉打去。杨露蝉不慌不忙，往后微退，旋即提手上势，运用"海底针""扇通背""进步搬拦捶"，照张相谦攻去。张相谦不肯后退，挺身硬抗；突然被杨露蝉一个"揽雀尾""进步绷挤""进步栽捶"，眼看着把张相谦扔到绳网里去了。全场叫起了一声暴喊，原来太极拳不只是静以制动的柔劲，也还是进步抢攻的硬功。

张相谦惭然地下场。他的朋友有的人抱怨他不该改招，应该跟杨露蝉坚耗到底。张相谦摇头道："这个小矮子，真有两手，总是我学艺不精，料敌太易。"悄悄地退出场子，卷铺盖回家了。

紧跟着第二场开始。猴拳胡三元不容杨露蝉喘气，急遽上场。这胡三元，由他的同门知友，代替他想了许多制胜的阴招；务要他一战成功，可以称霸九城。这时杨露蝉正要出场，向宅主人报告一声。胡三元立刻抢上来，迎面拦住；叫道："杨师傅，别走，还有我呢；请你不吝赐教！"杨露蝉看了他一眼，说道："你阁下可是胡师傅？请你稍待。"胡三元叫道："讲定的规矩，一天斗三人，等什么？"话未说完，蹿上去，"黑虎掏心"就是一拳；唰的一伏腰，又是一腿。这一掌一腿，非常的迅快。杨露蝉慌忙闪过，两人遂打起来。胡三元是个长身量大汉，却精熟猴拳；把腰一佝偻，眼灼灼，臂屈伸、掬手、挫腿、拳风如骤雨掣电，拼命地往上攻。四面观客正在凝神观看，却不料猝出意外，杨露蝉连连退步。仅只一转身、一挥手之际，这猴拳名家胡三元像架筋斗云似的，腾地凌空飞起；扑通地落在绳网之中了，几乎把绳网砸到地面。

观众愕然，有的竟没看清胡三元怎么失的招。胡三元在网中挣扎不起来，杨露蝉慌忙过去相扶，连说："承让，承让！"胡三元一声不言语，扭头出了王府，连衣服都未拿。

第三位八仙掌齐洛唐上场。走过几招，也被掷入网内。这一天的决赛，杨露蝉大获全胜。肃王很欢喜，决计要聘杨露蝉为王府武教师；同时也把董海川升为武教师。董海川拜谢了，杨露蝉仍说："要等比赛完毕，方肯受命。"

于是到了第二阵、第三阵，杨露蝉历会各家，都是大获全胜。好在每天只斗三个人，是不怕力尽的。在这第二、第三两场，共斗了七个人；其中有一个地躺拳王曼青，虽然落败，未被杨露蝉掷入网内。第三场的末一场，临时来了一位不知名的拳师，也请决斗；观众全不认识他。问他姓名，他只说："等着会过了杨师傅，我再留名。"董海川过去请教他，很客气地跟他叙话，他也是不说。董海川深恐此人来意不善，杨露蝉也许力乏；他便抢先邀住了这人，要替杨露蝉先应付一场。结果，下场之后，这人竟与董海川打了个平手。随后杨露蝉过招，也打了个平手。众人莫不惊奇盘问，这个人哈哈一笑，到底没留名，飘然引去。有人说这个人是个飞贼，有人说不是。九城五十多位拳家，竟没人晓得此人的来历。

到了末一天第四阵，杨露蝉该和最后两个拳师比斗了。此时杨露蝉的威名，已然喧腾众口。这两个拳师临时怯阵，悄悄托人向杨露蝉说明，只试过手，不要真斗。杨露蝉含笑答应了；只算是虚比了两场，未见胜负。跟着，杨露蝉在半年内又战胜了几个威名的武师，从此太极拳的威名，震动武林。

杨露蝉到底受了肃王的聘请，和董海川成了莫逆的朋友。这两个人就在京城，创立"太极""八卦"两宗的拳术；教出来的徒弟，桃李盈门，声闻大江南北。

附

杨露蝉父子

　　杨露蝉又作杨陆禅，是清季咸同年间，直隶省广平府的人，原与武禹让同精长拳。游河南访技，遇见太极门名家陈清平的弟子，较拳被打败。旁观的人说："这个人是陈门中最劣等的弟子呢，阁下尚不能敌，还谈什么会拳？"杨露蝉大愧，百计求入陈门学太极拳，而不得如志。

　　过了几年，陈清平家门以外，忽有哑丐露宿宇下，每天早晨给陈扫门扫街。经过很久的时候，陈老先生晓得了，很可怜他，就把他收下。过了三年，忽一夜，陈清平教弟子太极枪法，听见房上有人赞叹声；弟子要拿枪投掷他，陈先生拦住了，唤下来一看，就是那个哑丐，很诧异地盘诘他。杨露蝉这才述出求学不得入门的苦处，伪装哑丐，志在效劳求教。因为他锲而不舍，三年如一日，陈清平很受感动；使他试拳，演了一套偷学来的太极拳，居然没有入室已得升堂。陈清平慨然收他为弟子，把生平拳技尽力传授给他。

　　后来杨露蝉艺成出师北游燕市，入肃王府，结绒绳网，与人斗拳，一连战败许多著名武师。最后始遇董老公，以八卦掌与杨的太极拳相斗，成为双雄对峙之局。据说杨露蝉每每抛人入网，他那抛人法，是把人擎起来，作一个旋风舞，然后远远抛入绳网，和现在的人抛篮球差不多。但看他的本人，很瘦小单弱，没有百斤力似的，却能把体重二百斤、不肯受掷、极力支拒的壮士，高举远抛入网。不知他的神力从哪里施展出来？

杨露蝉有二子，杨建侯居长，杨班侯是次子，世称杨二先生。露蝉有一个得意弟子，叫王兰亭。当露蝉年老闭门谢客时，王兰亭扬言说："太极拳本来是杨家物，但是老师一旦弃世，只怕太极拳改姓王了。"

　　杨班侯听见这话，很是愤怒。父亲衰老，不敢禀告。等到杨露蝉病殁，杨班侯服关之后，竟找到王兰亭，同门斗起拳来。果如王言，一战而杨败。王兰亭大笑说："我的话没有错，师弟，你差得还多！"

　　杨班侯由此发愤，闭门埋头苦练；十数年后，拳法精妙，已掩过父名。杨班侯有阿芙蓉癖，手无缚鸡力，而能跌扑千钧力士。太极拳广平一支、北京一支，都是出自杨班侯的传授。广平派出名的，是陈秀峰。陈秀峰曾侍班侯入京，看见京派与广平派迥然不同，密问杨班侯："何故同出师授，而广平派有刚有柔，北京一味纯柔？"杨班侯起初笑而不言，末后才说："京中多贵人，习拳出于好奇玩票。彼旗人体质本与汉人不同，且旗人非汉人，你不知道么？"话中寄托深意，问的人不敢再问了。

　　但是太极拳有刚、柔两派之分，到底传播于外。人说发之于李瑞东，闻之于阎志高，实则很早地由杨班侯就创出分别来。

　　（宫以仁注：有人著文，言杨露蝉身材高大，非瘦弱体形；但偷拳故事大体相同。可参考。）

董海川师徒

董海川的传说很多，有人说，董实是阉侍。有人说，不是的，他有妻有女，但年长无须，遂有董老公之号。今询据董门第三代传人程有信君说："董太师确是太监。"北平东直门外有董海川墓，墓前有弟子辈公立的碑文，可以征塞。

董海川，今河北省文安县米家坞人，幼习各家拳术；后访江南，在桃花山（或说雪花山，或说少华山，或说在浙江，或说在江苏）得遇异人，是一个丹士，由这人获得游身八卦掌的秘要。

另一说，董海川山行遇一小和尚，挥掌向树盘旋绕行，董以为奇而问其所为。小和尚说，我练的是拳家的绝技。董海川不信，恃自己勇武，上前交手，结果竟敌不过小和尚，一战而倒。乃请见老和尚，尽获其艺。老和尚劝董出家，董不肯，艺成告别，老僧嘱告董海川道："勿忘勿忘！你穷命无家，你终归是出家人也。"

嗣后董海川迫于环境，寻绎僧言，竟自净身，入肃王府，当司膳太监。这时，清廷阴嫉汉人习武技，其有拳勇者，设法縻羁之，使老死于酒肉间。肃王这人也是拿养蟋蟀的精神来豢养武师的。肃王府有护院拳师夫妇两人，全以技击自炫。董海川说："你们的拳术，只是混饭的敲门砖罢了，不足以防身御敌。"

这个拳师大怒，起而索斗。董海川把一支花枪递给拳师，使他刺自己，自己空手抵御。拳师奋力一刺，董海川运手掌拨枪退走，连刺不中。一直逼到墙边，拳师觑准，猛力进扎；枪入墙三四寸，董海川忽跃坐墙头，仍没有刺中。

有人说，拳师夫妻衔恨至极，曾经乘夜行刺，妻由后窗持手枪轰击董的卧处，夫由前门入，提刀砍董，前后夹击，谓董必死。讵料夫挥刀入室时，其妻持枪机未动，已被董先发制人，擒腕掷于榻下。夫妻俩大骇告饶，董海川一笑释之。

其后董脱离肃邸，京城有黄带子某夫妇，以师礼迎董，居于花园中，夫妻俩皆从董学八卦掌。一日妇倚楼窗闲坐，忽闻小孩笑乐声，在半空头顶上。妇潜开窗寻窥，见董海川背着自己的孩子，从这边楼上飞腾到那边楼上，且飞且说："小子，跟着爷爷驾云吧！"小孩子大乐，驾了一回云，还要驾第二回；董海川和小孩子玩得高兴，忘其所以了。隔日，居停夫妻见董，跪请学驾云；董怒而不言，峻拒不许。

董海川在京下茶馆，遇见两个镖师，是给一家大当铺护院的，两人语言狂傲，声惊四座。茶客全都侧目听这两个人"神聊"。董海川看不惯，微语规劝道："都城能人多，守本分，混饭吃，是没有差错的，最是狂傲不得。"

两个镖师体格很雄伟，语言愈骄纵，竟侵辱到董海川头上。董海川不再说话，敛容避之。就在这一夜，当铺的号签，突然全数遗失，当铺中人无法取当交赎，门市大哗。两镖师大窘，到日前那座茶馆，对人念道这件事。董海川时正在座，因笑道："也许是说狂话的报应吧！只要肯改过，也许失去的号签会自己回来。"二镖师心中怙慑，口头上极力认错。

董海川临走时，方才笑告二人："回去早早地睡，不要伸头探脑。"二镖师回转当铺，依计而行。次日早晨，果然号签俱在如故，大概是把号签塞入衣物里；一夜工夫，一一又把它扯出来了。

董海川的弟子很多，最著名的有眼镜程，即程廷华，字应芳，开眼镜铺，故号眼镜程；有尹福，字寿朋；有煤马，即马唯骥，开煤厂，故号煤马，俗讹为梅马；有翠花刘，即刘凤春；有宋长荣等；是为第一代。名武师李存义，为刘奇兰、郭云深弟子，亦曾请业于董；称门弟子，列为第二代。

第三代再传门人尤多，著名者有眼镜程之子程有龙，字海亭；程有功，字相亭；程有信（现年约五十岁。犹健在）及马贵，字世清；马俊义、宫宝田等。其第四代门人，有孙锡堃，字玉朋，作《八卦拳真传》一书，内列董门八卦拳根派五代名人表，列举五十余人，尊董为"董太师"。

董海川享高龄而殁，相传易簣时，弟子欲为易衣，微触其身，董惊起，自头上掷弟子于两丈以外。临殁昏惘，仰卧床上，两手作换掌式；往返运掌，以致将所穿马褂襟全行磨烂云。

三十六年二月一日记

184

附　　录

末路英雄咏叹调

——白羽之文心

叶洪生

一个人所已经做或正在做的事，未必就是他愿意做的事，这就是环境。环境与饭碗联合起来，逼迫我写了些无聊文字；而这些无聊文字竟能出版，竟有了销场，这是今日华北文坛的耻辱！我……可不负责。

说这话的人，是上世纪三十年代中国武侠小说界居于泰山北斗地位的白羽；所谓"无聊文字"指的就是武侠小说！以其当时的声名、成就，竟在自传《话柄》中发出如此痛愤之语，这就很可使人惊异且深思的了。那么，他又是怎样"入错行"的呢？

白羽其人其事其书

白羽本名宫竹心，清光绪廿五（1899）年生于天津马厂（隶属今河北青县），祖籍山东省东阿县。父为北洋军官，家道小康，故其自幼生活无虞，嗜读评话、公案、侠义小说。1912 年民国建立，宫竹心随其父调职而迁居北平，遂有幸接受现代新式教育。中学时期因受到新文学运动影响，兴趣乃由仿林（纾）翻译小说转移到白话文学上来，并立志做一个"新文艺家"。

宫氏中英文根底极佳，十五岁即开始尝试文艺创作；向北京各报刊投稿，笔名"菊庵"。他的才华曾深得周树人（鲁迅）、作

人兄弟赏识，并慨然给予指导及帮助，鼓励他从事西洋文学译述工作。奈何其十九岁时不幸丧父，家庭遭变；即令考上北平师范大学亦不能就读，反倒要为养活七口之家而到处奔波——他干过邮务员、税员、书记、教师、校对、编辑、记者以及风尘小吏；甚至在穷途末路时，还咬着牙充当小贩，卖书报——一直挨到他贫病交加，吐血为止；除了一支健笔，可说是身无长物。

1926 年是宫竹心生命中的一大转折。此前由于他终日为生活忙碌而与鲁迅失联，遂陷于精神、物质上的双重人生困境。恰巧言情小说名作家张恨水亟需为自己担纲主编的北平《世界日报》副刊《明珠》版找一名写手，以分任其劳，乃公开登报招聘"特约撰述"。此时宫竹心正为"稻粱谋"所苦，看到招聘广告，当即连夜赶写了七篇文史小品稿件投寄应征；乃于众多自荐者中脱颖而出，成为一名每日皆要奋笔书写各类文稿的"特约撰述"。

这工作其实是低酬劳、高剥削的文字苦力活。它唯一的好处是有固定稿费可领，生活相对安定；而其边际效用则是借着《世界日报》这块艺文园地"练功"的机会，把宫竹心的文笔给磨炼出来，且炼成一支亦庄亦谐、亦雅亦俗而又刚柔并济的生花妙笔。这倒是他始料未及的意外收获。

如是经过一段时日的磨笔磨剑，以及亲身经历种种世态炎凉的残酷现实，他的思想观念乃逐渐产生了微妙的变化。在他悲叹"新文艺家"之梦难圆的同时，也清楚地看到张恨水是如何在通俗小说领域里呼风唤雨、财源广进的！理想与现实的冲突迫使他不得不选择后者。于是张恨水写作模式（通俗小说连载）及其名利双收的丰美果实遂成为青年宫竹心梦寐以求的人生目标，因为这可以立马解决养家活口的实际问题。

他明白言情小说是张恨水的"禁区"，最好别碰；却不妨用"借古讽今"的手法来写"卑之无甚高论"的武侠小说——这就是他初试啼声的武侠处女作《青林七侠》，连载发表于《世界日报》副刊。然而这次的试笔却是一篇失败之作。因为作者企图反讽政治现实竟失焦，而读者反应冷淡则更令人气沮；故连载数月

后即被"腰斩",不了了之。而据通俗文学研究者倪斯霆的说法,直到1931年,《青林七侠》方交由天津报人吴云心主编的《益世晚报》副刊连载续完。

1928年夏天宫氏重返天津,转往《商报》任职。此后迄至对日抗战前夕,约莫八九年间,他都流转于天津新闻圈中厮混;除了曾独家报导女侠施剑翘(因替父报仇而枪杀军阀孙传芳)刑满出狱真相的新闻,引起社会轰动外,可谓乏善可陈。

1937年7月7日因"卢沟桥事件"而引爆中国全面抗日战争,平、津随之沦陷。宫竹心一家于战乱中迁居天津二贤里,由于困顿风尘,百无聊赖,遂与友人合作开办"正华补习学校";打算一面办学,一面卖文,以弥补日常生活开销。那么,到底该写哪一类题材的小说才好呢?却煞费思量。就在这个节骨眼上,昔日旧识小说家何海鸣忽找上门来,代表天津《庸报》邀约撰稿。当下宫氏喜出望外,一拍即合,遂决定撰写武侠小说以投读者所好。

当时正值抗战军兴,华北沦陷区人心苦闷,皆渴望天降侠客予以神奇的救济,而由著名评书艺人张杰鑫、蒋轸庭演述的镖客故事《三侠剑》(按:其主要人物多脱胎于《施公案》、《彭公案》等书)在北方已流传了一二十年,人多耳熟能详。宫氏灵机一动,何不结撰一部以保镖、失镖、寻镖为主题的镖客恩怨故事,以顺应读者阅读习惯及审美需求;只要能摆脱俗套,翻空出奇,在布局上下功夫,则以其生花妙笔与文字技巧,小说焉有不受读者欢迎之理!

于是他精心构思故事情节,并找来深谙技击的好友郑证因做"武术顾问";务求所描写的江湖人物言谈举止惟妙惟肖,各种兵器用法乃至比武过招的手、眼、身、法、步,一招一式都能画出来。在如此认真写作之下,1938年春天宫氏即以"倒洒金钱"手法打出《十二金钱镖》(原题《豹爪青锋》),连载于《庸报》。他选用"白羽"为笔名——取义于欧俗,对懦夫给予白羽毛以贬之;或谓灵感来自杜甫诗句"万古云霄一羽毛",亦有自伤自卑、

无足轻重之意。（宫氏所撰武侠小说，均署名"白羽"，而无署"宫白羽"者！）

孰料这"风云第一镖"歪打正着！白羽登时声名大噪，竟赢得各方一致好评。于是不等《钱镖》正传写完，即应邀回头补叙前传《武林争雄记》，又续叙后传《血涤寒光剑》、《毒砂掌》，并别撰《联镖记》、《大泽龙蛇传》、《偷拳》等书，共二十余部。他那略带社会反讽性的笔调，描摹世态，曲中筋节，写尽人情冷暖；而文笔功力则刚柔并济，举重若轻，隐然为"入世"武侠小说（社会反讽派）一代正宗——与"出世"武侠小说（奇幻仙侠派）至尊还珠楼主双星并耀；一实一虚，各擅胜场。

但白羽不以为荣，反以为耻。因此他除将卖文（武侠小说）所得移作办学之用外，待生活稍定，即减少乃至终止武侠创作；同时自设"正华学校出版部"，陆续印行回忆录《话柄》，自传体小说《心迹》，社会小说《报坛隅闻》，短篇创作集《片羽》，小品文集《雕虫小草》、《灯下闲书》、《三国话本》及滑稽文集《恋家鬼》等等。余暇则从事甲骨文、金文之研究，自得其乐。

据白羽已故老友叶冷（本名郭云岫）在《白羽及其书》一文中透露："白羽讨厌卖文，卖钱的文章毁灭了他的创作爱好。白羽不穷到极点，不肯写稿。白羽的短篇创作是很有力的，饶有幽默意味，而且刺激力很大；有时似一枚蘸了麻药的针，刺得你麻痒痒的痛，而他的文中又隐含着鲜血，表面上却蒙着一层冰。可是造化弄人，不教他做他愿做的文艺创作，反而逼迫他自捆其面，以传奇的武侠故事出名；这一点，使他引以为辱，又引以为痛……"

1949年后，白羽以其享誉大江南北的文名，获任天津作家协会理事、文联委员、文史馆员；并一度出任新津画报社长及天津人民出版社特约编辑。他"最痛"的武侠小说固然已全部冰封，但"工农兵文学"他也不敢碰——因为一则缺乏这方面的生活体验，很难下笔；二则政治气候变化无常，思想束缚更大。试想，他半生服膺并力行文艺创作上的写实主义，可当时的社会现实该

190

怎么写呢?

1956 年香港《大公报》通过天津市委宣传部的关系,约请白羽重拾旧笔,"破例"给该报撰一部连载武侠小说。他力辞不获,遂草草写了最后一部作品《绿林豪杰传》——自嘲是"非驴非马的一头四不像"!其无奈之情,溢于言表。

白羽晚年罹患肺气肿,行动不便,却仍一心一意想出版他的考古论文集。惜此愿终未得偿,而在 1966 年 3 月 1 日晨含恨以殁,享龄六十七岁。

"现实人生"的启示

诚如白羽所云,他是为了"混饭糊口"迫不得已才写武侠小说。但即令是其所谓"无聊文字"亦出色当行,不比一般。单以文笔而言,他是文乎其文,白乎其白,文白夹杂,交融一片;雄深雅健,兼而有之。特别是在运用小说声口上,生动传神,若闻謦欬;亦庄亦谐,恰如其分。书中人物因而活灵活现,呼之欲出!

另在处理武打场面上,白羽本人虽非行家,却因熟读万籁声《武术汇宗》一书,遂悟武学中虚实相生、奇正相间之理;据以发挥所长,乃融合虚构与写实艺术"两下锅"——举凡出招、亮式、身形、动作皆历历如绘,予人立体之美感。尤以营造战前气氛扑朔迷离,张弛不定;汲引西洋文学桥段则"洋为中用",收放自如……凡此种种,洵为上世纪五十年代香港以降港、台两地一流作家如金庸、梁羽生、司马翎等之所宗。这恐怕是一生崇尚新文学而鄙薄武侠小说的白羽所意想不到的吧?

认真推究白羽所以"反武侠"之故,与其说是受到"五四"一辈西化派学者的负面影响,不如说是他目睹时局动荡、政治黑暗,坚信"武侠不能救国"的人生观所致。因此,若迫于环境非写不可,则必"借古讽今",方觉有时代意义。据白羽在《我当年怎样写起武侠小说来》一文的说法,早在其成名作《十二金钱

镖》问世前，就写过两篇失败的武侠小说：

一是《粉骷髅》（原名《青林七侠》；1947 年易名《青衫豪侠》出版），内容影射媚日汉奸褚民谊；"因为反对武侠，写成了侦探小说模样"——时在"九一八事变"之前。

二是《黄花劫》，"写的是宋末元初，好像武侠又似抗战"；对"前方杂牌军队如何被逼殉国"传闻深致愤慨——时在"九一八事变"之后。（按：《黄花劫》系 1932 年天津《中华画报》连载时原名，1949 年被不肖书商改名《横江一窝蜂》出版。）

正因有此前车之鉴，故抗战第二年他着手撰《十二金钱镖》时，虽一样是采用"借古讽今"的创作手法，却将"讽今"的焦点由政治现实转移到社会现实上来。他在《话柄》中曾就此说明其创作态度：

> 一般武侠小说把他心爱的人物都写成圣人，把对手却陷入罪恶渊薮。于是设下批判：此为"正派"，彼为"反派"；我以为这不近人情。我愿意把小说（虽然是传奇小说）中的人物还他一个真面目，也跟我们平常人一样；好人也许做坏事，坏人也许做好事。等之，好人也许遭恶运，坏人也许得善终；你虽不平，却也无法。现实人生偏是这样！

如此这般面对"现实人生"，进而加以无情揭露、冷嘲热讽，便是《十二金钱镖》一举成名，广受社会大众欢迎且历久不衰的主因。例如书中写女侠柳研青"比武招亲"却招来了地痞（第九章）；一尘道长仗义"捉采花贼"却因上当受骗而中毒惨死（第十五章），这些都是活生生、血淋淋的冷酷现实。至若白羽屡言此书得力于"旦角挑帘"——让女侠柳研青提前出场，与夫婿杨华、苦命女李映霞之间产生亦喜亦悲的"三角恋爱"——则系"无心插'柳'柳成荫"之故。

笔者有鉴于此，因以其成名作《十二金钱镖》为例，针对书

中故事、笔法、人物、语言及其独创"武打综艺"新风等单元，加以重点评介；聊供关心武侠创作的通俗文学研究者及广大读者参考。

小说人物与语言艺术

众所周知，《十二金钱镖》系白羽开宗立派之作。此书共有十七卷（集），总八十一章，都一百廿余万言。前十六卷约略写于抗战胜利之前，故事未结束；是因白羽业已名利双收，不愿再写"无聊文字"。1946 年国共内战再起，白羽为了维持生活，不得已重做冯妇；遂又补撰末一卷，更名为《丰林豹变记》，连载于天津《建国日报》，乃总结全书。

持平而论，《十二金钱镖》的故事情节并不复杂，主要是描写辽东"飞豹子"袁振武为报昔年私人恩怨，来找师弟俞剑平寻仇；因此拦路劫镖，而引起江湖轩然大波的故事。说白了，不外就是"保镖—失镖—寻镖"这码事；却因为作者善于运用悬疑笔法，文字简洁生动，将保镖逢寇的全过程——由探风、传警、遇劫、拼斗、失镖、盗遁以迄贼党连同镖银离奇失踪等情——曲曲写出，一步紧似一步！书中的"扣子"搭得好，语言亲切有味，情节又扑朔迷离；因而引人入胜，欲罢不能。

诚然，一部小说若想写得成功殊非幸致；在相当程度上须取决于人物塑造，以及相应的小说语言是否生动传神而定。这就要看作者驾驭文字的能力究竟可达何等境地，方能产生"烘云托月"的艺术效果。

书中主人翁"十二金钱"俞剑平是作者所要正面肯定的角色。此人机智、老辣、重义气、广交游，兼以武功超群，生平未逢敌手；但每念"登高跌重，盛名难久"，则深自警惕；因而垂暮之年封剑歇马，退隐荒村。今即以铁牌手胡孟刚奉"盐道札谕"护送官帑，向老友俞剑平借去"十二金钱"镖旗压阵，路遇无名盗魁劫镖一折为例，看作者是如何刻画俞剑平这个侠义人物

的表现。

当时被派去护镖的俞门二弟子"黑鹰"程岳，哭丧着脸奔回俞家报讯，说是："师傅，咱爷们儿栽啦！"俞剑平骤闻失镖，把脚一跺，道："胡二弟糟了！"（因失镖者必然要负连带责任。）再闻镖旗被拔，登时须眉皆张道："好孩子！难为你押镖护旗，你倒越长越抽搐回去了！"——这是先以朋友之义为重，其后方顾到个人荣辱。一线之微，即见英雄本色，毫不含糊！

随后当他看到那"无名盗魁"留下的《刘海洒金钱》图，上面画着十二枚金钱散落满地，旁立一只插翅豹子，做回首睨视之状；并有一行歪诗，写着："金钱虽是人间宝，一落泥涂如废铜！"当即了然，不禁连声冷笑道："十二金钱落地？哼哼，十二金钱落不落地，这还在我！"

在这些节骨眼上，作者用急、怒、快、省之笔将俞剑平那种虎老雄心在、荣辱重于生死的"好胜"性格刻画入微；令读者如见其人，如闻其声！错非斫轮大匠，焉能臻此！

插翅豹子天外飞来

"飞豹子"袁振武这个隐现无常的大反派，在小说正传里称得上是扑朔迷离的人物。他除了拦路劫镖时一度亮相以外，便豹隐无踪，改以长衫客的姿态出现；声东击西，神出鬼没！充分显露出豹子的特性。

作者写袁振武种种，全用欲擒故纵法，口风甚紧。前半部书只说豹头老人如何如何；直到第四十三章，始初吐"飞豹子"之号，仍不揭其名；再至第五十九章，方由一封密函透露"飞豹子"的来历，却是"关外马场场主袁承烈"！难怪江南武林无人知晓。如此这般捕风捉影，教读者苦等到第六十一章，才辗转从俞夫人托带的口信中和盘托出"飞豹子袁承烈"的真实身份——竟然是三十年前俞剑平未出师门时的大师兄袁振武！此人心高气傲，曾因不愤乃师太极丁将爱女许配师弟俞剑平，并破例越次传

194

以太极掌门之位，而一怒出走，不知所终……本书"捉迷藏"至此，始真相大白。

一言以蔽之，此非寻常庸手所用"拖"字诀，而是白羽故弄狡狯的"蓄势"笔法；曲曲写来，行文不测，乃极波谲云诡之能事。正因这头"插翅豹子"天外飞来，飘忽如风，扬言要雪当年之耻，非三言两语可以交代；故白羽特为之另辟前传《武林争雄记》（1939年连载于北平《晨报》），详述袁、俞师兄弟结怨始末。由是读者乃知其情可悯，其志可佩！袁振武实为本身性格与客观环境交相激荡下所造成的悲剧人物。至于《武林争雄记》续集《牧野雄风》，则系白羽病中央请好友郑证因代笔所撰，固不必论矣。

最具喜感的"小人物狂想曲"

前已约略提过，白羽创作武侠小说，极讲究运用语言艺术。其客观叙述故事的文体固力求风格统一，而杜撰书中人物的对白则千变万化，端视其身份、阅历、教养、个性而定；或豪迈，或粗鄙，或刁滑，或冷隽，或笑料百出，不一而足。

在本书林林总总的小说人物中，描写得最生动有趣的是"九股烟"乔茂。这虽是个猥琐不堪、人见人厌的镖行小丑，却是小兵立大功，起到"穿针引线"和"药中甘草"的作用；特具喜感，很值得一述。

按：书中写"九股烟"乔茂这个小人物的言行举止，活脱是西班牙骑士文学名著《魔侠传》（Don Quijote，或译《唐吉诃德》即"梦幻骑士狂想曲"）的主人翁吉诃德先生（按：Don 音译为"唐"，是西班牙人对先生的尊称）之化身。若无此甘草人物穿针引线，误打误撞地追踪到贼窟，也许咱们的俞老英雄就真格让飞豹子给"憋死"了。而在作者正、反笔交错嘲讽下，乔茂的刻薄嘴脸、小人心性以及色厉而内荏的思想意识活动，几乎跃然纸上；堪称是"天下第一妙人儿"！

195

据称，此人原是个积案如山的毛贼，专做江湖没本钱的买卖；长得獐头鼠目，其貌不扬。他生平没别的本领，却最擅长轻功提纵术，有夜走千家之能。曾有一宵神不知鬼不觉地连偷九家高门大户，遂得诨号"九股烟"；兼又姓乔，故又名"瞧不见"。

这乔茂混到铁牌手胡孟刚的振通镖局做镖师，因嘴上刻薄，常得罪人，谁也看他不起。譬如在起镖前夕，他一开口就说："这趟买卖据我看是'蜜里红矾'，甜倒是甜——"别人拦着他，不教他说"破话"（不吉利）；他却一翻白眼道："难道我的话有假么？人要是不得时，喝口凉水还塞牙！"等到押镖行至中途，贼人前来踩探，他又龇牙咧嘴说着风凉话："糟糕！新娘子给人相了去，明天管保出门见喜！"

果然，"飞豹子"四面埋伏，伤人劫镖，闹了个"满堂红"，人人挂彩！乔茂死里逃生，心有不甘；为求人前露脸，遂冒险追踪敌踪，却又教人给逮住，身入囹圄。好不容易自贼窝逃生，奔回报讯；众家镖客正为那伙无影无踪的豹党发愁，急着要问镖银下落，他老小子可又"端"起来啦——"找我要明路？就凭我姓乔的，在镖局左右不过是个废物！咱们振通镖局人材济济，都没有寻着镖，我姓乔的更扑不着影了！"活脱一副小人得志之状，溢于言表。

于焉经过众镖客一番灌迷汤、戴高帽，总算在"乔大爷"口中探得了镖银下落；再派出三侠陪他前去进一步探底——这下姓乔的可不能说是"瞧不见"啦！孰料三侠皆看不起乔茂为江湖毛贼出身，乃背着他自行踩探敌人虚实。作者在此描写乔茂自言自语的心理反应，有怨愤，有讥诮，有得意，精彩迭出，令人不禁拍案叫绝。且看乔茂躺在床上假寐，是怎么个骂法：

"你们甩我么，我偏不在乎，你们露脸，我才犯不上挂火。你们不用臭美，今晚管保教你们撞上那豹头环眼的老贼，请你们尝尝他那铁烟袋锅。小子！到那时候才后悔呀，嘻嘻，晚啦！我老乔就给你们看窝，舒舒服

服地睡大觉，看看谁上算！"……忽然一转念："这不对！万一他们摸着边，真露了脸，我老乔可就折一回整个的！……教他们回去，把我形容起来，一定说我姓乔的吓破了胆，见了贼，吓得搭拉尿！让他们随便挖苦。这不行，我不能吃这个，我得赶他们去……"

可"九股烟"乔茂说的比唱的还好听！一旦遇了敌，只有逃命逃得"一溜烟"的份儿。请再看他躲在高粱地里恨天怨地的一折：

> 九股烟乔茂从田洼里爬起来，坐在那里，搔头，咧嘴，发慌，着急，要死，一点活路也没有。又害怕，又怨恨紫旋风、没影儿、铁矛周三个人："这该死的三个倒霉鬼，你们作死！若依我的意思，一块儿奔回宝应县送信去，多么好！偏要贪功，偏要探堡。狗蛋们，你妈妈养活你太容易了。你们的狗命不值钱，却把我也饶上，填了馅，图什么！

值得特别注意的是，作者系以乔茂的"单一观点"贯穿本书第三十六、三十七章来叙事；所有的故事情节皆通过其心中想、眼中看、耳中听分别交代。这种主观笔法洵为现代最上乘的小说技巧；而白羽运用自如，下笔若有神助，的确妙不可言。

向《武术汇宗》取经与活用

据冯育楠《泪洒金钱镖——一个小说家的悲剧》一文的说法，当初白羽同道至交郑证因曾推荐一本万籁声所著《武术汇宗》给白羽参考。万氏曾任教于北平农业大学，为自然门大侠杜心五嫡传弟子；其书包罗万象，皆真实有据，为国术界公认权威之作。白羽仗此"武林秘笈"走江湖，并以文学巧思演化其说，

遂无往而不利矣。

《十二金钱镖》书中除一般常见的内外家拳掌功夫、点穴法、轻功、暗器以及各种奇门兵器的形制、练法外，还有著名的"弹指神通""五毒神砂"和"毒蒺藜"三种，值得一述。其中白羽杜撰的"弹指神通"功夫曾在二十年后金庸《射雕英雄传》（1957）与卧龙生《玉钗盟》（1960）中大显神威；但系向壁虚构，不足为奇。而另两种毒药暗器则实有其事，殆非穿凿附会之说。

经查万籁声《武术汇宗》之《神功概论》一节所云："有操'五毒神砂'者，乃铁砂以五毒炼过，三年可成。打于人身，即中其毒；遍体麻木，不能动弹；挂破体肤，终生脓血不止，无药可医。如四川唐大嫂即是！"此书写于民国十五（1926）年，如非捏造，则"四川唐大嫂"至少是存在于清末民初而实有其人。于是"四川唐门"用毒之名，天下皆知；而首张其目用于武侠小说者，正是白羽。

如本书第十四章侧写山阳医隐弹指翁华雨苍生平以"弹指神通""五毒神砂"威震江湖！第十五章写狮林观主一尘道长武功绝世，却为毒蒺藜所伤，不治身死；后来方追查出此乃四川唐大嫂一派独门秘传的毒药暗器。而另据《血涤寒光剑》第八章书中暗表，略谓"毒蒺藜"与"五毒神砂"系出同源，皆为苗人秘方；"真个见血封喉，其毒无比"！而四川唐大嫂更据以研制成多种毒药暗器，结怨武林云。

此外，谈到轻身术方面，过去一般只用飞檐走壁、提纵术或陆地飞腾功夫，罕见有关轻功身法之描写（还珠楼主偶有例外）。而自白羽起，则大量推出各种轻功身法名目；例如"蹬萍渡水""踏雪无痕""一鹤冲天""燕子钻云""蜻蜓三点水"及"移形换位"等。究其提纵之力，则至多一掠三数丈；此亦符合《武术汇宗》所述极限，大抵写实。

再就描写上乘轻功所产生的特殊效果及用语而言，像"疾如电光石火，轻如飞絮微尘""隐现无常，宛若鬼魅"等，皆富于

文学想象力与艺术感染力。凡此多为后学取法，奉为圭臬；甚至更驰骋想象，渲染夸张无极限。恕不一一举例了。

开创"武打综艺"新风

白羽在《十二金钱镖》第七十二章作者夹注中说："羽本病夫，既学文不成，更不知武。其撰说部，多由意构，拳经口诀徒资点缀耳。"然"文武之道，一张一弛"，实无可偏废。因此白羽既不能完全避开武打描写，乃自出机杼，全力酝酿战前气氛；对于交手过招则兼采写实、写意笔法，交织成章，着重文学艺术化铺陈。孰知此一扬长避短之举，竟开创"武打综艺"新风，殆非其始料所及。

在此姑以第四十章写镖客"紫旋风"闵成梁夜探贼巢，以八卦刀拼斗长衫客（即飞豹子所扮）的一场激战为例；便知作者虚实并用之妙，值得引述如次：

> 紫旋风收招，往左一领刀锋，身移步换；脚尖依着八卦掌的步骤，走坎宫，奔离位。刀光闪处，变式为"神龙抖甲"，八卦刀锋反砍敌人左肩背。长衫客双臂往右一拂，身随掌走，迅若狂飙。……一声长笑，"一鹤冲天"，飕的直蹿起一丈多高；如燕翅斜展，侧身往下一落。紫旋风微哼一声，"龙门三激浪"，往前赶步，猱身进刀；"登空探爪"，横削上盘。这一招迅猛无匹，可是长衫老人毫不为意，身形一晃，反用进手的招数，硬来空手夺刀。倏然间，施展开"截手法"，挑、砍、拦、切、封、闭、擒、拿、抓、拉、撕、扯、括、抹、打、盘、拨、压十八字诀。矫若神龙掠空，势若猛虎出柙；身形飘忽，一招一式，攻多守少。

像这种轻灵、雄浑兼具的笔法，奇正互变，实不愧为一代武

199

侠泰斗！因为此前没有人这样写过，有则自白羽始。特其因势利导，将八卦方位引入武打场面，且活用成语化为新招，则又为说部一大创举。后起作家凡以"正宗武侠"相标榜者，无不由此学步，始登堂入室。惟白羽地下有知，恐亦啼笑皆非——原来"现实人生"之吊诡竟一至于此！念念"怕出错"的比武却成为康庄大道！这个历史的反讽太绝太妙，实在不可思议！

结论：为人生写真的武侠大师

综上所述，白羽所谓"无聊文字"——武侠小说竟获致如此高超的艺术成就，诚为异事。然"无聊"不"无聊"仅只是某种道德观或价值判断，并非意味下笔时无所用心，便率尔操觚！相反地，像白羽这样爱惜羽毛、恨铁不成钢的文人，即令是游戏之作，也要别出心裁，不落俗套；况其武侠说部以"现实人生"为鉴，有血有肉乎！

著名美学家张赣生在《民国通俗小说论稿》（1991）一书中曾说："白羽深感世道不公，又无可奈何，所以常用一种含泪的幽默，正话反说，悲剧喜写。在严肃的字面背后，是社会上普遍存在的荒诞现象。"此论一针见血，譬解极当。用以来看《偷拳》写杨露蝉三次"慕名投师"而上当受骗，洵可谓笑中带泪。

白羽早年受鲁迅影响甚深，所以在《十二金钱镖》一举成名后，犹常慨叹："武侠之作终落下乘，章回旧体实羞创作"。其实"下乘"与否无关新旧。试看鲁迅《中国小说史略》亦曾明确指出："是侠义小说之在清，正接宋人话本之正脉，固平民文学之历七百余年而再兴者也。"平民文学即今人所称民俗文学或通俗文学；只要出于艺术手腕，写得成功，便是上乘之作。岂有新文学、纯文学或所谓"严肃文学"必定优于通俗文学之理！

毕竟白羽在思想上有其历史局限性，没有真正认清武侠小说的文学价值——实不在于"托体稍卑"（借王国维语），而在于是否能自我完善，突破创新，予人以艺术美感及生命启示。因为只

有"稍卑"才能"通俗",何有碍于章回形式呢?即如民初以来甚嚣尘上的新文学,其所以于近百年间变之又变,亦是为了"通俗"缘故。惜白羽不见于此,致有"引以为辱"之痛!

但无论如何,他的武侠小说绝不"无聊";其早年困顿风尘、血泪交织的人生经验,都曾以各种曲笔、讽笔、怒笔、恨笔写入诸作,实无殊于"夫子自道"。据白羽哲嗣宫以仁君在《论白羽》一文中透露:"《武林争雄记》拟以其本人曲折经历为模特儿,故在写作过程中反复改动,多次毁稿重写。郑证因曾对白羽家人叹息说:'竹心(白羽本名)太认真了!混饭吃的东西,何必如此?'……"见微知著,料想其他诸作亦曾大事修删,方行定稿。是以报上连载小说与结集出版后的成书内容、文字颇有不同。

由是乃知白羽珍惜笔墨逾恒;其文心所在,莫非为人生写真!无如社会现实太残酷,"末路英雄"悲穷途!只好用"含泪的幽默"来写无毒、无害、有血、有肉的武侠传奇;聊以自嘲,聊以解忧。

清代大诗家龚自珍的《咏史》诗有云:"避席畏闻文字狱,著书只为稻粱谋。"白羽写武侠书可有定庵先生"正言若反"之意?也许除了"为稻粱谋"外,他的潜意识中还有为武侠小说别开生面的灵光在闪耀;因能推陈出新,引起广大共鸣。

其故友叶冷是最早看出白羽武侠传奇"与众不同"的行家。1939年他写《白羽及其书》一文,即曾把白羽和英国传奇作家史蒂文森(R. L. B. Stevenson,以《金银岛》小说闻名)相比,认为白羽的书真挚感人,能"沸起读者的少年血"。实非过誉之辞!

后　记

初版后记

《偷拳》一作，本于事实，"王府比武"乃露蝉一生重大转关；盖曾连败名拳师数人，皆操胜券；最后始遇董老公，而成双雄对峙之局。顾初稿限于篇幅，未得畅述；一二读者曾以函询，更有讶其前后详略不匀者；读者固不知卷末数章两经删略也。今稍增补，仓促涉笔，亦未遑尽致，容于再版足之。

董海川之为人，传说不一。或云：其人实阉侍。或曰：非也，彼实有妻有女，但年长无须，遂有董老公之号。今以行文之便，姑从一说，未敢证其必然也。

闻拳家言，杨露蝉、杨班侯父子，祖过太极拳时，颇有与之争名者。又闻太极陈临殁，诏弟子面授秘诀；大弟子傅剑南竟以后至，一无所得。杨因先到，独得秘要，获得薪传以去。后剑南转请益于师弟焉；杨、傅二家各传心得，遂分两派。杨露蝉之两世、董海川一生，颇有异闻，足资传写。今此《偷拳》，小作结束；他日有暇，更写别传。

二十九年（1940 年）十月二十二日，白羽记

沪版后记

七七事变，华北沦陷，作者困居津门，以白羽之笔名，卖文糊口，写些传奇小说，媚世投俗。其时有七十四岁的老拳师张玉峰，也正旅津设场授徒；想是关念到身后之名。一日忽然不介来访，把他的《塞外纪游》一书拿给我看，并说了许多近世技击故事，希望我拿他当"书胆"，也给他来一篇传。

我因为纪实之作，不如虚构故事挥洒自如，曾一再谢绝。然而张先生毫不气馁，拿出钢杵磨绣针的气派来，每隔过三五天，必来投访，凡四年如一日。白羽当时渐渐地为他那种锲而不舍的精神所感动，到底给他写了一本《子午鸳鸯钺》。

技击故事逃避现实，一向是虚想多，写实少。拙作《十二金钱镖》三部作及《大泽龙蛇传》两部作，约五十余册，全出意构；唯有这本《偷拳》和《子午鸳鸯钺》，纯本事实。当初会张玉峰先生时，《偷拳》已曾出版。张先生告诉我：杨露蝉、董海川故事很多，又引见董门第三代传人程有信君来谈。

现在，就本着张、程二君所谈，把杨露蝉父子、董海川师徒的事情，重新记录一下。只可惜一件事，当《子午鸳鸯钺》刚刚出版时，听说张玉峰老先生已经得了肢体不良的病，离津赴平，就养于次子了。我很想知道他的下落，并愿将《子午鸳鸯钺》一书赠给他。使他在病榻上自阅一过，也许欣然而喜占勿药吧！

整理后记

　　《偷拳》，1940 年 10 月由天津正华出版部初版发行，分上下卷，各十章。1943 年在《华文大阪每日》连载，从原二十章增为二十二章。1947 年 4 月，更名《惊蝉盗技》，由上海正气书局再版，一册二十二章，增《后记》和附文二篇。本次出版，恢复《偷拳》原书名。

图书在版编目(CIP)数据

偷拳／白羽著. — 北京：中国文史出版社,2017.1
(民国武侠小说典藏文库·白羽卷)
ISBN 978 - 7 - 5034 - 8365 - 3

Ⅰ. ①偷… Ⅱ. ①白… Ⅲ. ①侠义小说 - 中国 - 现代
Ⅳ. ①I246.5

中国版本图书馆 CIP 数据核字(2016)第 256728 号

整　　理：周清霖
责任编辑：马合省　卢祥秋

出版发行：中国文史出版社
网　　址：http://www.chinawenshi.net
社　　址：北京市西城区太平桥大街 23 号　邮编：100811
电　　话：010 - 66173572　66168268　66192736（发行部）
传　　真：010 - 66192703
印　　装：北京盛彩捷印刷有限公司
经　　销：全国新华书店
开　　本：720×1020　1/16
印　　张：14　　　　字数：174 千字
版　　次：2017 年 1 月第 1 版
印　　次：2018 年 6 月第 2 次印刷
定　　价：38.00 元